La vida alegre

Daniel Centeno Maldonado

La vida alegre

ALFAGUARA

La vida alegre

Primera edición: noviembre, 2020

D. R. © 2019, Daniel Centeno Maldonado
Publicada mediante acuerdo de VF Agencia Literaria

D. R. © 2020, derechos de edición mundiales en lengua castellana:
Penguin Random House Grupo Editorial, S. A. de C. V.
Blvd. Miguel de Cervantes Saavedra núm. 301, 1er piso,
colonia Granada, alcaldía Miguel Hidalgo, C. P. 11520,
Ciudad de México

www.megustaleer.mx

Penguin Random House Grupo Editorial apoya la protección del *copyright*.
El *copyright* estimula la creatividad, defiende la diversidad en el ámbito de las ideas y el conocimiento,
promueve la libre expresión y favorece una cultura viva. Gracias por comprar una edición autorizada
de este libro y por respetar las leyes del Derecho de Autor y *copyright*. Al hacerlo está respaldando a los autores
y permitiendo que PRHGE continúe publicando libros para todos los lectores.

Queda prohibido bajo las sanciones establecidas por las leyes escanear, reproducir total o parcialmente esta obra
por cualquier medio o procedimiento así como la distribución de ejemplares
mediante alquiler o préstamo público sin previa autorización.
Si necesita fotocopiar o escanear algún fragmento de esta obra diríjase a CemPro
(Centro Mexicano de Protección y Fomento de los Derechos de Autor, https://cempro.com.mx).

ISBN: 978-607-319-184-5

Impreso en México – *Printed in Mexico*

El papel utilizado para la impresión de este libro ha sido fabricado a partir de madera
procedente de bosques y plantaciones gestionadas con los más altos estándares ambientales,
garantizando una explotación de los recursos sostenible con el medio ambiente y beneficiosa para las personas.

Penguin
Random House
Grupo Editorial

A Damián Terrasa y a Gloria González Lázaro
quienes, al alimentar al autor en el proceso
de escritura, también hicieron lo mismo con
estas páginas

A Héctor Mujica, por regalarme el primer
capítulo de esta historia

¿Qué extraño instrumento soy que Dios toca en
mí sus notas tristes?

HÉCTOR IVÁN GONZÁLEZ

1

Sólo le bastó asomarse por la ventana para saber que lo mejor era quedarse donde estaba. Tragó saliva, respiró hondo y sintió como si la cabeza fuera un plomo de cabellos blancos que alguien había puesto sobre dos hombros de aire.

Sus días no podían ser peores.

En sus tiempos mozos hubiera corrido con mucha mayor presteza, e incluso hasta alguna mano al aire habría servido de algo. Ahora, achacoso y transformado en una barriga con piernas de hule, su nivel de resolución de problemas no estaba a la altura de sus pretéritos atributos. Pensó que esta vez sí iba a llorar con sinceridad, que ese cabalgar en el pecho no era otra cosa que un principio de infarto, y que esa habitación de hotel barato, donde se encontraba, no podía tener una peor ubicación en la ciudad. Vencido como mariscal sin tropa, se desanudó la pajarita roja, se desabotonó la chaqueta del esmoquin azulado y las mangas de su camisa de satén, tomó un trago de Alka-Seltzer y comenzó a escribir sobre un papel:

Yo Sandalio Segundo Guerrero Guaita artista de respeto y venezolano unibersal hijo natural de Teotiste Maturino de la Concepcion Guerrero Izquierdo y de Presentación del Carmen Guaita Hinojosa nacido en Barcelona en 1933 mejor conosido artísticamente como Dalio Guerra "El Ruiseñor de las Americas", "El turpial del arroyo" y "La lapa cantarina", la unica y original voz de exitos intitulados como "Caprichosa", "Ingrata de Viernes Santo", "Me desangrare en el bar", "Eres un amor de rocola", "Una mujer de genio" y "Rosas, melodias y gardénias". Maestro de la maraca lenta y del requinto enamorado ganador de premios de la magnitud del "Guamache de oro", "El microfono del Arauca", "El casique sentado" y "El cazique parado" aplaudido a rabiar en excenarios de Puerto Rico, Cuba, Republica Dominicana, Colombia, Aruba, Panamá, Nicaragua, El Salvador, Peru, Ecuador, Venezuela y otros tantos paises que por los nervios no me bienen a la mente padre de sinco ijos reconocidos y de treinta que me quieren endosar a la fuerza; asedor indiscutible del imno "Banderas y caminos" que a tantas revolusiones inspiró amigo personal de la música hombre de bien inquieto, catolico, poeta y boemio practicante...

Detuvo la escritura por un momento, soltó un peo en trompetilla y notó una mancha de orina aún fresca por todo el pantalón. Se pasó el pañuelo blanco por una frente surcada de arrugas llenas de sudor antes de continuar en lo que estaba:

doy fe de que no e echo nada malo que si me van a matar sera por capricho y que dejaran guérfanos y sin pan a mas de treinta y sinco ijos y cincuenta y siete nietos amables

Soltó un sollozo y las manos comenzaron a temblarle. No le faltó tiempo para levantarse de su asiento y acercarse al espejo del baño de la habitación. Ahí estaba: viejo, caduco, breve, con un poblado mostacho plateado que sólo era la parodia de aquella línea negra que a tantas mujeres encantó en su día. Sus dientes de

12

indio indómito y altanero también habían desaparecido para darle la triste bienvenida a una plancha que nunca le encajaba bien en las encías, y su cara, ahora llena de lágrimas y mocos, mostraba los pliegues inclementes del alcohol y de otras tantas basuras a las que se seguía entregando con una religiosidad propia de Domingo de Ramos. Al mirarse en el espejo supo que lo único que quedaba de él era el rastro de una historia polvorienta y pasada de moda.

Caminó hasta la cama y así, cuan largo era, se tiró de espaldas con una actitud de total resignación. Viendo el techo convino en hacer un repaso detallado de toda la situación. Pensó que si el corazón dejaba de latir durante su recuento, esto enmendaría el detalle de morir a manos de otros; aunque lo de dejar un cadáver meado de arriba abajo no iba a solucionarle el problema de imagen que atravesaba desde algunos lustros atrás.

Aquella noche no pudo ser más aciaga. El bar Forty Five del D.F. se había encargado de pagarle el avión en clase turista y el taxi desde el aeropuerto, reservarle por dos noches una habitación con baño en un hotel cercano y colocar su nombre en la puerta del local con bombillos de colores incansables. Allí el Ruiseñor de las Américas compartiría camerino con todas las bailarinas del bar y, entre un inagotable mar de tetas, plumas y pantaletas de lentejuelas, tendría a la mano su par de maracas a las que tanta fama debía. Ya en el recinto, Sandalio estuvo casi seguro de haber retomado su carrera y de volver a recibir ese trato de estrella que cada vez parecía más esquivo a su leyenda. Cuando estuvo solo en el camerino, se puso a practicar con la mayor lentitud un maraquear acompasado para

13

calentar los brazos, y todo el discurso que tenía que decirle al selecto público mexicano en esta primera visita que realizaba a suelo azteca. No bien desgranaba algunas muecas frente al espejo, cuando interrumpió su concentración un grupo de sujetos que no conocía en absoluto. Sandalio no llegó a contar la cantidad de hombres que se le plantaron, quizá media docena, aunque sí logró ver que el que encabezaba el tropel era un tipo joven, que cogía a una mujer por el brazo. Éste, con el hablar pastoso de los borrachos, le espetó:

—Ruiseñor, aquí traigo a mi vieja, y quiero que la beses. Así que ya sabes, ¡la besas!

Uno de los amigos del extraño invitado tomó a Sandalio y, como si fuera un peluche de tamaño natural, lo levantó y arrimó hacia la mujer. El Ruiseñor, que parecía ser el centro de una fiesta de gatos, intentó acudir a la cordura:

—Tranquilo, muchacho, tranquilo, que la dama se va a enojar con tus chistes, chico —dijo en tono conciliador.

—Oye, Ruiseñor, no te apures, que ella no se enoja. ¡Bésala!

Sandalio mantuvo su desconcierto. En muchas ocasiones se consideró un lince en eso de negar paternidades e incluso lisuras con menores de edad. Pero esta situación resultaba inédita, aun en una vida tan transitada como la suya. Ahora era un viejo de mierda rodeado de cuates que no pasaban de los cuarenta años, frente a una mujer al acecho de su reacción otoñal. Pensó que no había que darle mayor importancia al momento, porque sabía que los mexicanos eran gente rara e infantil en sus conductas, como alguna vez le comentó un colega de la canción que había triunfado por estas tierras. Era posible que estas personas sólo buscaran una deferencia por parte del artista tan admirado, y que lo más caballeroso de todo era no hacerlos esperar en su demanda, enérgica, pero de indudable cariño mexicano. En esas fracciones de reflexión sobre un mismo tema, el Ruiseñor se decidió y besó a la dama en una de sus mejillas.

La patada en el pecho vino sola. Sandalio cayó de culo al suelo, mucho antes que sus dos maracas, y el grupo de personas se fue por donde había entrado. El Ruiseñor quedó inconsciente por algunos minutos, y quienes momentos antes lo habían visto entretenido en su soliloquio, pensaron que era otra de sus conocidas borracheras que tantos de sus espectáculos habían empañado, esas en las que cambiaba las letras por rimas hacia sus problemas domésticos o de impotencia sexual, y en las que acababa escupiendo y maldiciendo al respetable en cuestión de minutos, no sin antes elevar alguna maraca asesina hacia la concurrencia. Pero esta vez Sandalio no podía estar más sobrio. En años lo habían contratado para algo de mediana importancia, y sabía que lo poco que le quedaba de su carrera dependía de esta actuación.

Cuando abrió los ojos, reconoció al dueño del local, que le tomaba el pulso, mientras todas las bailarinas a su alrededor le abanicaban la cara con revistas y platos de cartón. El deshonor era mayúsculo. El macho venezolano estaba pateado, despeinado y con su plancha y sus inmortales maracas tiradas en el suelo.

—Oiga, maestro, ¿se encuentra bien? —preguntó el dueño del bar—. Ya la orquesta está lista para que cante "Caprichosa" como en los viejos tiempos.

—Sí, mijo, estoy bien. No se preocupe. Sólo me resbalé como un pendejo, pero no pasa nadita. Déjeme agarrar estas maracas, y le prometeré a su local la mejor noche de su historia musical.

Sandalio fue ayudado a reincorporarse por dos bailarinas en tetas y por el dueño del bar. Su cabeza aún daba vueltas y temió que se le mezclaran las letras de las canciones al primer compás. Todavía no se había repuesto del susto mientras pensaba en las extrañas artes de la hospitalidad mexicana. Supuso que el tipo de la patada sólo quiso demostrar quién era el macho de la noche, aunque no entendía por qué tenía que cogerla con un viejo como él. Ni en el burdel más levantisco de Barranquilla, ni en la trifulca más indómita de Caracas le habían sonado una patada en el pecho con tan poca justicia. Si no fuera porque la orquesta afinaba sus instrumentos mientras esperaba su salida a escena, Sandalio habría invertido todo el tiempo del mundo en hundirse dentro de un enorme sentimiento de impotencia. Así que, a la voz de: *"¡Y ahora, respetabilísimo público del Forty Five Cabaret, bañemos en aplausos al único, inimitable y eterno novio de nuestra querida Caprichosa, el Ruiseñor de las Américas, Dalio Guerra y sus maracas maravillosas!"*, Sandalio aclaró su garganta y se dirigió a un escenario mísero en ovaciones. En el entarimado, ahora en el papel del inmortal Dalio Guerra, Sandalio sacó pecho y blandió las maracas. Abrazó a su empleador con su mejor sonrisa, abrió la boca y, cuando estuvo a punto de soltar la primera línea de "Caprichosa", oyó una voz que reconoció en el acto:

—¿Dónde está ese Ruiseñor extranjero? —gritó el tipo de la patada, mientras entraba con su grupo por la puerta del local—. Que salga si es tan macho. De ésta tendrá que irse del país con sus chivas y su pinche "Caprichosa". Que salga que lo voy a sacar a tiros. A ver si así respeta a las mujeres ajenas.

Con la boca abierta, y sin proferir verso alguno de "Caprichosa", Sandalio no dudó en dar media vuelta con sus maracas. En su desesperada huida hacia el camerino, sólo prestó atención a lo que le gritó una bailarina en estado de histeria:

—¡Escóndase, que está loco y trae pistola!

Las maracas nunca antes habían sonado con tanta violencia en las manos del Ruiseñor de las Américas. Éste, sin fijarse en el patetismo que representaba la imagen de un viejo rumbero que escapaba de la muerte con dos inseparables sonajas, pudo entrar a un depósito cercano al camerino con el tiempo suficiente para apagar la luz y esconderse detrás de un sofá. Desde allí podía ver por la rendija de la puerta lo que sucedía afuera, con la esperanza de salir de su escondite apenas se sintiera seguro y tuviera la vía libre. Así fue como llegó a contemplar una escena que en el momento le heló la sangre hasta hacérsela cubitos en sus venas: la de su agresor que, con una enorme pistola en mano, entró a la zona con la finalidad de pegarle unos tiros entre los ojos.

—¡Dónde chingados se encuentra ese pinche viejo encimoso! —le gritó a un conguero que ensayaba a solas.

Como el músico no supo qué contestarle al instante, el otro detonó el arma. La bala fue a parar al cuero de uno de los tambores, y el hombre cayó desmayado del susto. Al de la patada no pareció importarle nada de lo ocurrido, y comenzó a caminar en círculos mientras revolvía las cosas con la mano que tenía libre. Lo único que se escuchaba dentro de su idiotez etílica era una pregunta que parecía un prendedor en su boca: "¿Dónde anda el Ruiseñor, dónde, dónde andará?"

17

Así estuvo por un buen rato, hasta que de un rodillazo abrió la puerta del depósito en donde se hallaba escondido Sandalio. El Ruiseñor ya estaba decidido a morir. Ni con la sobredosis de 1948 se sintió tan conclusivo. Su agresor comenzó a desesperarse en su intento por descubrir a su presa entre tantas tinieblas. Lanzó algunas patadas, manotazos e incluso empujó el sofá sin advertir nada extraño. Su frustración de borracho se acrecentó y gritó a la nada:

—¿Dónde está la salida, dónde, carajo? ¡En esta chingadera no se ve ni madres!

Sin que el de la patada pudiera reaccionar, Sandalio se levantó y le dio dos fuertes maracazos en la cabeza. La pistola cayó al suelo, el tipo también, y el Ruiseñor voló a un sitio más seguro. Su perseguidor, aturdido por el golpe, cogió la pistola y salió al escenario en busca de Sandalio. Ya en las tablas, abofeteó a una de las bailarinas que estaba ofreciendo el número tropical de la noche, ante la mirada impávida del director de la orquesta que no tuvo otro remedio que contener su espíritu heroico por encontrarse encañonado entre ceja y ceja. El momento era de total expectación. Pero el dueño del local se encargó de terminarla en un acto inesperado. Ya fuera de sí, subió al escenario, se acercó al belicoso y le arrebató la pistola antes de atizársela en la cara.

—¡Ah, chingá, compadre! ¡Así me paga! ¡Así me paga después de todo lo que lo he ayudado! ¡Sepa, cabrón, que si yo no fuera diputado, este pinche teibol no existiría! ¡Mañana se lo cierro, carajo! —le gritó al dueño del cabaret.

Gimoteando unos insultos a la concurrencia, el de la patada salió del local con sus compinches, se subió a su carro y se fue.

Sandalio buscó la calma e intentó acordarse del nombre del sitio donde se hospedaba para iniciar su fuga. Cuando se aproximó a la bailarina abofeteada para preguntarle la dirección, el dueño del cabaret se le acercó con la crispación acumulada de todo el espectáculo anterior:

—Oiga, maestro, no sé qué carajos le hizo al diputado, pero me ha fregado el negocio.

—No, mijo, por lo más sagrado que no le hice nada a ese degenerado —respondió Dalio.

—¡Me vale madres lo que haya pasado! Ya luego lo arreglaremos, pero usted tiene que salir a dar su show. Acabo de hablar con los músicos y tienen todo preparado. ¡Agarre sus maracas y salga ahora mismo!

El Ruiseñor titubeó, pero sabía que como artista le debía el mejor repertorio al público mexicano que tanto había apostado por él. Convencido, tomó el par de maracas y salió por segunda vez a escena con los primeros compases de la inmortal e interrumpida "Caprichosa". El público, todavía desconcertado por el espectáculo anterior, lo recibió con unos aplausos administrados con escrúpulos. Sandalio pensó que la gloria era una fortaleza que, después de derrumbada, podía volver a erigirse con materiales más resistentes y duraderos, así que, con el ánimo de un constructor de ruinas, dio dos maracazos al aire y abrió la boca para la primera e inolvidable estrofa del tema al que tanta fama debía.

—Eres una capri…

Una explosión de carabina le hizo soltar un mayúsculo "¡carajo!", que no lo dejó terminar la palabra que le daba título a su éxito. Los músicos lanzaron los instrumentos al suelo, y al fragor de otra descarga, todo el mundo corrió por entre el mobiliario del Forty

Five. Sandalio también saltó del escenario con sus inseparables maracas y entre la batahola de gente intentó buscar una mesa amiga en la cual esconderse. En el camino, el portero del local, un negrote imponente que ahora se había vuelto tan blanco como un cisne, echó un brinco con el sonido de otra explosión y aulló:

—¡No salgan por esta puerta, que el diputado está disparando con una escopeta!

Sandalio se metió al baño y allí encontró una ventana por la cual salir. Primero lanzó las maracas afuera y luego cayó de quijada al suelo. En el descampado donde se encontraba, cogió sus instrumentos y empalmó en exteriores la ridícula imagen del viejo rumbero que huye con sus sonajas a cuestas. A lo lejos los plomazos sonaban como si formaran parte de una celebración.

Por primera vez pensó que la vida era una estafa. Corrió más que en cualquier otro pasaje de su historia, más que cuando fue descubierto en la cama con la mujer del trombonista de Siboney, a quien le había bautizado a sus hijos, y aún más que el día en el que la mafia de Managua le quiso hacer pagar una deuda de juego que nunca llegó a liquidar. En medio de tantos recuerdos funestos vio un taxi a la distancia, y entre gritos y maracazos hizo que se detuviera en seco.

—¿A dónde? —preguntó el conductor.

—Al lugar más seguro que he encontrado en todas partes: al hotel. Ahora mismo le doy la dirección, compadre…

El frío de la orina en su pantalón lo sacó del repaso incidental. Cambió de posición hasta quedar sentado a un lado de la cama y se aproximó hacia la mesa. Allí se detuvo, ensimismado, ante la carta que aún quedaba por terminar. Como muchos condenados a muerte, la idea de su fin ya se le había enquistado como cualquier otro asunto cotidiano. El corazón seguía latiéndole con fuerza y pensó que su biografía podría resultar interesante con la diagonal que representaba su vida y fin: Barcelona-Ciudad de México.

—Señor Guerrero, como me lo pidió, ya me aseguré bien y le tengo un carro directo al aeropuerto —murmuró un hombre desde el otro lado de la puerta.

Entre tantas bambalinas de imágenes y reconstrucciones, a Sandalio se le había olvidado el trato que había hecho con el tipo que cuidaba la puerta del hotel. En su estampida hacia la habitación pudo llamarlo y, en medio de frases entrecortadas y el sonido de las semillas de sus maracas, pedirle el favor de facilitarle una salida segura en algún carro particular. La recompensa iba a cristalizarse en casi todos los pesos que cargaba encima, y en la invaluable hazaña de salvarle la vida al mejor y más simpático bolerista que había parido la tierra.

Sabía que su intempestiva partida de México, como la de Managua, iba a ser definitiva. Los aztecas, por mucho cariño que les tuviera desde los tiempos en los que se colaba para ver sus películas en blanco y negro, ya se habían convertido en otra puerta más que se le cerraba. No quería saber más de la existencia del Forty Five, ni del hotelucho, ni de los gastos de transportes desembolsados por su promotor mexicano, ni de los bombillos de colores incansables que deletreaban su nombre, ni de las presentaciones que quedaba debiendo, ni de nada de nada. México había terminado para Sandalio como el gusanito que se engulle tras el primer trago de tequila.

21

—Ya voy saliendo, compadre —le respondió Sandalio al tipo que lo esperaba tras la puerta.

Cogió su carta-epitafio y la rompió en pedacitos. Tomó otro trozo de papel y escribió:

Los mejicanos no tubieron la culpa siempre han sido considerados y amables comigo los júzgo mis amigos aunque uno de sus paisanos halla cometido semejantes atrosidades asía un humilde y pasífico servidor.
Con cariño,
Dalio Guerra. El Ruiseñor de las Americas

En su escape no estaba contemplado el traslado de sus maletas, pero igual las tomó y cerró sin que le diera tiempo de revisar lo que había dejado afuera. Se anudó la pajarita, metió sus maracas a una bolsa de supermercado, agarró algunos jabones y toallas que también fueron a parar al mismo sitio y cogió su nueva carta antes de salir.

—Tome, amigo. Después me la lleva al periódico más importante de este bello país —le dijo al taxista, mientras le entregaba la nota ya dentro del carro—. Un artista siempre tiene que darle explicaciones a su querido público, y éste es un asunto de máxima importancia para mi carrera y para el mundo de la canción romántica, ¿oyó?

—Órale, maestro —dijo el otro, distraído, mientras echaba el trozo de papel a un cenicero en el que reposaba un cigarrillo encendido.

2

Como ya era habitual, la ristra de ronquidos no lo dejó dormir. Al igual que todas las noches, su duermevela se tenía que repartir entre aguantar el insistente ruido y hacer algunos actos de contorsionismo en la porción de cama que siempre quedaba libre. Tan sólo con ver esa cara llena de amargura y años que yacía a su lado, le bastaba para comprobar que su vida no había cogido el rumbo que siempre había tratado de reservarse.

Poli Figueroa se levantó sin hacer mucho ruido y, con la erección que le brindaba la alborada, se dirigió al baño para orinar. No bien había abierto la puerta, el chirrido de las bisagras le hizo presagiar alguna escena desafortunada. Por suerte, el ambiente permaneció imperturbable, y así pasó al baño.

—Policarpo, le das a la llave luego de hacer tus cosas... ¡y no seas tan cochino! —le dijo, entre gruñidos, la mujer gorda y despeinada que estaba en su cama.

—¡Duérmete y déjame tranquilo!

—Tranquilo nada, que debería darte vergüenza cómo tienes esa cosa tan tiesa... Y se la recuestas a tu pobre madre mientras intenta dormir en este infierno que le ha tocado vivir. ¡Dios, cómo he podido rodearme de tanto degenerado! ¡Qué hice para merecerlo!

—¡Mamá, por favor, deja de joder!

Sin lugar a dudas, sus mañanas tenían que ir acompañadas de algún incidente parecido. Poli aún no podía creer el flaco favor que le había hecho su padre. Después de treinta y dos años de matrimonio, el viejo Honorio se dio cuenta de que Micaela, además de una sexagenaria horrible, era un ser de espantosa convivencia. Así que un buen día decidió separarse de ella, y pedirle prestada la habitación a su único hijo. Poli no pudo negarse en el momento, y lo que pensó que iba a ser una rabieta más, se transformó en años de paria dentro de su misma casa. En el fondo, no tenía estómago para reclamarle su cuarto de regreso al viejo, el típico desempleado que hacía milagros para mantenerse con su pensión en un país en proceso de hundimiento. Ésa y no otra fue la razón por la que Poli tuvo que cortarse el pelo y vender la batería de Cosmos, el grupo de rock que había parido con sus manos y deseos más hondos. No muy lejanos quedaron los días en los que el viejo Honorio le repetía, con insufrible constancia, que ya no había qué comer, y que su jubilación no alcanzaba para llegar a fin de mes, que se dejara de pendejadas (su palabra favorita) y que se deshiciera de todos esos amigos bulleros y drogadictos que estaban mancillando el honor de una familia tan humilde como honrada. A fuerza de llantos, regaños y pocos contratos en fiestas del barrio, Poli C dejó su nombre artístico aparcado en la parada del éxito, remató sus baquetas, se despidió de sus amigos, se despojó de su maquillaje y, luego de una borrachera sin cola, les dejó prestado el puñado de canciones que compuso en su truncado periplo musical.

Ahora, como mesonero raso de un restaurante del aeropuerto de Maiquetía, Poli tenía que aguantar el dolor que le daba escuchar los últimos éxitos de su antigua banda por el hilo musical del local, observar cuántas primeras planas de los periódicos de sus clientes seguía acaparando Cosmos en su carrera internacional, y personificar al gran perdedor del barrio por tan fallida decisión de vida. La ecuación no dejaba de ser injusta: mientras unos gozaban de la fama con sus canciones nunca registradas, Poli seguía compartiendo por tiempo indefinido la cama con su insoportable madre y luchando por reunir algunas propinas para el tambor de batería que había visto en aquella tienda del centro de Caracas. Era obvio que no debía hacerles caso a esos padres, ahora enemistados, a los que cada vez consideraba más repelentes.

—Ahí tienes café recién hecho… Oye, mijo, ¿viste lo último? El grupo ese en el que estabas va a tocar en Nueva York y ya le dieron otro disco de esos, de platino, pues. Y yo que pensé que era una pendejada seguir con esos greñudos… Al final cómo sí era verdad eso que nos decían los maestros sobre tus capacidades creativas y toda esa vaina. ¿Te acuerdas? Cuando chamito leías mucho y eras bien aplicado. Yo creo que de ahí te salió lo de esa escribidera tuya. Quién lo iba a decir.

—Sí, papá, quién lo iba a decir —dijo Poli con un asomo de ironía.

—¿Y esos tipos no tendrían que darte unos billeticos para ver si salimos de abajo? ¿Ah, Policarpo?

Poli se tomó el café de un trago, lanzó una mirada de funcionario público hacia su padre, y partió a su trabajo.

—Adiós, viejo. Me tengo que ir.

Camino a la parada del autobús, Poli no entendía cómo había podido aguantarles tanto a sus padres. Su vida era una vergüenza y su nombre era más feo que un puñetazo a traición. De todos los que había para escoger, sus viejos no tuvieron mejor idea que bautizarlo con el más horroroso del santoral. Para colmo, no le habían puesto un segundo nombre, así por lo menos habría tenido la posibilidad de elegir el de emergencia, que de seguro iba a ser menos penoso que el primero. Por eso se hacía llamar con insistencia como Poli, y Poli C con fines artísticos y persuasivos para abordar sin mucho éxito a las damas, que siempre le fueron esquivas. La importancia que todo el tiempo le daba a esa etiqueta personal había nacido con la repelencia hacia su nombre verdadero: Policarpo, y Policarpio para quienes eran aún más ignorantes o cabrones con él. De allí que su banda fuera bautizada como Cosmos, una palabra universal y entendible por todos, un ticket al éxito internacional y la carta de presentación para entrar por la puerta grande de la música. Sin embargo, seguía siendo Policarpo para unos padres, que él sospechaba, lo habían tenido tan sólo para ser el sujeto depositario de todas sus frustraciones, maldades y estupideces innatas. Poli C, con esa primera letra de Cosmos, el más importante de los cinco integrantes del grupo, el cerebro del engendro, dejó de ser exitoso incluso antes de que esa palabra se cristalizara en su vida. A un mes de irse del grupo, el contrato cayó del cielo y sus compañeros hicieron maletas sin el hombre clave, el tipo que ahora tan sólo puede contentarse con verlos partir y regresar, muy de vez en cuando, por la puerta de llegada de pasajeros, que da al frente de La múcura de Maiquetía, el restaurante en donde se conforma con escuchar las canciones compuestas de su puño y letra.

Sin lugar a dudas, para Poli su vida también era digna de un mártir.

Muchas veces, cuando iba a su trabajo agarrado del pescante del autobús, Poli pensaba en lo que podía tener de parecido con el dichoso santo. El nombre, ya lo había investigado en su vergonzoso pasado de monaguillo, significaba "el que produce muchos frutos de buenas obras". Buenas obras, buenas, lo que se dice buenas, sí había hecho en su vida. Más allá de cederle la habitación a su padre, y de aguantar como un campeón a su vieja, Poli escribió unas canciones que medio mundo ya tarareaba con una entrega que iba más allá de la inconsciencia. Para muestra ahí estaban "Karakas", "Plum" y "Divisadero". Los muchos frutos producidos, pensaba Poli, hasta ahora no le habían caído a él, sino a unos traidores que, en alguna ocasión, trató como a los hermanos que nunca tuvo. El santo lo único que hizo fue intentar unificar la fecha para una fiesta de Pascua, que nada tenía que ver con el Poli urbano. Al tipo lo iban a matar por cristiano, y el hombre se escondió, por supuesto. Sus seguidores, "si es que en verdad existieron", solía pensar Poli, salvaban el acto de cobardía del carismático aduciendo una avanzada ancianidad y consiguiente falta de fuerzas. Tanto fue así que en el momento en el que los soldados lo fueron a buscar, a causa de una denuncia, el beato sólo dijo: "Hágase la santa voluntad de Dios". Por si quedaban dudas de su naturaleza, el venerable les ofreció una copiosa cena a sus captores, mientras pidió permiso para rezar un rato. Eso sí lo admiraba Poli, y se entretenía en ese punto porque se trataba de un acto de negociación y persuasión bastante perfecto en la historia de un tipo con aureola. Al decidir la quema del obispo como acto público, todo el populacho buscó la mayor cantidad de leña de sus hornos y talleres, y la apiló para encender la hoguera más voraz que vería por última vez el doblemente iluminado. De alguna forma, la relación con la quema, el oprobio continuo y el leñero figurado que tenía que soportar Poli todos los días en su barrio, no le envidiaba nada a lo que pasó el santo en su historia. Este último, según la leyenda recogida por unos devotos de esos pueblos de mil ventoleras, encima del maderamen y a punto de ser encadenado a un palo, les dijo a sus verdugos: "Por favor, déjenme así, que el Señor me concederá valor para soportar este tormento sin tratar de alejarme de Él". Ahí estaba otra clave que llevaba el sambenito de su nombre: el antiguo Poli C, el mismo del figurado y constante leñero, también tenía esa capacidad para soportar el peso de tantas injusticias vertidas sobre él. Día tras día, ver a su madre dormir a su lado, escuchar sus continuas recriminaciones, lidiar con un infortunado padre, aguantar a los peores clientes de la ciudad y notar las constantes caras y comentarios jocosos de sus vecinos no eran de las cosas que más le emocionaban de la vida. Policarpo, el santo, murió quemado en la hoguera y —¡gran mentira!— le salió una paloma blanca del pecho antes de que todo se inundara con un olor a incienso; Poli, el otro santo —qué duda cabe— no fue quemado de una vez, y del interior de sus costillas lo que más se podía esperar era carroña infinita. Al obispo lo veneraban como a una estrella de rock; al mesonero le pedían que cambiara las copas y le pasara una esponja a la mesa. El día del martirio del mito cristiano fue el 23 de febrero; el del gran olvidado de la música coincidía con esa fecha porque se trataba del mismo día de su nacimiento.

En esas estaba cuando tuvo que pagar su pasaje y bajarse del autobús. Reconoció, por enésima vez, que su rutina no era propia de una estrella de rock. Sabía que, apenas entrara por el aeropuerto internacional Simón Bolívar de Maiquetía, el jefe lo saludaría sin muchas ganas y le pediría que se colocara su uniforme de trabajo, un asqueroso pantalón negro de rayón, una camisa blanca tan demodé como una vitrola digital y un lacito negro que despedía un rancio olor a alcanfor con fritanga. Toda la revolución estética en el vestir que pensó realizar con Cosmos se había ido al garete, y la ironía de la vida se empeñaba en restregárselo a la cara con su típico uniforme de mesonero de fuente de soda. Él, que era a quien debían tomarle todas las fotos, ahora personificaba al diligente trabajador de aeropuerto que tenía que enfocar las cámaras ajenas de los turistas y futuros exiliados de un país que veía partir a su gente para no volver.

Sólo necesitaba una última oportunidad en la música para demostrar que, con o sin grupo, iba a llegar más lejos que cualquiera en la industria.

Con una ocasión le bastaba y estaba seguro de ello.

3

Sandalio no pudo creer que en el vuelo de vuelta no estaba permitido tomar nada alcohólico sin antes pagar los precios abusivos fijados por la línea aérea. La indignación le calentaba el rostro, y más cuando después de dirigirle algún piropo a la aeromoza de su zona, ésta lo vio con cara de asco, de esas que no se pueden ocultar ni detrás de una máscara. Unos años atrás la carajita no se le hubiera resistido, pensó. Dalio Guerra, el Ruiseñor de las Américas, además de ser más que conocido en todo el continente, tenía el suficiente dinero para viajar en primera y pagar todas sus consumiciones y las de las mujeres más guapas del vuelo a Caracas. Si no hubiera sido por su última esposa, ahora las cosas no estarían tan apretadas. Ella, después de que una comadre ociosa le lavara el cerebro y la convirtiera en evangélica pentecostal, cogió lo que quedaba por los derechos de "Caprichosa", lo único que le habían dejado los matrimonios anteriores al bolerista, y se los donó al recto pastor del templo que, sin pensarlo demasiado, se instaló en algún lugar de Miami y no regresó jamás.

—Señor, por favor, ¿puede abrocharse el cinturón? —le dijo la aeromoza—. ¿No ve que la señal está encendida?

—Sí, perdona, corazón.

Desde la primera vez nunca respetó las normas que exigían en los vuelos. El cinturón de seguridad lo hacía sentirse como un animal amarrado para el astazo, y

31

ahora el volumen de su barriga era menos transigente con esa correa. Otra cosa en la que siempre incurría era en desatender todas las medidas de seguridad que advertían sobre alguna eventual situación de peligro, antes del inicio de cada despegue. Cuando era joven, sus continuas juergas y resacas no le permitían enfocar la atención en esa voz casi siempre bilingüe que informaba lo que se debía hacer en la cabina en caso de emergencia. En esa época ya le daba igual dormir una noche con una mulata resultona en Santo Domingo o con una andina turgente en Popayán; tomar pisco un día en Piura y al otro anís en Guayaquil; meterse una raya de coca en La Paz o compartir algunos pitos de marihuana en Rosario. Además, desde su pasado más exitoso, utilizaba sus pocos momentos de claridad para adivinar el tamaño y la firmeza de los pechos de las aeromozas que hacían la demostración inicial. Se sentía orgulloso de su ojo clínico, ya que sus suposiciones casi siempre resultaban ser infalibles al momento de la verdad. Si las fuerzas le llegaban, horas después del aterrizaje, se entretenía vaciando botellas enteras de champaña en nalgas que imaginó tan firmes como dos peras de boxeo, y en ombligos perfectos y dignos de los mejores desfiles de reinas de belleza. Ahora las reglas del juego habían cambiado. De muy poco le servía barruntar la perfección de alguna curva, porque sus años y atractivo venían muy cogidos de la mano en la montaña rusa descendente de su vida, a la que no le quedaba más remedio que acostumbrarse.

El latigazo de una turbulencia lo alejó de sus pensamientos. Miró a su alrededor y pudo encontrar las infaltables "caras de culo-cagaos" que siempre viajan en los aviones, rostros de personajes tensos, que no dejan de transpirar, temblar, apretar la boca y, a veces, mover los labios en torpes oraciones y promesas. A Sandalio este tipo de gente le provocaba un profundo desprecio. A él sólo le bastaba ver por la ventana para saber si las turbulencias merecían tanto despliegue de pánico o no. Si notaba que sobrevolaba algún océano, entonces no había motivo para el miedo. En caso de estrellarse, la máquina iba a caer en agua muy blanda y no en la dureza de la tierra. Sólo era necesario saber nadar un poco, así que el problema y la vida estaban solucionados para un tipo que se crio al lado de una playa.

Peligro de muerte, peligro de muerte de verdad, estaba en los dominios del escenario. Una botella tirada con puntería por una puta arisca, un navajazo de un músico traicionado por su mujer o algún desliz de un borracho belicoso bastaban para cavar unos metros bajo tierra y depositar el cuerpo del desafortunado más gallardo. Y si creían que eran exageraciones, su experiencia más reciente lo confirmaba. Con pasar por el Forty Five, y preguntar por lo sucedido la noche anterior, se tenía una panorámica de la gran tragedia evitada. Eso sí era peligro, y no el que un avión fuera batido por una ráfaga de aire.

Además, pensaba, el riesgo siempre estuvo presente en su vida. A su primera mujer la conoció de la manera más alocada posible. El dictador de un país bananero se la había presentado como su tesoro más preciado. Sandalio, en su papel del apuesto Dalio Guerra, la saludó con la mayor cortesía y siguió hablando con el militar, que lo agasajaba en su palacete como a todo un invitado de postín. Sin embargo, unas ganas de apretujar sus labios con los de aquella mujer lo quemaban por dentro con inclemencia mientras intentaba seguir la conversación. El dictador, feliz por la presencia del famoso bolerista, le pidió que cantara "Caprichosa" ante un público constituido por él y tres de sus fornidos guardaespaldas. El gran Ruiseñor tomó un último sorbo que sabía al mejor roble, alzó la copa y entonó los primeros versos de su tema de moda. No bien había llegado a la segunda estrofa, la hermosa mujer entró, distraída, y provocó la estampida de un inmenso ejército de gallos desde lo más cavernoso de la garganta del gran romántico. Como pudo, Dalio intentó volver a la compostura en medio de su espantosa *a capella*, pero las letras se le mezclaron en la cabeza y donde venía la palabra "caprichosa" puso "buenamoza", en "lindura" se equivocó por "lisura" y así sucesivamente... El militar rio con ganas y le dio una palmada en la espalda. El Ruiseñor vio cómo salía por donde había entrado aquella beldad y, cuando calmó su vergüenza, pidió permiso para dirigirse al baño. Se sentía torpe y con la imagen de un bufón de corte de segunda. En todo el camino no dejó de maldecir su suerte y el papel que representó en ese momento. Nunca, desde que se había hecho ídolo de masas, quedó tan en ridículo delante de una hermosa mujer. Pensó que meterse el poco de coca que cargaba encima podía darle otra perspectiva del asunto. Cuando giró la manija de la puerta del baño, se encontró a la hembra del mandatario en bolas y con risitas de pícara quinceañera. Ella, Griselda se llamaba la moza, se le acercó y dio comienzo a la locura más extraordinaria de la vida de Sandalio. Con una mano diligente lo sentó en la taza y, cuando lo consiguió, se apresuró a llevar la inconsciencia a su cenit. El Ruiseñor dejó caer la coca y...

Una turbulencia aún más fuerte contra el avión hizo que el ocupante del asiento contiguo le preguntara con arrebato:

34

—Señor, ¿cree que nos salvemos de ésta?

—¿Ah?

—El avión… tiembla mucho.

—Bueno, mijo, asómese a la ventana y dígame qué ve.

—Nubes…

—¿Y para abajo?

—Hay un mar.

—¿Muy azul?

—Sí.

—Entonces no se preocupe, mijo. Eso es que está hondo. ¿Sabe nadar?

—Sí, pero… ¿para qué? Eso no sirve de nada…

—¡Cómo no va a servir, caracho! —exclamó con una risilla de suficiencia—. Óyeme, pues, si esta vaina se cae y abajo hay agua, no nos quemaremos ni nada. Nos hundiremos y saldremos nadando hasta llegar a un palo o a una playita bien chévere.

—¡Pero, señor, cómo va a decir eso! Estamos a miles de metros de altura. A esta distancia, pegarnos contra el agua es casi igual que darnos contra la tierra. Y si ahora se partiera el avión en dos, por la velocidad de caída y quién sabe qué, sólo llegaríamos en pedazos. ¡Nos moriríamos en el acto!

—…

—¡Nos moriríamos, coño!

—No… Mijo querido, eso no es así, ¿verdad?

Su vecino no le contestó y con la sacudida del momento empezó a silabear con los ojos cerrados. Sandalio no tenía alas como el ruiseñor de su seudónimo para salvarse de ésta. Miró a su alrededor y vio que las aeromozas también estaban amarradas con sus cinturones y con los rostros arrugados. La voz del capitán de vuelo llamaba a la calma, y Sandalio maldijo nunca haber prestado atención a las advertencias de siempre. El miedo se apoderó de él, y pensó que lo del Forty Five no era comparable a lo que sentía en ese momento. Otra fuerte sacudida lo hizo mearse encima, jurar no volver a meterse a un avión, querer a Atanasio de una buena vez por todas y enumerar una sarta de promesas tan gloriosas como absurdas. Cerró los ojos y se entregó al rito de intentar ver pasar en un instante toda su vida, pero le fue imposible. Sólo logró dar con imágenes de botellas, trompadas a mujeres y una que otra teta pendulante. A cada pensamiento de éstos, Sandalio intentó visualizar alguno en el que apareciera su idea de Dios, pero apenas imaginaba a un recto señor de barbas blancas, al Ruiseñor lo atacaban recuerdos de sus peores juergas y pecados. Con una tremenda estremecida que lo hizo saltar sobre su butaca, Sandalio, sintiendo la calidez de la orina fresca, no aguantó más y gritó con todas sus fuerzas:

—¡Coño, no me lleves todavía, papaíto querido!

Todo pasó tan rápido que la otrora voz inmortal de las Américas había dejado de entornar un arrullador bolero para dar paso a un aullido con muy pocas glorias. Alguien de abordo rio en medio de la crisis, pero Sandalio ya no tenía tiempo ni condiciones para escucharlo. Su cuerpo yacía, breve, lastimoso y desvanecido, sobre su asiento.

4

A Atanasio no le gustaba esperar, pero parecía haber llegado al mundo sólo para eso. Si se tenía que hacer una larga cola con cualquier fin, a él era a quien despachaban como a un buen muchacho de los mandados. Si alguien tenía que ir al médico del seguro social, él era quien debía madrugar para coger el turno. Si había que montarle guardia a un pícaro promotor, ese trabajo también tenía que llevarlo a cabo. Ahora en el aeropuerto se sentía de la misma manera.

La llamada que había recibido, como ya era costumbre, sólo le decía el día de llegada, pero no la hora ni ningún otro dato específico. Parecía que todo estaba pensado para exasperarlo, y a sus cuarenta y dos años de edad viviendo del cuento, ya no le hacía gracia su misión. Apenas tuviera una oportunidad, iba a hacerse escuchar y lo tenía sin cuidado si su reacción no gustaba. Eso fue lo que pensó, decidido, apenas se tomó lo que quedaba del café y vio cómo el mesonero de La múcura de Maiquetía se esfumaba detrás de una puerta que daba a la cocina. Sin pensarlo dos veces, Atanasio movió su enorme barriga lo más rápido que pudo, aunque el estrépito que hizo al tirar la taza de porcelana al suelo frustró su huida. No le quedó más que correr en estampida, bajo la mirada atónita de los comensales, no sin antes llevarse entre los pies una docena de maletas y a un perro pequinés que estaba tomando agua al lado de su dueña.

En la primera etapa de su escape, a Atanasio no se le ocurrió ver hacia atrás. Corrió como un demente y su corazón parecía salírsele del pecho. La escena, de un patetismo que rayaba en lo absurdo, hizo que saliera al estacionamiento del aeropuerto dando brinquitos y volteando a los lados para confirmar que estaba a salvo.

Al cabo de unas horas perdidas en el estacionamiento, Atanasio no olvidó el motivo por el que estaba en el aeropuerto y apresuró el paso. Caminó casi al trote, sin dejar de verse una muñeca que no llevaba reloj. Así estuvo hasta que se topó de frente con la cara de amargura del Ruiseñor.

—¿Dónde carajos te habías metido, degenerado?

—¡Papá, usted no me habla así!

—¡Y cómo coño tengo que hablarle a un manganzón de más de cuarenta años que viene a buscarme tarde! Llevo más de dos horas esperándote y no tengo ni medio encima… ¿Trajiste el carro?

—¿No te acuerdas que lo vendiste una semana antes del viaje a México, papá?

—¿Y tú no podías pedir prestado uno para buscar a un artista de mi talla?

—¿Y a quién se lo iba a pedir?

—Muchacho del carajo… ¡Toma esta vaina!

—¿Qué hay en esa bolsa de plástico, papá?

—Unos champuses, paños y jabones que traje para los dos… Ése es tu regalo, así que no pidas más.

—¿Y esas maracas?

—Ya te cuento… Acompáñame a reclamar el equipaje, que parece que no ha llegado nada. ¡No te digo yo!

La aeromoza de la taquilla, al verlos acercarse, mudó su cara a la amargura más absoluta y casi metió la cabeza dentro de la pantalla de la computadora.

—Oye, corazón, te voy a pedir un favor —dijo Sandalio con la voz melosa.

—Diga, señor —respondió la aeromoza, indiferente, sin levantar la vista de la pantalla de la computadora.

—Es que llevo dos horas de haber llegado del vuelo ese de México, y todavía nadie me da razón de mis maletas.

—¿Cómo son?

—Una es de plástico verde, chiquita, y tiene un dibujo de Pedro Infante que dice ¡VIVA MÉXICO!; y la otra es negra, un poquito más grande, y dice NUEVO CIRCO DE CARACAS en letras como de escarcha.

—Papá, ¿te compraste una maleta de Pedro Infante? —preguntó Atanasio.

—¡Cállate la boca, muchacho! ¿No ves que distraes a la señorita?

—Señor, esas maletas no aparecen consignadas.

—¡Pero cómo…! Mira, corazón, yo las pasé como equipaje y el muchacho de la aduana me dijo que no me preocupara.

—Papá, ¿y esa mancha en el pantalón?

—¡¿Te puedes callar, carajo?!… No, no es con usted, señorita, disculpe.

—Déjeme ver si con esta tecla… Mmm, no, esas maletas no han llegado a Maiquetía.

—¿Y entonces cómo quedo yo, mijita?

—Papá, ¿te measte otra vez?

—¡Cállate, desgraciado! ¡Vete de aquí! ¡Coño! ¡Me va a dar una vaina! —gritó con la voz ahogada—. Perdone, corazón, es que este muchacho me saca de quicio… Cómo decirle, señorita, ya se habrá dado cuenta de que, por la ropa que cargo puesta, soy un artista de importancia. ¿Conoce el famoso bolero "Caprichosa"?

—No.

—Eso es muy raro. Si hace memoria, ya verá que sí… Bueno, yo tengo un compromiso importantísimo en toda esta semana, y no podré recoger las maletas que tienen todos mis enseres artísticos. Entonces, me gustaría saber qué puedo hacer.

—Señor, tendríamos que contactar a México y ver si sus maletas de Pedro Infante están allá…

—No, una es de Pedro Infante y la otra del Nuevo Circo con letras de escarcha…

—… y en unos días ya sabremos todo para que venga a recogerlas.

Un largo brazo se interpuso entre Sandalio y la aeromoza de la taquilla para tocarle el hombro a un Atanasio que estaba distraído. Este último, por puro acto reflejo, elevó un manotón que le dio de lleno en la cara al del brazo y cogió parcialmente la boca de Sandalio. La cosa fue tan rápida que sólo sonó el golpe seco, el grito de la aeromoza y el cuerpo y la plancha del Ruiseñor al caer al suelo.

—¡¿Anormal, qué me has hecho?!— gritó el bolerista encajándose la dentadura postiza—. ¡Déjame que me pare y verás!

—No, señor, de eso me encargo yo —intervino un mesonero que se palpaba la quijada.

—¡Ni te me acerques! —gritó Atanasio moviendo las manos como un aficionado al boxeo.

—Señores, o se calman o llamo a la policía —advirtió la aeromoza.

—¡Vente, pues, gordo de mierda, vamos afuera!

—¡Epa, epa! Calma… A ver, mijo, ¿qué te hizo este degenerado? —intervino Sandalio, ahora menos mareado, llevándose lejos de la aeromoza a Atanasio.

—Mire, señor, este gordo de…

—¡Pendejo! —gritó Atanasio.

—¡¿Qué?! ¡¿Quieres que te parta la cara?!

—Tranquilo, tranquilo, mijo, no le haga caso a los necios —apaciguó Sandalio.

—Este tipo no pagó un café, nos reventó una taza y casi mata al perro de un cliente.

—¡Tenías que ser tú! —regañó Sandalio a Atanasio, antes de volver con el mesonero—: Déjeme presentarme, mijo. Usted me debe conocer, claro.

—No.

—Bueno, joven, usted está ante Dalio Guerra, el Ruiseñor de las Américas, para servirle.

—Yo soy Poli.

—Bueno, Hipólito, lo que quiero decirte es que…

—Poli, señor.

—¿Sí? ¿Poli de qué?

—Poli, nada más.

—¿Poli de Policarpio? —preguntó Atanasio.

—¡Poli de que eres un güevón, gordo pendejo!

—Bueno, pues, tampoco es para calentarse tanto, muchacho. ¿No ve que Atanasio ya se calmó? —dijo Sandalio—. ¿Cuánto costó el café guayoyo?

—Dos mil bolívares, señor.

—Bueno, Atanasio, págale esa vaina y pídele perdón al joven.

—Es que no tengo más plata, papá. Lo que puedo hacer es pedirle perdón al joven.

—Muchacho del carajo —murmuró Sandalio con una mirada venenosa, antes de volver a Poli, zalamero—: ¿Mira y no puedes dejar esa vaina en mil?

—No, señor, cómo voy a…

—Perdón, Poli —se disculpó Atanasio a destiempo.

—… dejarle eso en mil. ¿No ve los destrozos que hizo este tipo?

—Es que ahora no tengo mucha liquidez encima, porque los artistas no cargamos la plata para arriba y para abajo. Somos, cómo decirte… como los presidentes o los reyes de Europa.

—Lo que usted quiera, señor, pero yo tengo que reponer ese café, y no pienso poner de mi bolsillo. Además, el gordo rompió la taza.

—Bueno, mijo, ya llegaremos a un arreglo. La lavativa es que me agarras en mal momento, porque tengo un problema con las maletas que no han llegado de mi último recital a casa llena en el teatro Bellas Artes del de-efe en México. ¿Nunca has ido para allá?

—No, señor.

—Bueno, deberías. Es un país que considero como mi segunda patria. Tengo a mucha gente que te recibirá bien. Si puedes, diles que vienes de mi parte… Anótate el bar Forty Five y el nombre de este diputado, cómo es que se llama el tipo…

—¿Conociste a un diputado, papá?

—Señor, ¿y cómo quedamos con el café?

—Verdad, mijo, tienes razón —dijo campechano—. Lo que son las cosas. Yo hablándote de mi gira y de mis triunfos en México, y no te doy razón de tu café… Mira, eso lo arreglamos ahorita mismo. Vuelve a tu puesto, que tu jefe se va a calentar contigo, porque no quiero darte problemas, faltaría más, joven… Yo me paso ahora con el muchacho y la tarjeta de crédito para solucionar lo del guayoyo. Es que primero debo arreglar esto de la maleta… Por cierto, ¿tú no conocerás a esa aeromoza?

42

—¿A Rosita?

—Mira qué bonito se llama la moza… ¿No podrías, ya sabes, agilizar un poco esta lavativa?

—Señor, quédese acá y déjeme ver qué puedo hacer…

Poli caminó hacia donde estaba Rosita con la certeza de que el par de tipos eran dos sinvergüenzas. Sabía que se estaban aprovechando de él, pero también tenía la seguridad de que, con las maletas en su poder, algo podía sacar en garantía. Al final, dos mil bolívares tampoco era una suma digna para sacrificar un equipaje entero.

Rosita siempre había tenido el complejo de ser la aeromoza menos agraciada de Aeropostal, y de seguro de toda Maiquetía. Su nariz de ogro y un cuerpo contrahecho sólo evidenciaban dos cosas: o estaba allí por un sueldo mísero o conocía a alguien influyente en la empresa. El enigma estaba echado, pero muchos apostaban por lo primero. Venezuela había dejado de ser un país de gente influyente. Las pocas personas que quedaban sólo se veían partir de Maiquetía con una frecuencia de récord mundial. Las que no gozaban de esa suerte debían sobrevivir como un barquito en un mar picado. Las privilegiadas habían llegado a esa posición más por consignas que por trabajo.

Era posible que esta triste realidad amargara aún más el carácter de Rosita. La moza estaba consciente de sus pocos atributos físicos y eso la hacía llevar muy mal su sentido humanitario. Nunca estaba para ayudar a ningún cliente, y era frecuente que se tardara más de la cuenta sólo por el gusto de impedir que muchos pasajeros de última hora pudieran subirse al avión. Su gozo interno era colosal cuando un padrino ocupadísimo no podía llegar a la boda de su mejor amigo, o cuando le destrozaba un día de Navidad a una madre soltera que le había prometido el acto de presencia a su único hijo. Sin embargo, su actitud con Poli distaba de ser acre y despiadada. Con él era la melaza pura. Lo veía y mostraba todos los dientes como si fueran informes teclas de un piano estrellado contra el suelo. No dejaba de verlo a los ojos, y de quitarle el uniforme de mesonero con la mirada, incluso cuando le pedía la hora o la cuenta por algún almuerzo servido en La múcura de Maiquetía… Y de todo eso se daba cuenta Poli. Rosita, sin duda alguna, era otro de los tantos motivos de burla que lo acechaban: el ex gran baterista y cerebro del grupo de rock exitoso sólo llegaba a seducir a la aeromoza más fea del aeropuerto, por más que siempre hubiera pensado en una vida llena de ninfas y beldades entregadas a la sensualidad de su negada fama.

—Rosita, ¿me haces un favor?

—Claro, querido.

—Ese señor que está allá…

—¿Qué te dijo ese viejo? ¿Sabes que montó una película en el vuelo de regreso? —en plan confidencial, le dijo—: Se puso a gritar como un loco, se orinó encima y se desmayó. Hasta pensaron que se había muerto, porque lo sacaron inconsciente del avión. Con lo difícil que es quitar ese olor a meado de viejo de las butacas, chico, porque si fuera un bebé por lo menos…

—Bueno, te cuento que el tipo tiene una cuenta pendiente y me dice que ustedes tienen sus maletas.

—Eso es verdad.

—Entonces, quiero que me las des cuando aparezcan, que de eso yo me encargo.

—Por mí no hay problema. Ni siquiera creo que tenga nada de valor en esas maletas de Pedro Infante, pero necesito que el viejo me dé la autorización para evitarme problemas.

—Espérate un momentico, Rosita. ¡Señor Dalio, hágame el favor y venga para acá!

—¿Sí, mijo?

—Mire, que Rosita necesita una autorización de su parte para que yo pueda recoger las maletas.

—¿Recogerlas? Pero si yo las quiero ya.

—Sí, pero eso no va a ser posible. Tienen que llamar a México.

—¿Eso es verdad, mija?

—Sí, señor.

—Usted no se preocupe, que yo me haré cargo de las maletas —dijo Poli.

—¿Y luego me las mandará a la casa, joven?

—Sí, luego se las mandaré a la casa. Sólo necesito que eche una firma a esa autorización que le está pasando Rosita.

Sandalio cogió el bolígrafo de plástico que le habían alcanzado y firmó con una letra propia del nivel escolar primario. En la autorización puso un teléfono como único contacto y remató con el inefable título: DALIO GUERRA, ARTISTA UNIBERSAL.

—Perdonen que no haya puesto una dirección exacta. Es que desconozco el hotel en el que me alojaré…

—Pero, viejo, si vives en el barrio El Manguito de Antímano…

—El muchacho no sabe muy bien lo que dice —dijo con una sonrisa incómoda—. De todas formas, en ese número alguien sabrá darles razones de mí… Lástima que no tenga alguna tarjeta de presentación a la mano… Por cierto, ¿esta línea aérea no me podrá proveer de algún cheque para resarcirme de este molesto incidente? Hoy tengo unas reuniones artísticas de extrema importancia, y necesito cambiarme de traje.

—Perdone, señor, pero su pasaje era de descuento y nosotros no garantizamos este tipo de servicios en esos tickets —respondió Rosita.

—¡No me jo!… Bueno, algo tendrán que hacer. En esa maleta estaba mi billetera y no tengo ni para alquilar la *limonsina* hasta el hotel…

La aeromoza se hizo la desentendida, y el silencio reinó por un breve, aunque eterno, espacio de tiempo.

—Oye, mijo, ¿tú no tendrás algo para pagarle el traslado a un artista de mi magnitud? —le preguntó Sandalio a Poli.

—Señor, ¿y usted no iba a pagarme la cuenta del gordo con su tarjeta de crédito?

—Sí, ¿pero no escuchaste que dejé la cartera en la maleta?

—¿En cuál, papá, en la de Pedro Infante?

—¡Cállate, carajo!

—Mire, si quiere, sólo le puedo facilitar la plata para el pasaje de autobús hasta Caracas —le dijo Poli, cansado.

—Bueno, pues, deme eso que yo me las arreglo. Así me reencuentro con parte de la ciudad y me inspiro para crear nuevos temas. Ya sabe, el artista nunca deja de trabajar… Eso sí, espero que no me reconozcan. Tú no sabes cómo es la fanaticada cuando se entera —dijo Sandalio contando las monedas que le había dado.

—¿Papá, y yo cómo me devuelvo?

—¡Gracias, mijo! —le dijo Sandalio a Poli en medio de un fuerte abrazo que olía a orina. Luego, más confidente, le comentó al oído—: Y tú no te preocupes por el gordo, ya él sabrá cómo irse. No le hagas caso que yo casi ni lo conozco.

5

Al otro día, como ya era habitual, el racimo de ronquidos de Micaela no dejó dormir a Poli. Éste se levantó de la cama, y en medio de uno de sus intentos por no hacer ruido, su madre volvió a gruñir con saña renovada. Poli prefirió cerrar la puerta tras de sí y pasar directo a la cocina. En ella, como siempre, se encontró a su padre, bolígrafo en mano y en plena lectura de la *Gaceta Hípica*.

—Ahí tienes tu café, muchacho —dijo el viejo.

Poli se sentó, cogió la taza y preguntó envuelto en una total ausencia:

—Viejo, ¿por qué tú no le hiciste como el tío Bartolo?

Honorio siguió inmerso en sus tachaduras de nombres de caballos como posibles ganadores de la carrera del próximo domingo, y Poli pensó en su remoto familiar. Bartolo, ni más ni menos, fue un tío de su padre que tuvo la desdicha de casarse con la mujer más desagradable de todo Caripe del Guácharo, un pueblo sumergido en matas de naranja, gallos capones y mermeladas de rosas, y que a su vez parió a los hijos más desagradables de todo ese lugar. Cuenta la historia que Bartolo, en principio, había sido famoso por su participación en alguna guerra de montoneros y luego por el continuo calvario familiar en el que tenía que vivir: por un lado, su mujer no dejaba de reñirlo en público, y por el otro, de sus nueve hijos nunca se conoció una conducta comprensiva hacia su progenitor. Sin embargo, Bartolo, un tipo de personalidad pusilánime, seguía yendo día tras día a su casa, llevando las guamas, los huevos de guácharo y los cortes de carne que su puesto en el mercado le iba proporcionando, mientras sus hijos crecían y Auristela, su mujer, le demostraba que, por mucho que lo dijeran las canciones de la pulpería, la vida no era tan bella como parecía. Luego de veintiocho años y cinco meses de infeliz vida familiar, a Bartolo le dio por repetir entre dientes, y con voz queda, la típica frase: "Algún día de estos me voy a coger un camino extraviado". Uno de sus hijos, que le ayudaba en el mercado a descargar naranjas del camión, se burlaba del único consuelo de su viejo y, de cuando en cuando, se ponía de acuerdo con sus compañeros del mercado para jalarle la lengua al mártir. Y Bartolo, siempre fiel a su letanía, repetía sin cesar: "Algún día de estos me voy a ir pal carajo". Ya viejo, inmerso en el infierno de una Auristela renuente a las enfermedades y con una ruma de nietos, un buen día fue Bartolo con dos de sus hijos a cerrar su puesto de frutas en el mercado. Ausente y perdido en algún pensamiento, el tío de Honorio se estaba tomando un café en la pulpería en la que solía descargarse de tantas penas, entre tragos de ron blanco y juegos de dados y batea, cuando uno de sus hijos le lanzó alguna moneda para que le buscara algo de tabaco en el mercado. El viejo Bartolo dejó la taza sin terminar sobre la rocola que daba a la calle, y con su paso recortado se alejó poco a poco en el horizonte hasta convertirse en un diminuto punto, que se borró en lontananza y del que nunca más nadie supo en el pueblo. Con el tabaco desapareció Bartolo, y una promesa que tuvo atragantada durante cuarenta y seis años de perniciosa vida familiar. De nada sirvió buscarlo. El hombre se transformó en una leyenda que, incluso, dio materia prima para muchos chistes y refranes en ese pueblo sumergido en matas de naranja, gallos capones y mermeladas de rosas.

—¿Qué dijiste, muchacho? —preguntó Honorio con una tardanza justificada en sus ecuaciones hípicas.

—Nada, viejo.

—Ah, sí, lo del tío Bartolo. Qué más quisiera yo, Policarpo —dijo Honorio, antes de volver a clavar los ojos en su *Gaceta Hípica*.

Poli volvió a sentir un ardor en el rostro como consecuencia de haber escuchado nuevamente su propio nombre. El viejo se frotó las manos y se dirigió a una hornilla de la cocina de gas para coger la borra del café que tenía que tirar a la basura. A mitad de su acción, Honorio preguntó:

—Oye, mijo, ¿y esas maletas de Pedro Infante?

—Son de un tipo que… —dijo Poli al principio sin darle importancia, hasta que un fogonazo le hizo preguntar—: Viejo, ¿no te suena el nombre de Sandalio Guerrero?

—Sandalio Guerrero, Sandalio Guerrero… Coño, no.

Como se lo esperaba Poli, el tipo era un completo farsante que tuvo la desfachatez de dejarle al obeso, crecidito y pedigüeño de su hijo en el aeropuerto. El balance no era nada bueno: una taza rota, un café sin pagar, un puñetazo en la jeta y, finalmente, el dinero para que se fueran en autobús tanto el viejo como su hijo. De todo eso sólo quedaron esas maletas que le entregó Rosita el mismo día. Con el cansancio del trabajo, Poli no tuvo ni la más mínima curiosidad de registrar el contenido. Pensó en abrir las maletas de ese fantoche, que firmaba bajo el nombre de Dalio Guerra. De pronto reaccionó y le preguntó a su padre:

—¿Y Dalio Guerra no te suena?

—¡Coño, cómo no me va a sonar, mijo! ¡El Ruiseñor de las Américas! —estalló Honorio—. Con ese tipo yo sí bailé, pulí hebillas, olvidé lo que había que olvidar y cogí mil borracheras, muchacho… Por ahí, cerca del picó, tienes unos discos que compré cuando todavía era un chamo feliz como tú.

Poli se levantó de golpe y, en vez de revisar las maletas, corrió en dirección al salón donde estaba el equipo de sonido. Allí se detuvo, y entre una sucesión de viejos acetatos de Lucho Gatica, Bienvenido Granda, Bobby Capó, Tito Rodríguez, Toña la Negra y Daniel Santos, dio con la primera portada de un disco de Dalio Guerra. En éste salían unas palmeras delante de una playa límpida, y en el medio estaba el viejo del aeropuerto con treinta kilos menos, mirada seductora, bigote engominado y un par de maracas en la mano, bajo un título en letras amarillas: EL RUISEÑOR LE TRINA AL AMOR. Al lado, otro disco lo mostraba vestido con una guayabera y abrazado a un requinto, mientras se arrodillaba ante los pies de una bella mulata. Arriba, se leía sin dificultad: EL RUISEÑOR ENAMORA A LA CAPRICHOSA.

Poli desempolvó las carátulas de todas esas antigüedades y comenzó a estudiar cada detalle en ellas. Notó que el bolerista era un intérprete, pues nunca había escrito un tema en ninguno de los discos que tenía entre sus manos. Honorio se sentó a su vera, y mientras su hijo revisaba el material con interés de arqueólogo, le comentaba las canciones que más le gustaban de Dalio Guerra, la repercusión que tuvo en su día y lo sabrosas que resultaban las trifulcas de bares bajo las melodías de "Caprichosa" o "Ingrata de Viernes Santo". Cada pieza le traía un recuerdo nuevo, y cuando Micaela salió del cuarto, tarareó los primeros acordes de "Ánima en pena" —otro gran éxito— con una voz que invitaba más al suicidio que a la alegría.

Pero, a pesar de todo, Poli se mantenía como absorto de todo lo que lo rodeaba. Pensó que el hombre podría ayudarlo con sus contactos, y luego se sintió algo tonto por la esperanza depositada en él. Era verdad que conoció al bolerista de vuelta de un viaje al extranjero, pero su estampa y sus maneras estaban asentadas en la más obvia de las decadencias. Quizás el viejo ya no era la sombra de lo que fue, y en esa posición iba a ser imposible que tuviera algún contacto dentro de la industria.

Honorio, superado el acceso de amargura que le daba ver a Micaela recién levantada, siguió con su cháchara sobre el Ruiseñor. Le dijo a Poli que el tipo era un mujeriego y que parecía tener la filosofía de un boxeador. En cuestión de meses había escuchado que se había gastado todo su dinero en drogas, divorcios, bebida, juicios por abusos a menores y juegos. Alguien una vez le dijo, creía recordar, que Dalio, a veces, se ganaba la vida cantando en una pollera de la avenida Baralt. Mientras los taxistas, policías y malandros convivían en una tensa tregua, no exenta de muslos asados y hallaquitas de maíz, el Ruiseñor ayudaba a la producción avícola con el corral de gallos que salían de su garganta. Si tenía suerte, y el portugués del local El multisápido le pagaba lo acordado, siempre se le veía comer algún pollo frío en compañía de un gordo cuarentón en una mesa erupcionada de latas de cerveza Polar.

Aunque todo parecía estar ya dicho, a Poli le había dado tiempo para acariciar un plan tan desquiciado como original. Así que pasó al cuarto sin hacer caso a las recriminaciones de su madre por las maletas atravesadas, cogió una tarjeta telefónica, el papelito del Ruiseñor y salió en dirección al único teléfono público que aún servía en el barrio. En todo el camino hizo caso omiso de los saludos que se esmeraban tanto en recalcar su nombre completo. Estaba ensimismado, llevaba una idea calvada y pensaba que ya había llegado su momento para demostrarles a los malpariditos de Cosmos hasta dónde era capaz de llegar y triunfar sin ayuda de nadie, aunque para hacerlo tuviera que pasar una temporada en el infierno.

Cuando llegó al teléfono, Poli desdobló el papelito con el número de contacto, y tuvo el cuidado de hundir lo más que pudo con la llave de la casa la tecla 9, que desde hacía meses estaba casi inservible. El teléfono repicó en unas seis ocasiones, y cuando pensó que sus esperanzas otra vez se habían ido al garete, le atendió una voz arañada por los años.

—*¿Sí?*

Poli colgó el teléfono antes de decir algo. Cayó en cuenta de que estaba en un apuro de formas. ¿Por quién iba a preguntar? ¿Por Sandalio? ¿Por el Ruiseñor? No, por supuesto que no. Iba a ser una total estupidez llamar a una casa y pedir al otro lado que lo comunicaran con un pájaro. "Por favor, ¿está el Ruiseñor?" Así se dirigía directo a la ruina total. Podía jugársela y quedar como el eterno desubicado que no respeta la vida privada del artista. Sandalio, por otro lado, tampoco era una manera muy acertada de pedir a alguien que se obstinó en responder siempre bajo otro nombre. Mientras seguía pensando, unos niños huelepegas no dejaban de darle tirones a sus bermudas en procura de algún billete regalado al descuido.

Poli los apartaba con las manos, y luego se decidió a marcar otra vez.

El tono, como era habitual, se repitió en seis ocasiones exactas, y la misma voz volvió a interrogar:

—*¿Sí?*

—Buenos días, por favor, ¿me podría comunicar con el Maestro?

—*¿Cuál maestro?*

—Perdone… con el señor Dalio Guerra.

—*¿Y ése es un maestro para ti?*

—Bueno, es que yo…

—*Mira, aquí ya dejen de joder que no es una central telefónica. No sé si fuiste tú el que llamó antes, pero cada vez que tocan el teléfono tengo que irme de la bodega, y dejar a alguien cuidándola mientras entro al rancho a atender.*

—Perdone, señor, no quise…

—*¡Qué perdón ni qué ocho cuartos! Si quieres ver a ese pícaro, llégate a la casa que está al lado del bloque cinco del Manguito. Es fácil llegar, y si no, pregunta. Si ves a Sandalio, le dices que le pague al señor Arturo, de la bodega El ánima de Taguapire, los treinta mil bolos que me dejó en la cuenta, que sepa que somos gente pobre pero honrada y no recepcionistas. Además, el país no está para pedir fiado con toda esta lavativa de la escasez.*

—Bueno, yo quiero decirle, señor, que…

—*Sí, ya estoy para escucharte. ¡No te digo yo!*

Poli sintió la rabia con la que el viejo Arturo colgó el teléfono y se quedó en medio de los huelepegas como idiota. Ultrajado, pensó que sus sueños volvían a ser depositados en el cubo de basura de la vida que le tocó vivir.

De vuelta a casa, el plan inicial, más allá de quedar en el abandono, seguía cogiendo forma. Quizá las esperanzas no estaban perdidas después de todo, pensó Poli. Sólo había que darle vuelta a las cosas, y éstas terminarían por hacerlo célebre. Cuando abrió la puerta de la casa, y siguió hacia el cuarto, se encontró a Micaela en plena sarta de recriminaciones a un Honorio que, en la salita y con cara de hartazgo, mantenía las manos en la infantil tarea de tapar sus oídos. Poli pasó de largo, y como siempre, no tomó partido de la primera discusión de la mañana. Del cuarto que compartía con su madre salió vestido con ropa de diario, y entre el fuego cruzado de sermones de Micaela, sorteó algunos tiros dirigidos a él y cogió las dos maletas. La vieja no dejó pasar la oportunidad para desviar el tema y pedir razones de los bártulos. Poli se desentendió de todo, y cuando estaba a punto de salir, Honorio le preguntó:

—Oye, mijo, ¿y hoy no tienes trabajo en Maiquetía?

6

—Mira, muchacho degenerado, aquí no hay ni ron, ni leche, ni un carajo —gritó Sandalio.

—Papá, lo que quedaba de ron ayer se lo tomó usted todito —le respondió Atanasio desde el sofá en el que se estaba estirando.

—Si lo que quedaba era una pendejada, nada más para mojarme los labios… En mis buenos tiempos qué voy a decir ron, ¡puro güisqui de veinticinco años para arriba era lo que había! Agua de esa mineral francesa que vale más que un camión de cochinos lleno, mangos que parecían cabezas de ganado, esas huevas de lisa carísimas que son de Rusia… Bueno, todo eso, muchacho. No ese ron peleón de borrachito de mercado que hay en casa, porque un artista como yo puede malograrse la voz de por vida por ingerir bebida en mal estado. Esa vaina araña las cuerdas vocales como uñas de puta. ¿No te conté lo que le pasó a Bienvenido Granda cuando le dieron un palo adulterado?

La puerta emitió tres golpes secos e interrumpió la enésima anécdota de Sandalio.

—Mira, muchacho, anda a ver quién es. Si es el viejo Arturo, dile que no estoy, que ando cumpliendo compromisos en Perú, o mejor todavía, en Puerto Rico, en Ponce, sí, en Ponce. Si es algún promotor de alcurnia, me lanzas la clave para vestirme con la clase necesaria —le dijo Sandalio mientras se escondía en su cuarto.

Atanasio, en calzones, descalzo y sin camisa, se levantó del sofá con muy pocas ganas. Pasó al lado de la botella de ron y se aproximó a la puerta. Cuando la entreabrió, el sol le pegó en la cara, lo aturdió y le hizo achinar los ojos. Sin distinguir siquiera a la persona de afuera, preguntó:

—¿Sí?

El aliento a boca sucia ofendió las narices de Poli. Como se lo imaginaba, la decadencia era total. La casa del Ruiseñor no había conocido una mano de pintura, por lo menos, en quince años. Si no fuera por el gordo que le entreabría la puerta, hubiera pensado que estaba deshabitada. Alguien que fue a la prisión de El Dorado una vez le describió, palmo a palmo, la estructura: un bloque cuadrado, con grietas, pinturas deslavadas por el tiempo y la inclemencia de los años como recordatorio de la desgracia. Aunque nunca comprobó cuánta verdad había en esas palabras, Poli ya se estaba encontrando en la vida real con la imagen que se había creado de la cárcel. De verdad, si él se quejaba de la miseria en la que se hallaba, qué quedaba entonces para el Ruiseñor, un tipo que, según le pareció entender, llegó a tocar el cielo con la yema de los dedos.

—¿Qué quieres? —volvió a preguntar Atanasio.

—Oye, traigo las maletas.

—Mira, ahora no tengo el pasaje del autobús. Si quieres, pásate más tarde, que yo... ¡Ah!, perdón, las maletas. Déjalas ahí que yo las recojo. No te preocupes.

Atanasio realizó todo el proceso de cerrar la puerta, pero Poli la trabó con el pie y le preguntó:

—¿Está tu viejo?

—No... Los compromisos en Perú lo tienen sin tiempo para nada. Se fue hoy mismo.

—Qué bueno. ¿Dónde va a actuar esta noche?

—En Ponce.

—En Ponce, está bien… Mira, si no me llamas a tu viejo, me llevo las maletas. ¡Ponce no queda en Perú, sino en Puerto Rico, gordo bruto! Dile que quiero hablar con él de algo que le interesará.

Lo último lo gritó, mientras Atanasio le daba la espalda y se metía por las ruinas de la casa. Poli volvió a pensar en lo atolondrado de su plan. Todavía estaba a tiempo de abortarlo y salir de allí, con o sin las maletas. Sin embargo, era verdad que, de lograr todo lo planificado, su alma iba a sorber a grandes tragos el elixir de la gloria infinita. La empresa, aunque arriesgada y desquiciada, también tenía su parte de emprendedora y romántica. El riesgo, incluso para lo malo, había sido una constante en su vida. En el fondo, Cosmos se acabó para él por el fantasma del lance mal entendido. Si llegaba a feliz término todo lo que pensaba, él mismo se iba a demostrar su valor. Y con eso le bastaba para reconciliarse con tantos años de reconcomio acumulado.

Una voz desganada se oyó desde el fondo:

—Que entres con las maletas, dice papá.

Poli entró. El aroma a encierro desafiaba a lo más rancio que había llegado a su nariz. Con esa bienvenida, casi estuvo a punto de dejar las maletas adentro y salir. Todo estaba oscuro, sucio, grasoso. Sentarse en el sofá era una misión sólo para atrevidos. El relleno se salía de los huecos hechos por algún cigarrillo al descuido y los lamparones del espaldar demostraban la cantidad de comida que se ingirió allí sin cuidado, juntada con las borracheras sudadas sin tregua. La única mesita que coronaba el diminuto espacio estaba llena de servilletas aceitosas, latas de Polar, vasos a medio tomar, bolsas vacías de chucherías, huesos de pollo en platos de cartón, colillas, filtros desmenuzados y muchísima pelusa. El piso, pegajoso, no dejaba ver su color o estampado original. Una gruesa película de cerveza seca, orina y más colillas dificultaba cualquier intento para aventurar lo que se escondía debajo. Sólo, en las tristes paredes, como rayadas por crayolas escolares, había uno que otro recorte o carátula opaca con la cara del Ruiseñor en su mejor época. Lo demás: dos sillitas de plástico, un viejo televisor y un cable con un bombillo guindado como lámpara de la sala. Cómo, se preguntó Poli, un tipo que había tenido tanto había llegado a tan poco.

—Bueno, joven, aquí me tiene. ¿Qué es lo importante que vino a hablar conmigo?

La actitud del Ruiseñor distaba a la del aeropuerto. Ya no era el viejo fantoche, dicharachero, elogioso. Parecía que sólo quería sacudirse a un pedigüeño.

—Mijo, lo que menos tengo es tiempo. Suelte por ese buche.

—Señor Guerra, vengo a proponerle un negocio.

—Mira, si vienes con esas cosas de las pirámides, de Herbalife o de darme datos de caballo, te has equivocado.

Mientras pronunciaba estas palabras, Poli volvía a repasar el escenario. Un viejo con cara de resaca, despeinado, a medio vestir con la misma ropa con la que lo conoció en el aeropuerto, con unas alpargatas de suela de totuma y con una guardacamisa sucia que acentuaba el relieve de su barriga. Al lado de él estaba el gordo en calzones, rascándose la cabeza, y con la panza bañada en sudor.

—No. No vengo a eso; vengo a algo mucho más importante.

—¿Ajá?

—Vengo a proponerle que me deje impulsar su carrera como es debido.

—Esto era lo que me faltaba, Atanasio. No te digo yo… ¿Quién te ha dicho a ti que mi carrera no navega por los mares del éxito? Mira, mijo, mejor te vas. ¡Ahora sí la botamos de jonrón, Atanasio! Un mesonero del aeropuerto me va a enseñar el camino a la gloria. Si no lo conoceré yo de memoria…

Atanasio se rio como idiota, mientras se quitaba algunas lagañas de los ojos.

—Hazme el favor, muchacho, y me dejas las maletas ahí mismo —dijo el Ruiseñor cuando se incorporaba del sofá como señal de haber acabado.

—Ruiseñor, usted tiene una de las voces más inmortales del mundo de la canción. No puede dejarnos sin transformarse en una leyenda o, mejor aún, en un mito con todas las de la ley —dijo Poli mientras sacaba de una bolsa que traía consigo los discos del Ruiseñor que había encontrado en su casa—. Aunque no lo crea, usted y yo nos parecemos más de lo que se imagina. Yo también soy un músico incomprendido, pero que sé que puedo volver a salir del hoyo. Deme un minuto y le contaré…

Era cierto que la resaca lo estaba matando, pero Sandalio tampoco perdía nada en escuchar al mesonerito. Como todos en el barrio, ya había soportado cosas peores, como las visitas dominicales de los Testigos de Jehová. Los que siempre llegaban a la mitad de sus peores borracheras o cuando estaba por finiquitar algún revolcón con una hembra, y todo para repartir sus revistas y desplegar aquel discurso inmune a cualquier portazo en la cara. Eso sí, esperaba que Poli no hablara del Señor, ni del monte Sinaí ni de los mandamientos, porque ahí sí que no iba a aceptar más palabras que el adiós.

Sin embargo, Poli empezó a comentar la historia sobre su abortado intento a la fama. Fue muy cuidadoso en la elección de las palabras, e intentó contar su episodio como lo hubiera hecho el Ruiseñor en su lugar. Donde tenía que ir una grosería, la metía; donde mejor brillaba una palabra rebuscada pero con un sentido diferente al necesario, se esmeraba en colocarla; y cuando había que exclamar por alguna traición, Poli intentaba hacerlo con la grandeza de un bolerista ante un desamor. Pero si fue cuidadoso con las formas, lo fue más aún con el tiempo para hilar su cuento personal. Sabía que a los desgraciados que tenía por público poco o nada les importaba su infortunio. Si le daban ese espacio, era sólo con el fin de escuchar lo que a ellos les convenía: el éxito, el dinero, el plan para sacarlos de abajo sin mucho esfuerzo.

Y ese plan vino al minuto fijado. Poli les recordó su pasado de compositor, la montaña de éxitos que cosechó para los ingratos de su grupo y su talante de trabajador continuo del verso. Reconoció que nunca antes había escrito un bolero, pero que su experiencia en materia de sinsabores lo acercaba al espíritu trágico y arrebatado del género. Que estaba preparado para una escucha atenta de cada uno de los temas, y de un estudio pormenorizado de los grandes compositores del bolero.

—¿Y cómo se te da la vaina con las mujeres, mijo? —preguntó Sandalio—. A ellas, más que a nadie, debes conocerlas desde lo más profundo de sus tripas. Como un ginecólogo de las emociones, pues. Sin las mujeres, el bolero no existiría, y no sé si tú sepas mucho sobre ellas.

Poli fue agarrado en curva. En minutos recordó todos sus fracasos con el género femenino, la mayoría, incluso, estrepitosos antes de concretarse. Con sus vivencias no había material ni para una estrofa de un bolero; sí, en cambio, para algún tema jocoso y bailable de esos que suelen poner en la radio del autobús que lo lleva al trabajo. Sin embargo, antes de amedrentarse, improvisó su respuesta y le aseguró a Sandalio que con lo que había vivido, y con lo que le quedaba por vivir, más de un despechado universal tomaría sus versos en la voz del Ruiseñor como un elixir para llenar otro trago con lágrimas y alcohol en idénticas proporciones.

El Ruiseñor eructó, y Poli no sabía si estaba interesado o si se moría del aburrimiento ante tanta labia. Así que se calló, casi en el acto, para dar por concluida su resuelta alocución orientada a encantar serpientes y boleristas sin tablas de salvación.

—Bueno, mijo, todo esto es muy bonito. No te lo voy a negar… Pero yo soy un viejo, y sé de esto —dijo Sandalio con solemnidad—. La vida es como el montuno de una guaracha: pura improvisación sobre la marcha antes de que termine la orquesta, men. ¿Viste que sé? También sé que se me ha tratado injustamente en el universo de la canción romántica, casi como un facineroso del ritmo en este pugilato que es la vida. Pero algo me dice que mi gloria no se va a extinguir, carajo, tengo un pálpito, he soñado con eso y pocas veces me equivoco. Mi mamá siempre me decía una vaina…

—Papá, la semana pasada soñaste con el 45 para ganar la lotería, pedimos los reales prestados para jugar y no pegamos nada —intervino Atanasio.

—¡¿Puedes callarte, degenerado?! —gritó el viejo mientras le daba un manotón al gordo, que a su vez huía de la escena—. Este muchacho es mi perdición. ¿Por qué, Diosito, por qué? ¡Quítate de mi vista! ¡Sal de aquí, que estamos hablando gente grande! ¿Dónde carajos me quedé, mijo?

—Me contó algo sobre que no se iba a extinguir su gloria, que había soñado con eso…

—Ah, verdad que sí… Bueno, ayer mismo tuve un sueño premonitorio, como dicen. Primero soñé que estaba montado en una mata y que, desde arriba, le daba machetazos a un tigre bravísimo que terminé quemando. Esa vaina deben ser mis enemigos, ¿ah?…

—Pues…

—Luego me acuerdo que estaba en una universidad de esas finas, y que asistía a la graduación de Atanasio. El tipo era aplaudido y cogía un diploma del tamaño de una sábana matrimonial. Bueno, a ese sueño no le encuentro explicación por ningún sitio, si te soy sincero… Pero el que sí me dejó asombrado era uno en el que despedía a un músico de toda la vida, Barbarito Hernández se llamaba, y metía a un muchacho greñudo que hacía que todo sonara mejor. Igual ése eres tú, mijo.

—¿Entonces, en qué quedamos, Maestro? ¿Nos asociamos?

—Bueno, qué más… Hay que darle paso a las nuevas generaciones. Claro que sí. ¡Vamos a echarle pichón, pues!

El viejo se sintió como el día en el que grabó su primer elepé. Aquella tarde en la que, dos meses después de haber sido descubierto en un concurso de radio, lo hicieron inmortalizar diez canciones populares en una sola sesión, la justa cantidad de temas que lo sacaron del barrio y lo propulsaron a una vida de pura dulzura y deleite. Quizás el destino, después de todo, volvía a acordarse de él y le ponía delante a un joven ambicioso, con piel de mesonero y alma de artista. Las maletas sólo fueron una excusa para que dos almas sensibles se encontraran frente a frente con el fin de revivir el despecho de todos los mortales. En fin, el gran Dalio Guerra abrazó a Poli y le estrechó las manos con todas las fuerzas posibles. Un gallo cantó desde el patio. El mesonero, acorralado por un vaho de alcohol y boca seca, desenvainó su mejor mueca ante la posible insensatez a la que se lanzaba sin paracaídas, y en medio de la efusión, el Ruiseñor le disparó:

—¡Esto merece un brindis, mijo! Vaya adonde el viejo Arturo y cómpreme un cartón de leche y unas Polarcitas, mientras le doy de comer a Manoepiedra. Nos arreglamos cuando el proyecto empiece a dar plata… Ah, y si pregunta por mí, dígale que hoy canto en Ponce.

7

Mientras desplegaba algunos manteles sobre la mesa número cuatro de La múcura de Maiquetía, Poli comenzó a repasar su plan. Debía llegar a una decisión entre seguir trabajando en ese sitio o concentrarse por entero en el Ruiseñor. El asunto lo tenía que resolver ya, y representaba una buena encrucijada en su vida. Pero ¿quién iba a aguantar a Micaela cuando su hijo regresara sin el pan debajo del brazo?, pensaba Poli. Porque, aunque el trabajo del restaurante no daba para mucho, sí ayudaba a proveer algo en la casa. Sin embargo, también era verdad que desde la barra de un comedor tampoco iba a ser capaz de manejar los pasos de un bolerista mancillado por la destrucción y el olvido. Lo mejor, decidió, era darse un poco de tiempo y empezar a trazarse estrategias. La labor era de hormigas.

Lo primero que tenía que hacer era solucionar el tema de las mujeres. Pensó que ir a un bar era la mejor manera de hacerlo. Sin embargo, su caso era muy difícil. Poli se veía al espejo y no le parecía ser un hombre tan poco agraciado, pero la dura realidad contradecía cualquier consideración estética que tuviera sobre sí mismo. Si había algo que le molestaba en su vida era ver el éxito que tenían los demás con las mujeres. Conocía el caso de muchos que, con igual o menos medios que él, siempre conseguían a una hembra para combatir los ratos de soledad.

No era raro para Poli sentir un escozor en todo el cuerpo cuando le tomaba la orden a una pareja amorosa. Para esos casos, su resentimiento había trazado una estrategia tan infantil como eficaz: siempre esperaba el momento en el que el caballero se disculpaba para ir al baño, y casi sin quererlo —y sin que nadie se diera cuenta— dejaba caer al descuido algunas gotas de café sobre la silla del varón. El plan deleitaba al mesonero cada vez que el hombre llevaba calzado algún pantalón de vestir blanco o de color claro.

Pero ésa era una pequeña venganza hacia su triste realidad. Poli no podía hacer nada más con las parejas que veía en la calle, porque él era de ese tipo de gente que sufre al ver la felicidad sentimental de los otros. Una mano tomada por una chica a su amante resultaba afrentosa. Los besos en la boca que se daban algunos desvergonzados en la parada del autobús lo hacían hervir de impotencia.

No sabía por qué tenía esa incapacidad para consolidar una relación con una mujer. Cuando joven, notaba una y otra vez cómo sus amigos perdían la virginidad, mientras él construía alguna mentira para no ser el objeto de burla de la pandilla. En todo el bachillerato no dejaba de presenciar la cantidad de veces que el Junior, el galán de la clase, se hacía con una y luego con otra, con la misma facilidad que tenía Poli para reprobar exámenes de matemáticas. En Cosmos él era el único que no tenía una novia que le aguantara sus frustraciones y excesos de aspirante a estrella de rock, y quizá, viéndolo bien, fue por esa razón que ninguna letra de Poli le cantaba al amor de una mujer. Todas y cada una hablaban de cosas cotidianas y sólo se referían a las chicuelas como lo haría un teólogo hacia una ensalada.

Quedaba volver al meollo del asunto: al odio que sentía por quienes siempre tenían éxito con las mujeres. Relacionarse con una le costaba horrores. En un paseo de cuatro veredas nunca atinaba a decir algo provechoso, y a lo sumo terminaba siempre dando el aspecto de ser una persona repelente. Bastaba con que una chica le hablara de algún tema de moda para que en su actitud rebelde, Poli despotricara contra sus gustos y le comentara lo provechoso que era el irrespeto a las reglas, a la religión y a la política. Fue así como, por mucho que lo intentaron, todas las novias o amigas de los demás integrantes de Cosmos fracasaron en sus acciones para enlazarlo con algunas de sus compañeras más complacientes.

Su primera experiencia sexual fue penosa. Desesperado por la cantidad de fanfarronadas de los conocidos del barrio, Poli robó un dinero que guardaba Micaela con mucho celo dentro de un paquete de harina PAN, y se dirigió a uno de los burdeles más despiadados del barrio. Su entrada distó de ser triunfal. En la puerta tuvo que darle más de cinco mil bolívares al negro que cuidaba sólo con la finalidad de que se hiciera de la vista gorda, en un sitio que era famoso por su ceguera en cuanto a edades. Adentro, sin tener mayor experiencia con las mujeres malas, Poli tuvo que brindar todas las copas más caras a las siempre demandadas Ilussion, Éxtasis y Nefertitis. Ninguna fue capaz de darle ni un beso en la mejilla, y más que como a un cliente, lo trataron como al niño de los mandados en un día realmente flojo. Fue así como menguó casi todo el dinero sustraído a su madre en copas de ron, vino espumante y anís de contrabando.

Cuando Poli, ahogado por la falta de dinero y por la botellita de agua quina que se dignó a venderle el barman, pensó que la noche no podía dar para más, hizo su entrada la Tongo. La Tongo era la trabajadora más veterana del lugar. Los que la conocían, decían que era toda un alma máter para las demás putas del bar Dust in the wind de La Dolorita. Nadie como ella sabía darles mejor uso a sus labios, a la planta de sus pies y a las yemas de sus dedos. Sin embargo, sus años de gloria comenzaron a marchitarse conforme su barriga luchaba por edificar pequeñas lomas en sus conjuntos de lycra. Los dientes también comenzaron a caérsele poco a poco, y los que le quedaban sentían los estragos de una rebelión de caries mal curadas; aún así todo eso podía soportarse, a no ser por la enorme cicatriz que le cruzaba el pómulo izquierdo hasta chocar con un ojo que, después del nunca aclarado incidente barriobajero, no pudo ser de otro material que de vidrio. Quienes habían estado a un palmo de su cara decían que ver ese ojo inmóvil y de un gris niebla, coronando el monumento a la desgracia, podía quitar los efectos de cualquier borrachera.

Pero Poli no era el alcohólico más infame del barrio. Sin mayores posibilidades de llevar la noche a un feliz término, se armó de valor cuando la Tongo le espetó con mercenaria voz:

—Mira, pajilandio, ¿quieres echar un polvo barato y sin necesidad de que me brindes ron?

No había articulado ninguna respuesta cuando la enorme humanidad de la puta lo agarró por el cuello, con el gancho que le había enseñado aquel cliente de lucha libre, y lo subió a un cuartucho en donde ni las ratas hubieran dormido sin asco. La Tongo, en un movimiento de manos que más parecía de mago que de meretriz, despojó a Poli de toda su ropa, y mientras el futuro mesonero se sonrojaba y no dejaba de temblar como un conejo ante una escopeta, ella hizo otro tanto no sin antes abrir bien las piernas encima de la única cama que adornaba la pocilga. Ante unas fauces barbadas y poco amigables, Poli notó cómo el agua quina trepaba por su esófago como un mono aullador de los manglares. Al momento de sentir las burbujas subiendo por sus conductos nasales, la luz de todo el burdel se fue en uno de los habituales apagones de La Dolorita. En penumbras, y lleno de babas, Poli sintió cómo una masa carnosa y llena de pelos lo aprisionaba con encono y pugnaba por meterle la lengua resbalosa a unos labios que él buscaba sellar así fuera con los dientes. El forcejeo, que parecía eterno, hacía que Poli sucumbiera al dolor que le provocaban los cañones de las piernas de la Tongo y las pellizcadas de pezones que ésta se empeñaba en brindarle con una insistencia de verdugo. Ya, cuando pensó que iba a ser el triste sujeto de una violación pagada, la luz regresó con debilidad y vio cómo la Tongo sudaba por un esfuerzo que no dio resultado.

—Pero, muchacho, si eso está más muerto que Simón Bolívar en el Panteón Nacional.

Poli se incorporó como pudo, mientras sentía la sábana pegada a su espalda. La veterana intentó coger al breve difunto con sus manos, y hasta cierta disposición oral mostró, pero Poli prefirió realizar un rápido movimiento que lo sacó de la cama en busca de sus calzones.

—Mira, mijo, ¿antes de venir para acá no metiste tus bolas en una ponchera con agua fría? —preguntó la Tongo con la misma actitud didáctica de una maestra de escuela.

—No.

69

—Bueno, eso fue lo que te pasó… Vístete y déjame los reales en la mesita de noche. Para la próxima vente preparado, pajilandio.

Pasaron los días, las semanas, los años, y Poli nunca supo para qué servía ese procedimiento. Como en esa época todavía era sugestionable, parecido a un seminarista, el muchacho remojó sus partes íntimas en agua con hielos hasta que se cansó de tanto escalofrío. Fue la única cosa en la que le hizo caso a la Tongo. Lo de la futura visita estuvo descartado desde que puso un pie fuera del burdel y empezó a planear una historia por demás convincente para Micaela. Quizá lo preferible iba a ser echarle la culpa del robo a la pasión por los juegos de caballos de Honorio, y así solucionaba las cosas de mejor manera. En ese entonces, nunca se le ocurrió que ésa, precisamente, iba a ser la causa del cambio de habitaciones en su casa y de compartir la cama con su madre por tiempo indefinido. Los traumas, y más los que están relacionados con la sexualidad, tienen orígenes de lo más díscolos y recónditos.

Ahora, ante la última mesa del restaurante que le faltaba por adecentar, Poli reconoció que el problema de todo el repaso estaba en él, y que debía solucionarlo por el bien de sus aspiraciones. Lo de seguir en el trabajo lo meditaría mejor, pero era urgente lo de conocer a las mujeres para inspirarse. Pensaba en eso con intensidad hasta que una doña lo llamó para que le acercara la carta.

8

—Soy Poli. Me gusta la música rock… pero también puedo escuchar otras cosas… Tocaba la batería. Me gusta componer canciones. Ahora tengo el pelo más corto que antes. A ver, qué otra cosa… No sé, mi número es el que dije al principio… Soy Poli, pues… Ya está.

Colgó el teléfono público y caminó hacia la mesa con el periódico estrujado. Antes de sentarse lo volvió a extender en la página de los clasificados. Ahí estaba el anuncio, pequeño y cuadrado, incitando a la llamada que Poli acababa de hacer. Si la cosa se daba como quería, entonces ya no había nada más que temer: la carrera hacia la fama y las mejores letras del bolero estaba más que cantada.

Dirigirse hacia la mesa no fue una tarea ni fácil ni placentera. Poli tuvo que sortear algunos borrachos, tener cuidado con lo que pisaba y confiar en su sentido de orientación dentro de un local en el que la luz era más bien un servicio de lujo. Cuando logró sentarse, Dalio aún no terminaba de rematar su canción. Podía decirse que el sitio donde estaba Poli era privilegiado. Tenía al Ruiseñor casi de frente y al mismo tiempo él podía estar de incógnito. Sin embargo, en El multisápido daba igual quién estuviera cantando en esa minitarima improvisada. La mayoría de la gente sólo estaba pendiente de revisar sus cuadros de caballos, tomarse los tragos y comerse sus presas de pollo a la brasas, la especialidad del lugar.

71

Dalio sólo había quedado para eso: para graznarle a borrachos y perros de El multisápido. Poli no dejó de sentir algo de lástima. La otrora gloria de la canción ahora se encontraba frente a tipos que chupaban con avidez los huesos de las alitas de pollo, a veces sin importar si eran de segunda mano. Pensó que si lo sacaba de ese lugar y lo colocaba en grandes escenarios, entonces superaría la prueba personal que se había impuesto. Sabía que no iba a ser fácil, porque el Ruiseñor apenas chiflaba. Su voz estaba oxidada como un viejo cuchillo que descansa en un pozo de lluvia. Cualquiera hubiera desechado, después de esa triste actuación acompañada de un casete instrumental, algún intento de potenciar una carrera perdida en las nubes del olvido. Sin embargo, Poli no dejó de recordar lo que siempre decía Honorio sobre Ismael Rivera, Maelo.

En la época en la que funcionaba el Volkswagen gris, siempre tenía que escuchar todas las canciones que le ponía su padre al tiempo que desgranaba sus anécdotas. Cuando llegaba a los dos discos de Maelo, *De todas maneras rosas* y *Esto sí es lo mío*, Honorio repetía la proeza del sonero: después de atravesar las fisuras de una vida huracanada, de drogas, pescozones, amanecidas y alcohol, el cantante puertorriqueño intentó regresar del infierno sin hematomas. Creyó haberlo logrado hasta que se le ocurrió abrir la boca para entonar alguna estrofa. En ese momento, Maelo se dio cuenta de un par de verdades: de que nada es para siempre y de que hasta a los leones se quedan afónicos por muy reyes que sean. La inmortal voz de "El nazareno", "Las tumbas" y "El incomprendido" se estaba apagando. Quizá le dolió percatarse de esta tragedia, Honorio no estuvo allí para saberlo, pero lo cierto fue que el cantante no se amedrentó ante la adversidad. Maelo entró al estudio y grabó un nuevo elepé para su feligresía. Invocó al hambre, y de sus vísceras algo salió. El sonero estaba allí, en cada surco, riéndose de sus detractores. No le tuvo miedo al quinto ni a la aguja del tocadiscos ni a Dios ni al diablo. Como un zorro se ayudó de todo y optó por el bolero, la bomba y un catálogo sin mácula. Nadie notó la anormalidad por una simple razón: porque mientras el corazón le bombeó sangre, la veteranía del intérprete supo cómo darle la vuelta a su mar de leva.

Ésos eran los milagros de la música que tanto atraían a Poli. En Dalio, pensaba, también había que reconocer las limitaciones para superarlas. Una buena dieta, alguno que otro cuidado a la hora de componerle y admitir que ya no se tenía la voz de hacía treinta años bastaban para replantearle la carrera a la ruina que venía a su encuentro.

—¿Entonces, chico, te gustó la lavativa? —preguntó el Ruiseñor antes de pegarle la boca al pico de la botella de Polarcita que traía en la mano.

—Sí, Dalio, habrá que arreglar algunas vainas.

—¿Y ya tienes algunas cancioncitas hechas para mí?

—Ya se las daré, no se preocupe…

—Mira, es que ya quiero salir de acá, chico. Éste no es mi público, porque no saben reconocer mi arte, no es como la gente de antes que me tenía en un pedestal, muchacho, si te contara, mijo… Pero yo sé que vamos a salir de este bache, ¿verdad?

—Claro, Dalio, eso es lo que vamos a hacer.

—¡Bueno, vamos a brindar entonces, pues! Es que, no sé por qué, pero algo me hace que confíe en ti, mijo… ¿Para cuándo me tendrás algunas cancioncitas de esas de mujeres pérfidas y arrebatadas?

Poli ya no encontraba cómo eludir la pregunta de siempre. O Dalio era un desesperado o él no iba a la velocidad con la que se acostumbra tener alguna canción. Lo cierto era que, en las semanas en las que compaginaba su trabajo de mesonero con la carrera del Ruiseñor, le había dado tiempo para pensar muchas cosas, pero no para escribir la primera canción sobre las mujeres malas. La razón no dejaba de estar en su incompetencia con las bandidas. En todo ese tiempo Poli no se acercó a ninguna mujer, las telenovelas tampoco le ayudaban y las pocas letras que le salían seguían siendo para un grupo como Cosmos, y no para un ejemplar como Dalio. Cuando se desesperaba con esa asignatura, siempre recurría a la Biblia para calmarse. El padre Rigoberto se la había regalado desde sus tiempos de monaguillo, y nunca dejó de recomendársela como la mejor lectura para los momentos más duros.

—Bueno, todavía no tengo una canción completa de esas que dice, pero he estado leyendo la Biblia y tengo una cosa para usted.

—¡Coño, ahora no me salgas con que eres un testículo de Jehová, mijo!

—No, maestro, es una cosa que estoy pensando muy seria. Podemos darle la vuelta al bolero y cantarle a otras cosas. ¿Usted no ha visto *Jesucristo Superstar*?

—¿Jesucristo estar? No.

—Bueno, fue un musical muy famoso que puso a sus protagonistas y cantantes en la gloria.

—Ajá, ¿y entonces?

—Bueno, que tengo un plan que nos puede poner en donde hay plata.

—Desembucha, pues, que a la gloria también quiero ir yo.

Poli tragó saliva, cogió aire, y como pudo, expuso su idea en el fragor del ambiente. La cosa era arriesgada, lo sabía, y mucho más si se la vendía al Ruiseñor. En el plan más didáctico, empezó por contarle todo lo que sabía del Santo Sudario. Le dijo que existía una tela que le habían puesto a Cristo en su final y que la cara se había dibujado con la sangre que bañaba su faz. La idea de Poli, precisamente, partía de ese punto. Todos los adelantos tecnológicos y de clonación eran noticia frecuente en las páginas de los periódicos del mundo. Le decía a Dalio que incluso un zamuro podía duplicarse en un laboratorio a partir de uno de sus dientes o del pelo de una pata. Aunque el Ruiseñor poco le creía, decidió escuchar el salto que iba a dar el muchacho hasta caer en Jesucristo. Poli no tardó mucho y lo hizo como lo tenía previsto: para él cabía la posibilidad de clonar a Cristo a partir del Santo Sudario. Y, exactamente, en ese punto empezaría una ópera-bolero que Poli tenía en mente.

Su narración venía en forma de manantial. El otrora compositor de Cosmos sintió una corriente eléctrica, y comenzó a hablar sin parar acerca de ese proyecto mientras se le ocurrían mil y una marcianadas. Si Jesús fuera clonado, mucho provecho se podría sacar de él, comentaba Poli. El hombre trabajaría en alguna ONG, multiplicaría la comida para el Tercer Mundo, visitaría los hospitales y sanaría todas las enfermedades incurables, caminaría por encima de las aguas para salvar ahogados y resucitaría a los personajes más valiosos que había dado la humanidad. Todo eso lo tenía escenificado Poli en su mente. Con las enseñanzas del Salvador no habría problema. El exmonaguillo se había leído algunos pasajes de la Biblia subrayados por el padre Rigoberto, y en las canciones que tenía planeadas iban a verterse en verso todos y cada uno de los pensamientos del hijo de Dios.

Aunque no llevaba muy bien la cronología de los hechos ni de sus recuerdos, Poli le hablo de Nabucodonosor, del Hijo Pródigo, de Lázaro, de Pilatos, de los fariseos, del Monte de los Olivos, de Herodes, de Canaán y de otros tantos datos sagrados que amalgamó en una masa que debía deglutir Dalio. Poli tenía todo en la cabeza desde la persecución dentro del Vaticano con el pedazo de tela, el escape al laboratorio de clonación y la posterior aparición de un Cristo piadoso y cantarín. El éxito, le comentaba a Dalio, podía estar asegurado por dos vías. Primero, cimentaría la polémica que tan buenos resultados le ha dado al mundo del espectáculo, y por otro, tendría a fervorosos creyentes en las colas de los recitales. Y si con todo eso se aseguraba la mayor de las alegrías, también era cierto que para nadie era una pésima idea reaparecer en escena, después de muchísimos años, como el hijo de Dios. Las ovaciones y la gloria, según Poli, estaban por demás garantizadas para un artista relamido en el olvido de las masas.

—¿Pero, mijo, y Jesucristo no era un carajo como de tu edad? —preguntó Dalio, Polarcita en mano—. Yo ya estoy muy mayor para esas vainas.

—Sí, pero podemos recurrir al maquillaje para rejuvenecerlo, maestro. Además, estoy seguro de que si me hace una dieta y se me cuida un poco más, se quitará muchísimos años de encima y yo seré el viejo a su lado…

—Mira, está muy bonito lo que dices, no lo voy a negar, pero Cristo se murió de treinta y tres años, compay. Eso hasta yo lo sé, y yo tengo más de setenta. Ni a coñazos me van a quitar la mitad de la edad, bordón.

Además, el bolero, que yo sepa, le canta a las mujeres malucas y a nada más.

—Sí, en eso tiene razón, Dalio, pero lo que le estoy proponiendo es darle una vuelta a lo que ya se conoce, que usted sea un pionero.

—¿Un pionero? Refréscame la memoria que esa palabra que tanto he usado se me ha olvidado.

—Dalio, usted le tomará la delantera a los envidiosos… Usted con toda su fama no puede permitirse regresar como cualquier otro bolerista del montón. Yo puedo conseguirle mil soluciones a todo.

Poli le aseguró que su ópera-bolero sólo necesitaba unos pocos retoques. De repente, podían decir que el Cristo a imagen y semejanza de Sandalio Guerrero había salido así por lo viejo del Santo Sudario o por un extraño error en el proceso de clonación genética. Eso, para Poli, se lo tragaba hasta el científico más diligente. Además, lo que esperaba la gente era escuchar letras nunca antes oídas en el género y por la voz que tantas páginas escribió en la historia del despecho y del llanto fácil.

—No sé, muchacho, es que no me cuadra todo lo que me dices… Por lo que cuentas se necesita a un gentío encima del escenario, y yo soy el importante…

Poli volvió a su empeño de seducirlo con la idea. Le dijo que lo que importaba era ver al gran Ruiseñor cantando todo lo que pudiera salir de la boca del personaje más universal que había dado la historia, que el Cristo que tenía pensado lo iba a abarcar todo en la obra, que sólo era necesario Dalio con su túnica, su barba postiza, sus maracas y, a veces, el requinto en la mano para que entonara hasta en guaracha el Sermón de la Montaña.

—Ya se lo digo, Dalio: el éxito estará aseguradísimo. Su nombre volverá a brillar en la constelación de estrellas que la historia de la canción romántica le tiene reservada.

—Bueno, mijo, se nota que a ti nadie te quita una idea de la cabeza. Vamos a hacer un trato y estamos a mano, ¿sí? Tú me empiezas a escribir canciones de bolero, como las de siempre, y yo me preparo para lo de tu idea de Cristo, porque hasta que yo no vea la primera canción tuya sobre las mujeres malas no me pongo la batola, muchacho.

—¡Trato hecho, maestro! —dijo Poli mientas le estrechaba la mano.

Dalio terminó por dibujar una enorme sonrisa en la que relucían sus dientes falsos. Le guiñó un ojo a Poli, pero luego dirigió su mirada hacia otro blanco que no era la cara de su joven compañero artístico. Con su habitual indiscreción, no se aguantó y preguntó, señalando el objeto que Poli tenía en la mano:

—¿Y ese celular, mijo?

—Ah, lo acabo de comprar… ¿Sabe? Es para hacer los contactos y todo eso.

—Verdad que sí, mijo, como los mánagers esos que siempre están pegados a un teléfono por el bien de su artista representado, en este caso, mi persona…

—Eso mismo, maestro. Quizás y hasta este celular nos ayude a escribir nuevos boleros en su carrera.

9

La voz era tierna y con un toque seductor.

—*¿Aló? ¿Hablo con Poli?*

—Sí, ¿quién es?

—*Ah, bueno, soy Vicky.*

—¿Vicky?

—*La del anuncio de buscar parejas.*

—¡Ah, perdona!, ¡no cuelgues! —Poli se puso el celular en el pecho, antes de retomar la conversación—: ¿Y te llegó mi mensaje? —preguntó casi al instante de sentirse como un imbécil por lo que acababa de decir.

—*¡Claro! A mí también me gusta el rock. Bueno, me gusta todo tipo de música. Y… ¿Sabes?* —preguntó antes de rematar con voz algo pícara—: *También me gustan los hombres musicales…*

—¿Y cómo eres tú?, digo, físicamente…

—*Yo soy catira, creo que soy alta para ser mujer, flaca, ojos claros… No sé qué más decirte.*

—Oye, Vicky —pensó en un breve lapso que pareció eterno—: ¿Cuándo podemos quedar para conocernos?

—*No sé, ¿este fin de semana?*

—Bueno… me parece bien.

—*¿Y tienes carro?*

La pregunta lo desarmó casi al instante, pero una agilidad mental nunca antes vista hacia el género femenino lo pudo sacar del bache:

—Sí, claro… Tengo un escarabajo del 67, gris… Me gusta coleccionar carros antiguos…

—*Bien, toma nota.*

Poli escribió en una *Gaceta Hípica* de Honorio. Al colgar el celular no creía que ya tenía cita y que ésta lo iba a llevar de la mano por los gloriosos meandros del bolero.

—¡Oye, viejo, te rayé una *Gaceta Hípica*! ¡No la botes que voy a pasar en limpio lo que le escribí! —le gritó a Honorio desde la salita.

Cuando se enfilaba hacia su cuarto, Poli recordó algo imprescindible para su salida.

—Viejo, ¿qué es lo que tiene malo ese carro?

—N'hombre, muchacho, más bien pregunta qué es lo que tiene bueno… Primero los cauchos están lisos, la bujía está vencida, los frenos largos y no prende porque hay una cosa rara que tiene el motor. Yo te pedí el favor de que me lo revisaras hace más de cinco años y me diste una mala contesta que no se me ha olvidado. Me dijiste, porque lo tengo anotado: "Mire, papá…"

—Sí, yo me acuerdo de esa contesta. ¡Hubiera sido conmigo y te daba un pescozón, muchacho! —gritó Micaela desde el cuarto compartido en el que aún dormitaba en la cama.

—Bueno, eso lo dejamos para después, viejo… Si tienes algún repele ahorrado me lo pasas para arreglarte las tres cosas malas que debe tener ese escarabajo. Ahora me fijo bien y te digo.

—Pero Policarpo, si tú sabes que vivo al día, con lo líquido. El único que gana plata acá eres tú. En este país y de vaina se come.

—¡Papá, no me digas que no tienes ni para que te arregle el carro! Imagínate lo que te vas a ahorrar en autobús.

—Para lo que yo salgo, muchacho…

—De verdad que con usted es imposible congraciarse.

—¡Tú eres con el que nadie en esta casa puede tener la menor esperanza de nada! —volvió a gritar Micaela.

Poli ignoró la réplica para no gastar energías. Sabía que el carro le iba a pedir mucho más de lo que podía meterle en dinero, y era necesario dejar algo de fondos para su cita con Vicky. Repuestos nuevos iban a ser imposibles y sólo le quedaban dos cosas: o ir a la chivera que conocía o birlarse algunas piezas. Ninguna de las dos opciones era difícil de cumplir, así que lo único en lo que debía centrarse era en revisar el escarabajo y en tratar de tenerlo listo para la fecha del encuentro.

El Volkswagen estaba mucho más sucio y abandonado de lo que se imaginó. Cinco años estancado frente a la puerta de su casa no fueron para nada beneficiosos. Los cauchos habían cogido mala forma, la pintura se había picado, un foco fue robado por algún malandro, al igual que la insignia, y todavía faltaba ver el estado del motor. Los conocimientos de mecánica que tenía Poli eran más que respetables. Su segunda facultad, después de la musical, era su facilidad para entender el funcionamiento de los aparatos. Nunca recibió alguna clase de ello o esperó a que alguien le explicara, sino que nació con esa disposición como sucede con quienes vienen al mundo con buen olfato para los negocios. Desde que dejó Cosmos, Honorio y Micaela no pararon de empujarlo a tomar un puesto en el taller mecánico del barrio, pero Poli siempre se negó. Él iba a trabajar en lo que le saliera del fondo de su alma, y nunca iba a entregar sus conocimientos mecánicos para engordar la fortuna del italiano dueño del taller La bujía feliz. Prefería ser un mesonero anodino que un experto reparador de carros. Por lo menos, la ganancia casi iba a ser la misma, y así no malgastaba todo su arte en la buena fama de un comercio que no le iba a reconocer sus méritos. Ya había tenido suficiente con su amarga experiencia musical. Si una mitad de sus facultades ya había sido entregada de mala manera, no había razón para hacer lo mismo con la otra.

Pensaba todo esto mientras veía el Volkswagen. Sabía que no iba a ser mayor trabajo, pero sí entendía que tampoco era un santo milagroso para combatir la mala estampa del carro en un país sin repuestos. Y lo que era aún mucho más difícil de conseguir: el dinero que debía invertirle iba a ser considerable para un asalariado de los de su tipo. Ya con la compra del celular había desnivelado gran parte de su presupuesto, y aunar ese gasto al de los repuestos mecánicos iba a disparar la resta de sus ahorros.

Poli vio las piezas que podía comprar en la chivera, pero también sacó de su lista las que no podía permitirse. Entonces, volvió al teléfono público.

—*¿Sí?*

—¿Hablo con el señor Arturo?

—*Sí, ¿quién es?*

—Le habla el agente Florentino López, sabemos que usted puede contactarnos con el señor Dalio Guerra.

—*¿Con ese sinvergüenza?*

—Necesitamos hablar con él. Es un asunto muy importante, y perdone las molestias.

—*Bueno, ya se lo busco, pero no quiero problemas en mi bodega ni en mi casa…*

—No se preocupe, señor Arturo, nuestra conversación será privada y ya cuidaré de que usted siempre esté seguro en El ánima de Taguapire.

82

Poli jugó con las llaves oxidadas del escarabajo. No sabía hasta qué punto el bodeguero pudo creerle su mentira, pero ésta había sido una recomendación del Ruiseñor. El miedo que le tenía Arturo a los policías era proverbial. En muchas ocasiones fue objeto de extorsión y debió pagar caro el silencio de muchos agentes corruptos. Ellos, previo desembolso, estaban en disposición de hacerse de la vista gorda con cuanto material de sobreprecio y bebidas adulteradas podía vender en la bodega, de la misma manera que hacían con todos los permisos vencidos. Los robos violentos y grescas callejeras enfrente del negocio eran otra cosa. Ya era un problema único y exclusivo del comerciante y de los malandros.

—*¿Sí?* —preguntó Dalio.

—¿Se fue el viejo Arturo?

—*Oiga, Arturo, ¿puede hacerme el favor de cerrar la puerta? Gracias... Ahora sí se fue, mijo.*

—¿Y sí se creyó la cosa?

—*Todita, mijo* —respondió en susurros—. *Si ése se caga encima cuando le llama un policía que no conoce. Lo del agente López lo tengo bien medido.*

—Así será...

—*Bueno, ¿para qué me llamas?, ¿me tienes un buen contrato?, ¿cuándo canto en el Teresa Carreño?*

—No, es que estaba pensando...

—*Mijo, ¿cuándo vas a terminar de pensar de una vez? Yo necesito darle un empujón a mi carrera desde ayer.*

—Sí, pero le llamo por eso. Usted sabe que hay que mover toda una maquinaria, invertir en todas las piezas, pensar los movimientos, rechazar la improvisación, estar atento al mínimo...

—*Está bien, ¿qué carajos quieres?*

—Bueno, que como usted vendió su carro y necesitaremos un medio de transporte…

—*¿Ajá?*

—… Yo pensé que si arreglamos unas cositas de un escarabajo que tengo por acá.

—*Mira, mijo, yo no tengo ni para mecánicos, ni nada.*

—Bueno, pero déjeme terminar, maestro… Lo bueno de la historia es que yo soy un buen mecánico y puedo arreglar el carro gratis. El problema es que necesito unas cositas, ya sabe, unos repuestos… Y también necesito que me ayude.

—*Mire, muchacho, usted me cae bien, pero yo no tengo plata…*

—Bueno, no es mucho lo que le pido. Sólo necesito una insignia del Volkswagen, un foco delantero y los cuatro cauchos. No, mejor tres cauchos. Es que todavía tenemos el de repuesto por ahí.

—*¡¿Qué?! En este país es más fácil conseguir una virgen de dieciocho años que un repuesto.*

—Oiga, que no le pido que los compre ni nada.

—*¿Y entonces?*

—Pensé que Atanasio nos podía dar una mano. Usted sabe, maestro, que si ve un carro mal parado…

—*¡Pero qué me estás pidiendo, mijo! Yo odio la sinvergüencería. Soy un tipo digno y cívico.*

—Maestro, no se me exalte, sepa que algún sacrificio habrá que hacer para que el Ruiseñor vuelva a volar muy alto. ¿Qué tanto daño puede hacer una insignia o un foco o tres cauchos prestados para alegrar la vida del despechado universal con una gloria como usted?

—*Bueno, en eso tienes razón. Un foco no es nada en comparación con mi arte…*

—Es que eso no se puede discutir, maestro.

—Bueno, ¿y de cuánto hablamos?

—¿Cómo?

—De cuánta plata. Mi hijo no se va a arriesgar sin que se le pague algo.

—Es que yo no tengo plata. Decía si Atanasio hacía la cosa de forma desinteresada, usted sabe, por el bien de su padre…

—Mire, muchacho, ese degenerado no hace nada sin que uno le dé sus realitos…

—Yo no tengo nada, maestro. Se lo juro. Estoy invirtiendo mucho en su carrera, ya vio el celular que compré y no sabe lo que le he metido a ese carro… Pensé que Atanasio…

—Ajá. ¿Y si me meten preso al muchacho? ¿Quién va a responder por él?

—No creo que lo metan preso…

—¿Pero y si me lo meten preso?

En ese momento Poli tuvo la certeza de estar delante de un nuevo fracaso. No había por qué seguir, hasta allí los había llevado el río como sociedad. Entonces, abrumado por esa certeza, Poli zanjó el tema como sólo debía hacerse a ese punto de la conversación:

—Déjelo así, maestro. Y perdone las molestias.

—¿De qué hablas, muchacho? No entiendo nada.

—Que yo lo estoy molestando, lo he sacado de su casa y no sé por qué se me ocurrió este asunto… Quédese tranquilo, que lo mejor será dejar todo hasta acá.

—Pero…

—Perdone, Dalio, y perdóneme haberle sugerido la insensatez de poner a su hijo en peligro. Le deseo toda la suerte del mundo.

—¡Pero, muchacho, no cuelgues! ¡Qué insensatez ni qué ocho cuartos! Atanasio mañana mismo estará buscando esas piezas, no se me achicopale, compay. ¿Qué puede *pasar si meten preso al muchacho?, ¿librarme de esa carga? Eso hasta sería un favor, mijo.*

—Pero, usted dijo hace un rato…

—*Estaba calibrando tus reflejos, mijo. Era para ver si te sacaba algo… Mejor dicho: era para ver si sabías negociar. Ya sabes, mi mánager tiene que saber defenderse ante la adversidad en este mundo tan competitivo.*

—Es que…

—*No, no te preocupes, que ese gordo flojo va a buscar esas piezas como que me llamo Sandalio Guerrero. Todo sea por reactivar el despecho en los corazones nobles y dolientes de América. Ahora mismo te voy a dejar, mijo, que el viejo Arturo se me puede calentar más de la cuenta. Tampoco hay que abusar mucho de la gente, chico. Adiós.*

Dalio colgó sin esperar a que Poli se despidiera por el otro lado de la línea, se mesó el cabello con la manía que había cogido desde sus tiempos de galán y salió por la puerta que conectaba con la bodega. Arturo lo vio e hizo un mohín ante la presencia de quien antiguamente llenara salas inmortales. Mientras el bodeguero se escarbaba los dientes con el palillo que tenía en la boca, el Ruiseñor carraspeó y con voz engolada dijo frente a toda la concurrencia:

—Arturo, le manda decir el agente López que me facilite una botella de anís El Mono, un cartón de huevos, medio kilo de jamón, una bolsa de harina PAN y un pote de leche.

—¡¿Qué?! Acá no tengo ni la mitad de esos productos.

—Eso que escuchó. Así que hágame el favor.

10

—Papá, ¿te pegaste el Kino? ¿Y toda esa comida de dónde la has sacado? —le preguntó Atanasio al Ruiseñor.

—Mira, muchacho, de aquí tú no me tocas nada… Si no me haces un favorcito, claro.

—Pero tengo hambre, papá.

—¡Ni hambre, ni nada! Me tienes que hacer lo que te diga y te doy comida, que ya estoy harto de que no quieras servir para nada.

—¿Ahora qué quieres, papá?

—Mira, degenerado, necesito que me busques un carro escarabajo de esos y que le quites la insignia, un foco y las ruedas.

—¿Pero y qué va a hacer usted con eso?

—Tú te callas y me haces eso si no quieres que te corra ahora mismo de la casa.

—Pero tampoco es tan fácil, viejo, además, ¿dónde voy a meter esos cuatro cauchos?

—¡Bueno, está bien, flojo, tres ruedas nada más, pues! Y ése es tu problema, a ver si solucionas tus cosas de una vez como un hombre grande con responsabilidad y dignidad… ¿Sabes quién tendrá un carro de esos por el barrio?

—Que yo sepa, el señor Quesada.

—¿Quién es ese man?

—El que vive en la calle 15. El jubilado del seguro social, ese que se la pasa hablándote de tus conciertos y de tus discos, de cuando era joven y esas cosas.

—Ahhh, sí, Quesada, el tipo es un seguidor fiel. Eso no hay que negarlo…

—Bueno, ese señor es el que tiene un escarabajo blanco, que lo cuida como si fuera su hijo. No sé cómo los malandros se lo respetan…

—¿Y no hay otro escarabajo que no sea el de ese pobre señor, mijo? Me da vaina embromarlo así.

—No, papá. Ése es el que hay.

—Es que sí que me da cosa la lavativa, chico, que al final ese señor que respeta tanto mi condición de artista tenga que sacrificarse… Bueno, nada, al final ese robo será un favor para él. Volveré a los escenarios, a grabar y así al tipo se le quitará todo ese dolor momentáneo por un simple foco y una insignia. Lo recompensaré conmigo mismo.

—Y las ruedas, papá.

—Bueno, eso también.

Cada tramo de la conversación de esa mañana lo recordaba Atanasio con una fidelidad de apuntador de telenovelas, y sólo era interrumpido de vez en cuando por el crujido de sus tripas. La recompensa esperaba, aunque el día no se prestaba para realizar el trabajo sin complicaciones. El viejo Quesada se mantenía en el porche de su casa, tirado en la mecedora de mimbre y en una de esas extrañas ensoñaciones que no dejan de poner en actitud de alerta a la persona. Atanasio sabía que la segunda causa de desvelo del jubilado estaba en el perro callejero que él juraba que era de raza pequinesa. En sus planes pensaba que lanzarle al animal una lonja de jamón con veneno podía dar buenos resultados, pero en su billetera no había ni aire para un zancudo. La mejor jugada estaba en ingeniárselas para hacer que el perro saliera de esa casa, echar el grito de alarma y esperar a que el viejo fuera en su búsqueda.

Si la cosa se daba bien, sólo dispondría de unos minutos para sustraer las piezas del escarabajo.

Atanasio sabía que debía apostar todo por Piñerúa, el supuesto pequinés bautizado así en honor a un político olvidado de una Venezuela lejana. Tirarle una cuerda al perro era impensable. Hacerle señas de lejos menos aún, pues de todos era sabido el odio que le profesaba el animal a Atanasio. ¿Y si le lanzaba una piedra? No había mucho más que hacer. Piñerúa se la ponía difícil, y el viejo Quesada parecía un espantapájaros en su mecedora de mimbre.

Un niño huelepega de Los Manguitos tropezó con Atanasio y siguió su camino sin disculparse. El gordo le tiró un coscorrón que pasó rozando por su cabeza. Quiso pegarle un grito, pero prefirió callar para no alborotar la escena. Sin embargo, notó que el chico se dirigía directo al portón lateral del hogar de Quesada, que daba hacia la zona en la que también dormitaba el perro. El niño se agachó cuando pasó frente al dueño del animal y después metió la mano por una de las rejas del portón. Piñerúa lo vio y movió la cola. Con paso juguetón se acercaba a la mano del huelepega, quien se la pasaba por la cabeza al animal. El perro se tiró panza arriba y el muchacho le hizo cariños. Así estuvieron un rato hasta que el chamaco se incorporó y dobló por la vereda. Piñerúa no se aguantó y dio un pequeño salto por entre los barrotes para seguir el juego. Atanasio, atónito por su suerte, se asomó por la vereda y vio cómo el chicuelo y el perro se perseguían el uno al otro entre gritos y ladridos de júbilo. El momento en el que la fortuna le sonrió más a Atanasio fue cuando vio con sus propios ojos cómo el niño cogía al perro y lo cargaba debajo de la axila para luego perderse por una escalera descendente que comunicaba al barrio con una autopista.

El próximo paso estaba en alertar a Quesada del hurto de Piñerúa. Había que buscar las palabras exactas y esperar a que el viejo reaccionara con arrojo. El resto sería concentrarse en el escarabajo.

—¡Señor Quesada! —gritó Atanasio con paso apresurado y cara de emergencia.

El viejo se incorporó de la mecedora de mimbre como si fuera impulsado por un resorte. En bermudas, medias, pantuflas y con una franelilla blanca, el septuagenario, sorprendido, le preguntó a Atanasio con voz pastosa:

—¿Qué pasó, muchacho?

—¡Le han robado a Piñerúa!

—¡¿Qué?!

—Un huelepega de esos. Se lo acaba de llevar. Ahorita mismo acaba de bajar por la vereda.

—¡No me digas eso, hijo querido! —exclamó, desgarrado, el viejo Quesada mientras se ponía los lentes de aumento y tomaba un palo.

—Sí, señor; si se apura, lo alcanza. Yo es que tengo el tobillo quebrado.

Walter Quesada no dijo más. Apartó a Atanasio y dobló por la vereda. Atanasio se asomó y, cuando se aseguró de que el desgraciado corría escaleras abajo, se dirigió al carro. Lo primero que hizo fue notar que el sol ya se estaba escondiendo en el horizonte. Sacó del bolsillo trasero de su pantalón un cuchillo de cocina y se encargó de quitar la insignia. Más por su torpeza innata que por los nervios, Atanasio no atinó al primer intento y le hizo un rayón al capó del carro, de esos que dan grima con sólo mirarlos. La insignia era un círculo que estaba muy bien pegado a la carrocería, y la mejor manera de despegarlo era meter la punta del cuchillo por la hendidura que se creaba entre el carro y el adorno. Cuando por fin Atanasio pudo encajarla, mientras le daba la espalda al escarabajo para disimular el hurto, su esfuerzo fue tan desproporcionado que sólo atinó a escuchar el típico chasquido metálico que antecede a una pieza malograda. Atanasio giró la cabeza y vio que, en efecto, la insignia se había dividido en dos pedazos difíciles de disimular. Entre dientes pronunció una mentada de madre, se secó el sudor de la frente y metió los trozos en el bolsillo de su pantalón. Después aprovechó para introducir cuatro piedritas en los gusanillos de los cauchos, y mientras se desinflaban, fue directo al foco. Con la noche encima de su cabeza, el trabajo de incógnito se facilitaba mucho más. Atanasio pudo afanarse como pudo en el foco, y en un tiempo más que aceptable, logró sustraerlo sin mayores daños. Con los cauchos la cosa fue más complicada, pero aun así logró sacar uno.

Ya había perdido la cuenta del tiempo que llevaba en la operación, hasta que escuchó unos gritos a lo lejos. Cuando sintió el rumor de la gente aproximándose, Atanasio volvió a poner el caucho sin atornillar en el escarabajo y afinó el oído.

Una señora dio la voz de alarma:

—¡Han atropellado al señor Quesada!

Las luces de una casa vecina se encendieron y de ella salió un hombre con una pistola calzada en el pantalón en su papel de dueño del barrio. La mujer le contaba que el viejo Quesada había bajado y que, haciendo caso omiso al peligro que tenía delante, cruzó la autopista que conectaba con la escalera que daba al barrio. Los carros, proseguía la doña, iban como balas y un antiguo Malibú, que taxeaba de forma ilegal, terminó por embestir al anciano antes de darse a la fuga.

Atanasio vio cómo el hombre de la pistola, sin dejar de asentir, cogía un juego de llaves y bajaba con la mujer al lugar de los acontecimientos. A lo lejos oteó al tipo sacando un carro, el suyo quizá, de un garaje cercano y a un grupo de gente, más abajo, que rodeaba al viejo Walter. Afinó un poco más la vista y notó la pequeña figura de Piñerúa pasándole la lengua a la cara del anciano que yacía con su palo. Del huelepega no había rastros. Posiblemente al otro día engrosaría otro deceso citadino sin registro.

Se secó el sudor de la frente y volvió al escarabajo. Con la lección aprendida minutos antes, ya no tenía problemas para sacar otro caucho sin mayores complicaciones. Todo el extraño botín lo metió en una carretilla que había aparcado muy cerca, le echó un mantel encima y se fue con ella para su casa. Cuando se topaba con alguien en su camino le contaba, con cara de dolor, la reciente tragedia del viejo Quesada y después proseguía su andar. Saboreaba para sus adentros cada loncha de jamón, los vasos de leche y las arepas que su padre le iba a dar apenas entrara a su casa como parte del trato. Cuando traspuso la puerta con su carretilla a cuestas no se aguantó y gritó:

—¡Papá, ya llegué! ¿Dónde están mis arepas?

Dalio salió en bermudas y guardacamisa. Se aproximó a Atanasio y le preguntó con gravedad de borracho:

—¿Dónde están las vainas que te pedí?

—Aquí, papá, en la carretilla, debajo de la sábana.

—¡Levanta esa vaina!

Atanasio lo hizo y el Ruiseñor vio todas las piezas sin inmutarse.

—¿Dónde está el otro caucho?

—Ahí tienes el foco, los cauchos…

—¿Dónde está el otro caucho, degenerado?

—Papá, no cabía otro caucho en la carretilla. La gente se iba a dar cuenta…

—¡Eso a mí no me importa! ¡Es que no sirves ni para sacarle tres cauchos a un carro, coño! ¿Dónde está la insignia, degenerado?

Atanasio metió la mano en el bolsillo del pantalón, sacó lo que quedaba de ésta y se la puso en la mano al Ruiseñor.

—¡Pero, anormal, rompiste toda la insignia! ¡Esto no sirve!

—Bueno, papá, si se le echa un poquito de Soldimix y se le dan unos martillazos…

—No quiero ni ver el foco… Espérate ahí, muchacho. Déjame vestirme y vamos con el Poli…

—¿Y mis arepas con jamón?

—¡Ni arepas ni nada! No mereces que te dé ni esto —dijo el Ruiseñor haciendo una obscenidad con el dedo—. Mira y busca qué quedó en la nevera.

Cuando Atanasio abrió la puerta de la vieja nevera, notó que de la leche no sobraba ni para un vaso y que el jamón había desaparecido. Defraudado y con un candelero que le subía por el rostro, Atanasio supuso que su padre se había atragantado casi todo el botín. No era extraño que lo hiciera, que se engullera todo a espaldas de su hijo y que tuviera la costumbre de dejar los platos usados con restos de la comida que siempre escondía y que nunca compartía con él. Atanasio otra vez había sido utilizado y en esta ocasión hasta pudo haber ido preso en la encomienda. El gordo le pegó un portazo a la nevera y gritó:

—¡Coño, gracias, papá! ¿Dónde carajos está la comida?

Sandalio no contestó. Seguía vistiéndose con mucho afán. Atanasio contraatacó:

—¡Me muero del hambre, coño! ¿Dónde está el jamón?

El Ruiseñor salió con cara de informalidad, y le dijo a su hijo:

—Deja de llorar, muchacho. Vente, acompáñame con las cosas para llevárselas al Poli.

—¡Tengo hambre!

—Mira, mijo, deja de joder. Cuando regresemos te haces unas arepitas dulces y te las comes con huevo.

11

El día no había tratado muy bien a Poli. Los clientes de La múcura de Maiquetía parecían haberse puesto de acuerdo para amargarlo. En toda la tarde de jornada el mesonero ya había perdido la cuenta de las veces que mandó a calentar un plato, que buscó una bolsita adicional de azúcar para el café, que le metió cubitos de hielo a un vaso de agua cien veces devuelto, que debió callar ante las continuas insolencias de su empleador. Quizás ese día pensó más que nunca en renunciar al trabajo y en concentrarse en la carrera del Ruiseñor. Era imposible encontrar la inspiración bajo semejante ambiente.

Ya estaba harto del remedo de persona en el que se había convertido. Con el viaje en autobús no necesitaba otro recordatorio. Aún vestido con el pantalón negro de su uniforme y con toda la carga de una jornada atroz, Poli tuvo como enésima tragedia urbana subirse a la Ponderosa, un armatoste que recorría la ruta que terminaba en su barrio con los éxitos de Cosmos como hilo musical. Aguantar todas las colas caraqueñas, que iban desde La Guaira hasta las inmediaciones de La Dolorita, ya era una prueba de aguante. Pero hacer el mismo trayecto bajo los acordes de "Karakas" y "Divisadero" era algo inhumano. El antiguo fundador del grupo volvió a pensar con encono en aquellas personas a las que les dejó más de veinte canciones escritas y que, después de borrar su crédito de autor en cada una de ellas, se entregaron a la desmemoria. Pero eso era lo menos importante, pensaba: ya iban a notar su regreso por todo lo alto. Esos ingratos comprobarían cómo el antiguo miembro tenía el talento suficiente para catapultar a un bolerista caído en el olvido.

Y ése era otro problema que debía resolver. Desde que se había embarcado en el proyecto de Sandalio, sus gastos se habían acrecentado, porque si bien ya tenía bastante con proveer a Honorio y Micaela, ahora debía sumar el dinero que se le estaba yendo en su apoderado y en su rémora hecha hijo. Sólo con los brindis de comida, pasajes de autobús subvencionados y préstamos fugaces, ya tenía para rato.

El Volkswagen era otro punto a considerar. Intentó hacer un recuento de los gastos que se iba a tragar el carro, pero no pudo. En medio de la cola que resistió dentro de la Ponderosa, el Ruiseñor le llamó como tres veces para preguntarle bien la dirección de su casa. Sacando cálculos en ese enorme estacionamiento que suele ser Caracas, Poli se dio cuenta de que la tarjeta telefónica que le había facilitado para comunicarse en casos de emergencias ya debía estar sin saldo cuando no en vías de.

Tanto el padre como el hijo lo esperaron en la última parada del autobús, con un taxi que Poli les debía pagar y con una carretilla a la que le sobresalía un foco, un emblema roto y sólo dos cauchos de los tres que había pedido. Lo poco que había sacado con las propinas de La múcura de Maiquetía y el billete que siempre cargaba en casos de emergencia se le fueron al desembolsar la carrera de Sandalio. Quiso recordarle a su madre pero, en vez de eso, prefirió decirle, con educación, que se abstuviera de ese tipo de viajes cuando él aún no estaba preparado para recibirlo con todos los honores. Como respuesta sólo consiguió una palmada del Ruiseñor:

—Bueno, mijo, no se me ponga agarrado ahora. Meta todo eso en mi cuenta, que cuando me impulse la carrera como debe ser, entonces yo le pagaré cada centavo con intereses... ¡Y que nadie diga que el gran Dalio de las Américas le ha quedado debiendo a alguien que estima!

—¿Oiga, maestro, y el otro caucho? —preguntó Poli.

—No te detengas por esa insignificancia. Dios proveerá, muchacho. Ahora lo que debemos hacer es llevar todo esto hasta tu casa, y así de paso nos presentas a tu gente, ¿verdad, Atanasio? Y nos perdonas si ya se está haciendo la hora de la cena. Tú no te preocupes, que con un pan con mantequilla que le des al muchacho y a mí, ya nos resolvemos...

En el camino Poli tuvo que tomar las riendas de la carretilla, que había dejado Atanasio con premeditación. Encorvado, y haciendo milagros para sortear unos baches de un camino de tierra que daban a unas filosas escaleras, el mesonero transpiró a chorros y tuvo que escuchar las batallas que el viejo bolerista declamaba con la misma insistencia de un marinero retirado. Cenas musicales con Leo Marini, dúos improbables con Carlos Gardel, reconciliaciones con un Cherry Navarro antes de su muerte y apariciones parlanchinas con Nino Bravo.

—Y, sí, chico, "Noelia" fue un tema que canté yo y que me arrebató Nino en una apuesta de borracho que le cumplí como todo un caballero. Algún día, cuando encuentre a alguien para contarle estos tesoros de mi vida, de verdad que me voy a poner a revivir mis memorias como tiene que ser. Se van a saber tantas cosas, muchacho… Incluso voy a esclarecer mucho sobre lo que realmente sucedió con Felipe.

—¿Qué Felipe, papá?

—Coño, Pirelita, mi hermanazo que tanto extraño a diario. Ese hombre estaba destinado a la gloria, al igual que yo. Lo que pasa es que nació venezolano, y acá nos jodimos todos. Ley de vida, bordón —y se puso a cantar—: "Sombras nada más, *atravesando mi vida*, sombras nada más…"

Poli frenó la carretilla, y se detuvo un momento mientras se secaba la cara con la manga izquierda de su camisa. Dalio también se paró y vio delante de sí una modesta casa con rejas desvencijadas. De la puerta que daba adentro salió un señor casi de su misma edad, en bermudas de cuadritos, con una camisa de manga corta, desabotonada, y una *Gaceta Hípica* enrollada en una de sus manos. Su cara no traslucía nada en especial. Era simple como una hoja de plátano.

—Qué más, viejo —dijo Poli—. Éste es Dalio Guerra y su hijo.

—Sí, señor, permítame presentarme. Es una pena que no tenga una tarjeta con letras de oro, que sólo doy a los pocos favorecidos que…

—¿Usted es el Ruiseñor?

—El mismo que viste y calza; o que pía y enamora, para ser más poetas con la ocasión.

—Coño, ¿y no tendrá algún dato para los caballos?

—Cuánto me temo que en eso no lo puedo ayudar, mi estimado. Mi mundo, como ya sabe, es el de la canción romántica. En donde lo único que galopan son los corazones apasionados.

—Bueno, viejo, el señor Dalio nos va a acompañar un rato mientras yo voy a ponerle…

—¿Y esa carretilla, muchacho? ¿Qué traes ahí?

—Eso era lo que te iba a decir, viejo: tengo unas cosas para arreglar el escarabajo. Usted converse con Dalio y su hijo.

—No, mijo, esto amerita una agradable plática entre hombres transitados por la vida, ¿verdad, amigazo? —apresuró Dalio—. Quédate con Atanasio, que él te ayuda.

—Pero si yo quiero quedarme con ustedes.

—¡Usted se calla y deja solos a los mayores, carajo!

Atanasio recibió la orden con desgano. Sabía que si hacía explotar a Dalio, éste iba a ser capaz hasta de pedir que no le dieran comida a su propio hijo. Ese tipo de castigos eran usuales, y en ese momento mandaba el hambre. Así que prefirió seguir a Poli hasta el escarabajo que estaba enfrente de la casa. Era obvio que el mesonero no se sentía nada halagado por la compañía que le habían impuesto, pero el día ya le había enseñado a soportar el aguacero de desdichas con actitud de monje de clausura. No era el mejor momento para una catarsis, y lo más aconsejable era trabajar como un autómata en la reparación del carro. Ya tenía las piezas y el resultado final podía servirle para empezar a ensayar una faceta de donjuán.

El Ruiseñor vio cómo se perdían los dos y siguió a Honorio por la misma puerta por la cual había entrado. La casa por dentro mantenía la humildad exterior, pero al lado de su rancho centelleaba con el relumbrón de todo un palacete. Vio feos adornos, porcelanas de pacotilla y una litografía de perros jugando billar.

—¡Caramba, Honorio, ésta es toda una mansión!

Honorio caminó hasta una silla sin hacer el más mínimo acuse de recibo del comentario. Se sentó, sacó su bolígrafo Kilométrico de tinta azul, abrió la *Gaceta Hípica*, inclinó la cabeza y le subió el volumen a un radiecito de pilas que estaba encima de la mesa central.

—¡Qué mansión va a ser esta pocilga! ¡A esto no se le hace un cariño en siglos! —gritó Micaela desde el fondo de la casa.

Dalio quedó inmóvil y vio a Honorio con cara de interrogación. Éste mantuvo su indiferencia.

—Las mujeres, chico… Tanto que las queremos, son nuestra dicha y alegría que hasta les perdonamos todo con amor, ¿verdad? —soltó el Ruiseñor para romper el hielo.

—Por mí, que a la de acá la mate un carro como a José Gregorio Hernández —comentó Honorio mientras seguía en el estudio de las carreras.

Dalio sonrió y se sentó en una butaca que tenía al lado. Carraspeó para aclarar la voz e intentar de alguna manera iniciar una conversación fluida, cuando el rumor de unos pasos enchancletados lo sorprendieron. Al voltear, se encontró con una doña forrada en una bata moteada por la grasa. La mujer aún tenía los ojos cerrados y, mientras blandía una cuchara de madera, gritó con una voz entre chillona y griposa:

—¡Mire, viejo sinvergüenza, a ver si me hace caso y me ayuda a espantar a ese ser que ya me tiene harta!

Dalio volvió a incorporarse y se preparó para hacer una de sus típicas venias de caballero otoñal, pero Micaela al verlo prosiguió con su escándalo ante la indiferencia de Honorio.

—¡¿Y usted quién es?! ¿También es uno de los borrachitos amigos de éste? —preguntó, mientras señalaba con la cuchara de palo a Honorio.

—No, *madmuasel*, no. Déjeme presentarme… Bueno, si usted es un alma romántica, de seguro habrá escuchado el nombre de Dalio Guerra, el Ruiseñor de las Américas, hacedor de éxitos como el intitulado "Caprichosa"…

—Claro que lo conozco, ¿ese hombre no se murió ya o era que estaba metido en cosas de drogas?

—Bueno, eso ha sido un infundio y una infamia en contra de este humilde servidor. Le aseguro y garantizo que nunca en mi vida he estado cerca de sustancias malignas, ni volveré a estar, porque sé que como ídolo de multitudes puedo mancillar la vida de la nutrida juventud que me ha tomado como un digno ejemplo a seguir…

—Ahora sí que nos arreglamos, pues. ¿No pudiste traer a borrachitos que digan menos pendejadas, Honorio? Que yo sepa, el alcohol no hace que la gente diga embustes, chico.

—No, Micaela, el hombre te dice la verdad: el tipo es Dalio Guerra —murmuró Honorio aún metido en su *Gaceta Hípica*.

Micaela le dio un repaso sin demostrar mucha convicción. Con la mano en la barbilla se le acercó y dio una vuelta de inspección en torno a la humanidad de Sandalio. Después se apoyó en una pared, y a una distancia prudencial dijo:

—Perdone, señor, es que Dalio era muy esbelto y usted… Bueno, perdone por la equivocación. Sólo quiero que me diga en dónde y en qué año nació.

—¡Faltaría más, respetable dama! Este humilde servidor es hijo natural de Teotiste Maturino de la Concepción Guerrero Izquierdo y de Presentación del Carmen Guaita Hinojosa, y vio la luz por vez primera en la antañona Barcelona del 33. ¿Cómo le quedó el ojo?

—Eso es verdad, sí señor. ¿Y me podría dar un autógrafo?

—Cómo no, distinguida dama. Es una lástima que no haya traído mi pluma con punta de diamante egipcio que me regaló mi general Torrijos.

Micaela le arrebató el bolígrafo de plástico a Honorio, y le acercó al Ruiseñor un disco que estaba al lado de un antiguo picó. Sandalio, al tenerlo en sus manos, entró en un profundo maremoto de recuerdos relacionados. El álbum no era otro que *El Ruiseñor enamora a la Caprichosa*. Recordaba que esa guayabera se la fabricó el mejor sastre de Cartagena de Indias, con telas europeas y bordado en hilo de oro como digno reclamo para presentarse en su ciudad. El requinto había sido un regalo de Chucho Navarro, quien en una gira con el trío Los Panchos le había dicho a Dalio que si una de sus canciones podía enamorar tanto como las de ellos, entonces el instrumento más adorado por su compañero Alfredo Gil iba a ser entregado a las manos del Ruiseñor. "Caprichosa" había roto todos los pronósticos y Navarro tuvo que hacer valer su palabra. Dalio, por su parte, y para dejar constancia de quién había ganado la partida, decidió fotografiarse en la portada de su próximo disco con el famoso requinto y con una mulata, a la que la noche anterior le había pagado sus servicios amatorios con dos boleros amelcochados que le susurró en la pata de la oreja. La ironía de macho de barrio estaba echada en el montaje final: por un lado un invaluable y mítico instrumento, y por el otro la sonrisa condescendiente de la Caridá o María la Mulata, la más cualificada experta sexual de toda Cartagena.

—¿Y esa negra es la famosa caprichosa? —preguntó Micaela.

—Nooooooooooo, señora, ésa es una de las tantas caprichosas. No podría cantar sólo pensando en una mujer. Para mí, ellas o ustedes son todo un mundo, una humanidad entera. Aunque la de este disco puede resumir el sentimiento de lo que pienso sobre ese tema tan debatido por mis biógrafos…

—¿Y qué es lo que me puso ahí encima de su foto?

—PARA MIKAELA NOMBRE DEL TRÓPICO Y DE NINFAS DE CORAZÓN EMBELEZADO RESIBA ESTA HUMILDE FIRMA DE UN BOLERISTA QUE DESDE AHORA LE DEBE UNA TONADA. CON CARIÑO, DALIO GUERRA; EL ÚNICO E INDISCUTIBLE RUISEÑOR DE LAS AMÉRICAS.

—¡Ay, qué bonito!… ¡A ver si tú aprendes a ser todo un caballero como el señor, viejo vago! —le gritó Micaela a Honorio.

—Bueno, señora, no se me ponga así. Estoy seguro de que Honorio es todo un hombre de ley…

—Mire, ¿y usted también cantó "Virgen de medianoche"?

—Claro, entre otros éxitos intitulados.

—Es que quiero que me ayude con algo que ni mi hijo ni este viejo han querido hacer.

—A ver.

—Cómo le digo para que me crea… Prométame que se lo va a tomar en serio.

—¡Señora, la duda ofende!

—Está bien. Yo quisiera ver si me ayuda cantando esa canción mientras le muestro la casa. Intenté que el cura de la parroquia viniera con la Biblia, pero es de esos gallegos que responden mal y son todos secos.

—¿Pero en qué puedo ayudarla?

—Ella dice que se le aparece la Virgen del Valle —intervino, indiferente, Honorio.

—¡Ah, caramba! ¿Y eso no es bueno, pues?

—Mire, al principio, claro que la cosa era buena. Que la virgencita se haya echado un viaje tan largo desde El Valle del Espíritu Santo de Margarita hasta este rancho de La Dolorita es algo grande —dijo Micaela.

—¡Ah, pues!, ¿y entonces?

—¡Bueno, que esto es una aparecedera todo el día, señor! En la cocina, en el porche, en el patio… En todos lados se me aparece la Virgen para decirme cosas. La otra vez estaba cortando unos ají dulces en la cocina para echárselos a un guiso, y viene ella y se me sienta. ¡Una también trabaja, por caridad! Más bien que arregle este país, que buena falta le hace…

—¿Cómo es la cosa?

—Además, a ella le gusta que una la escuche, y yo tengo oficios, ¿oyó? Yo no soy como este viejo vago que se la pasa jugando caballos y numeritos… Pero ya no sé cómo decirle a la virgencita que se busque a otra persona a quien aparecérsele, o que vaya a ocuparse de San José o del divino niño.

—¿Pero qué le dice la Virgen del Valle?

—¡Yo qué sé! Cosas como enredadas. Yo le digo: "Mire, virgencita, todavía me falta lavar el baño y ver si los mangos de la mata del patio están maduros, antes de que se me encaramen los huelepegas. ¿No quiere que le ponga la televisión un ratico y ya vuelvo?"

—¿Y ella?

—Nada, se pone a verme con esos ojos y esa sonrisa como de ida que tienen las estampitas y las imágenes de la iglesia. Yo no sé, y que Dios me perdone, pero a veces me da la impresión de que debe tener un problema mental, asma, no sé…

—¿La virgencita?

—Sí, porque una persona normal no puede estar con esa mirada y esa sonrisa todo el rato. A veces aparece con la batola que ella usa, así como con los brazos abiertos, y no dice ni ñe —dijo Micaela mientras imitaba la pose con la cuchara de madera—. Mire, yo no sé qué hacer para que entienda. Además, ahora le dio por aparecerse en la madrugada cuando entro al baño a hacer mis necesidades, y usted no se imagina el alumbrón que trae esa mujer consigo para todos lados. Parece un bombillo.

—¿Pero qué le dice la virgencita? —volvió a preguntar Dalio mientras se persignaba.

—Cosas raras. Que si un tigre quemado debajo de una mata con siete o catorce enormes rayas… Después me pide que le rece unos rosarios. Y, mire, o limpio el baño de la casa o me siento a rezar rosarios todo el día…

Micaela siguió hablando y Dalio se santiguó cuando escuchó lo del tigre. Otra cosa que tenía el hombre era su alto nivel de superstición. En Barcelona había crecido escuchando los innumerables cuentos de aparecidos y de gente a la que los muertos le pedían misas y rosarios para alcanzar un tranquilo descanso. En la época de Independencia, la zona resistió feroces ataques entre los bandos Realistas y Patriotas. Cada vez que se avecinaba un estado de sitio, el grupo que antes mandaba recolectaba todas las riquezas de la ciudad y las enterraba en distintos lugares para evitar un feroz saqueo por parte de los vencedores. Durante décadas, espantos de ese turbulento pasado transitaban la zona, se metían en las casas, hacían ruidos raros, cambiaban de sitio las cosas y aparecían en los sueños de sus habitantes exigiéndoles novenarios a cambio de sus tesoros enterrados. Quienes cumplían con el pacto habían salido de la pobreza casi al instante; quienes abrían la boca o intentaban engañar al espíritu perecían por extrañas causas o se desquiciaban sin remedio. Presentación, la madre de Sandalio, decía reconocer a cada aparecido que pasaba por las calles arrastrando sus penas. Además de comadrona, en sus ratos libres leía las cartas, el tabaco, los caracoles, la orina en ayunas y la borra del café. Quienes la conocieron y requirieron de sus servicios decían que era buena, que era, en el argot de los brujos, "materia", un ser dotado con cualidades especiales para percibir lo imperceptible. Ella también decía lo mismo de su hijo, pero le aconsejó un futuro en la música, que proporcionaba un tormento menor que el de la brujería.

Dalio había vivido sus años con ese pesado grillo a cuestas. Todas las veces que se había entregado al alcohol y a los demás vicios lo hizo para disipar sus dudas. Cada alucinación se la achacaba a cuanta porquería se metía al cuerpo. Sin embargo, su vida estaba llena de coincidencias. Llevaba unos días asentando sus borracheras con el sueño del tigre que lo perseguía, hasta que el bolerista se subía a una mata, desde la cual macheteaba al animal y luego lo prendía con unos fósforos que sacaba de algún recoveco onírico. Se lo había contado a Poli en su momento, y ahora Micaela le hacía una vaga alusión a un pasaje privado.

—… y, bueno, algún rosario le he hecho para complacerla, pero no puedo estar en ese plan —seguía Micaela—. Por eso le pido que le dedique esa canción a la virgencita por toda la casa. Capaz y con eso se desaparece, ¿ah?

A escasos metros Poli había terminado de ajustarle las piezas al escarabajo. Le parecía increíble que en esas dos horas de trabajo su asistente no hubiera movido un dedo. Su función era de convidado de piedra sentado sobre un bloque de construcción que estaba debajo de un árbol de apamate. Desde allí, muy de vez en cuando le preguntaba al mesonero de Maiquetía si su madre tenía buena sazón y si su comida sabía mejor en el almuerzo o en la cena. Poli mantenía su voto de silencio. Su concentración estaba dedicada al carro que intentaba adecentar. Era obvio que con los materiales había arreglado parte del armatoste. Sin embargo, todavía necesitaba más de un cariñito. Así como estaba, iba a ser difícil meter a una joven doncella en su sano juicio. Los tres cauchos no estaban en las mejores condiciones y aún faltaba otro más. A la insignia aún no le encontraba un buen arreglo, y la pintura ya era otra cosa seria.

No quiso seguir enumerando todo lo que necesitaba el escarabajo, porque sus tripas aullaban y porque a mitad de su lista mental había llegado a la reja de la casa. Le extrañó, eso sí, que todo estuviera apagado y que lo que parecían unos berridos lejanos salieran de las ventanas como hileras de un líquido espeso. Cuando abrió la puerta, con un Atanasio como infiel escudero, notó que los ruidos aumentaban y que una tenue iridiscencia se aproximaba. Poli cruzó la sala con cuidado rumbo a la cocina y al voltear se encontró con la terrorífica cara de Sandalio, y más atrás la de Micaela, quienes transportaban dos enormes velones al son de la canción "Virgen de medianoche", que el Ruiseñor se estaba encargando de reanudar en ese preciso momento. El muchacho reaccionó con un alarido, y un manotón que le pegó al velón del bolerista, antes de desvanecerse por completo.

Un buen rato después, Poli recobró el conocimiento ante un olor de los que no se añoran.

—¡Se nos despertó el muchacho! —exclamó Dalio entre carcajadas—. Yo dije que si le dejábamos ese puñito de amoniaco al lado, se nos iba a despertar rapidito.

—¡Mira, Policarpo, qué susto nos diste con esos gritos, chico! —dijo Micaela—. ¿No ves que tuvimos que apagar la luz y cantarle a la virgencita para ver si así se va?… El señor Dalio es "materia" y dijo que eso quizá servía… Por cierto, ya todos comimos y el platico que te había guardado se lo di al gordito. Me dijo que tú habías pellizcado algo en el camino.

—Policarpo, antes de que se me olvide, cuando estabas desmayado te llamó una tal Vicky —dijo Honorio—. Que después hablan para mover lo de la salida que tú ya sabes.

12

El día del gran milagro, Honorio se despertó con
el rumor de una pelea de perros cercana. Murmuró
alguna maldición y pasó, silencioso, al único baño que
podía usar en su propia casa. Allí cogió un peine, y
luego de ducharse con jabón azul y agua fría, notó que
le quedaban unas poquísimas gotas del Tricófero de
Barry en el frasco donde cifraba sus esperanzas para
frenar una calvicie sin remedio. Fue en ese momento
cuando profirió su segunda maldición de la mañana.
Ya conocía las mañas de Micaela para acabarse sus productos de toilette, y todo con el fin de castigar a alguna
mata de lechoza o de orquídea que no estuviera pro-
duciendo. Para ella, cualquier planta o árbol que bajo
sus cuidados se negara a florecer, merecía ser repren-
dido con dureza. Creía que, al igual que sucedía con
los hombres, en su jardín o en lo que quedara de éste,
sus inquilinos estaban obligados a rendir sus frutos.
Si éste no era el caso, el correctivo, que podía ir desde
un bloque de cemento pegado al tallo hasta unos chorros de enjuague bucal, enjuiciaría al arbusto y lo haría
cumplir con su función.

Sin embargo, Honorio también salía perdiendo
con estos escarmientos. El dinero le alcanzaba para
comprar su *Gaceta Hípica* con religiosidad y para pa-
garse un cafecito de vez en cuando, como que para
colmo de males esa mujer le arrebatara su Tricófero
de Barry para joder a unos hierbajos. Pero el hombre

no quiso descomponerse más de la cuenta. Reprimido, prefirió repasar aquella lunática conversación que la noche anterior había tenido Micaela con Dalio. Todo el cuento del tigre y esos números no dejaron de darle vueltas en la cabeza, por lo que al salir del baño fue en la búsqueda de un librito ajado y con algunas páginas sueltas que podía aclararle cualquier duda: *San Cono de la lotería, la suerte en los sueños.* Cuando lo ubicó al lado de una pila de viejos números de la *Gaceta Hípica* que reposaban en su cuarto, lo tomó, junto con el ejemplar de su revista de la semana en curso, y salió a la calle.

En el bolsillo tenía lo justo para el pasaje de autobús y unos veinte mil bolívares que se habían escapado de la requisa diaria a la que Micaela, con su legendaria maña de sabueso policial, sometía al cuarto en su ausencia. No le importó gastar parte del dinero que cargaba y se detuvo en el primer kiosquito de terminales que se le atravesó en el camino.

—Buenos días, amigo Celeuco. ¿Por casualidad aquí venden animalitos? —le preguntó Honorio al dependiente del negocio.

—Claro, compañero. Tenemos para el sorteo de las diez y de las doce de la mañana. Dicen que hoy revienta el mono o el burro, y le aconsejo que compre el segundo si usted soñó con el presidente, porque para burros, ese señor…

—Bueno, véndame dos mil quinientos de tigre para los dos sorteos.

—¿Tigre? Ese animal está durísimo, compañero. Además, da mala suerte soñar con él…

—Mire, Celeuco, usted sabe que yo le apuesto casi siempre y quiero que me aclare una cosa.

—Dígame.

—Quiero también comprarle unos numeritos para todas las loterías: para Caracas, Táchira y Zulia. Tengo metido en la cabeza el 7 y el 14. ¿Cómo le hacemos?

—Bueno, yo le puedo distribuir esos quince mil bolos en un triple de Caracas con sus combinaciones. Ya sabe: 714, 417, 741 y así… Si la pega, entonces se pone los pantalones.

—Está bien, confío en su criterio. Usted es el profesional acá y el sabio de la partida. Cóbrese estos reales y ponga manos a la obra.

Después de despedirse, Honorio tomó la camioneta que lo dejaba cerca del banco en donde cobraba su pensión. Ya en el sitio, el paisaje no era apto ni para turistas de aventura: un ejército de viejos plañideros hacía una larga cola bajo un sol que quemaba de sólo verlo. Algunos arrastraban enfermedades impronunciables, los había con cara de un pasado de oropeles y otros despedían un tufillo a alcohol. Honorio saludó a los saludables mientras se sumergía en la lectura de *San Cono de la lotería, la suerte en los sueños*. Fue directo a la letra T, buscó la palabra "Tigre" y leyó:

SOÑAR CON UN TIGRE ES SINÓNIMO DE VIGOR, BALENTÍA Y BUENA SUERTE EN LOS NEGOCIOS, SINBOLIZA LA BRABURA, LA FEROSIDAD Y LA HABILIDAD GUERRERA, REFLEJA LOS ASPECTOS AGRESIVOS Y DOMINADORES. SIEMPRE ATACA A TRAICIÓN; SI UD. FUE EL DEL SUEÑO JUEGUE EL 48, SI UD. SE ENTERÓ POR EL SUEÑO DE OTRO APUESTE AL 47, AUNQUE TAMBIÉN EL 65 TIENE CHANCE, HAGA LO QUE HAGA VA A GANAR CON SAN CONO NUNCA PIERDE.

Cuando Honorio terminó de leer, escupió a un lado y murmuró:

—¡Coño, yo sabía que era el 47! ¡Y vine a comprarle el 14 a Celeuco!

Al voltear, se asombró al encontrarse con el rostro sonriente de un viejo negro, calvo, con unos enormes lentes de carey y ataviado con una guayabera blanca, pantalón de rayón y sandalias.

—¡Epa, Honorio, dichosos los ojos, compadre!

—¡Caracha, Pelo Lindo!, ¿dónde te habías metido? En la cola pasada le estuve preguntando a los muchachos y nadie sabía de ti.

—Coño, compadre, ya lo veo armado con esa *Gaceta* terciada como cadete en quincena. Yo también traje la mía y creo que la voy a usar dentro de un ratico.

—¿Qué pasó?

—¡Que los cheques llegaron con el retroactivo de esos tres meses que nos debían! Compadre, con los datos que tengo acá de un preparador de caballos de La Rinconada, nos vamos a forrar. Entre rápido a ese banco que la cola está avanzando, que de aquí nos vamos directo para los caballos a invertir estos realitos.

En la caja, Honorio se dio cuenta de que Pelo Lindo había tenido razón. Los billetes de esos meses habían sido despachados uno encima del otro, y quizás en el hipódromo La Rinconada podía desquitarse de la mala suerte que había tenido con los terminales. Llevaba tres noches seguidas estudiando las carreras, y tenía la impresión de que en la primera válida de ese sábado algo podía suceder.

—Carajo, Pelo Lindo, hoy es nuestro día. Con tus datos trasnochados y lo que estudié de esta *Gaceta,* podemos meternos una buena plata.

—Claro, ilustre, y con esos reales hasta nos podemos tomar un buen aguardiente y todo.

En el trayecto en autobús hasta La Rinconada, los dos ancianos se empalagaron de posibles apuestas. Pelo Lindo le confió a Honorio que su salud había sufrido una recaída y que con lo que había retirado en el banco, si acaso, le alcanzaba para pagar unos exámenes que le había recomendado el médico hacía unos meses.

—Cuando salgamos de ese hipódromo e invierta bien estos reales, me pagaré un viaje a los Estados Unidos, me beneficio a unas gringas, me forro la cabeza de pelo catire y con el resto me mando a echar rayos láser y a que me inyecten viagra para toda la vida, compadre —decía el negro entre risas.

—¡Tú sí tienes vainas, Pelo Lindo!

—¿Y usted, compadre, qué va hacer con ese poco de morocotas que se va meter dentro de un rato?

—Coño, será comprarme un pasaje para algún lado donde no me busquen y no regresar ni de vainita.

—¿Tan mal está la cosa, compadre? ¿Micaela lo sigue embromando?

—¿Y cuándo ha estado buena la cosa, Pelo Lindo? Si fuera por mí, agarro a esa diabla por el cuello y…

—Ya va, compadre, perdone que lo interrumpa, pero es que ya estamos llegando a la parada del hipódromo.

Dentro del recinto, ambos alargaron la mano a sus fondillos, hurgaron en el bolsillo trasero derecho de sus pantalones, tantearon dos bultos parecidos a dos fajos de papeles en cilindros, los agarraron con fuerza, los desempolvaron y los desenrollaron enfrente. Se trataba de dos ejemplares manoseados de la *Gaceta Hípica*. También de una coreografía en honor al azar.

—Compay, ¿qué opina usted de esta carrera que viene? A mí me gusta Rompepiedras y Proud Baby —preguntó el negro con cara de circunstancia.

—Caracha, Pelo Lindo, la cosa está difícil. Esos caballos no son ningunos burros, pero el preparador es Kike Cedeño y esos jinetes no me convencen —respondió Honorio con la misma guisa de seriedad—. En cambio, Indudable lo está montando ese carajito que es un fenómeno, Wilmer Carrizo.

—¿Entonces le damos duro a Indudable?

—¿Y todavía lo vas a preguntar, mi negro?

Cada uno apostó casi una cuarta parte de lo que habían cobrado en el banco, y ninguno de los dos sentía el mínimo remordimiento. Para Honorio, incluso, era mejor pensar que a esos billetes nunca les iba a poner la mano Micaela.

—Mejor que los agarre el cajero que esa caraja —murmuró.

—¿Qué dice, compa?

La pregunta quedó cortada en seco. La trompeta de partida había terminado su tonada y todos los caballos salieron como flechas de un indio caribe. Desde la baranda que los separaba de la pista, Honorio no le quitó el ojo al número ocho, el mismo que llevaba Indudable en uno de sus costados. Pelo Lindo inclinó su cuerpo en el sentido en el que corrían las bestias, agarraba con fuerza el metal y con los dedos libres hacía un ruido constante como de castañuelas. Mientras galopaban a gran velocidad, Honorio casi pensó que se le iba a salir el alma por la boca. Indudable pasó con facilidad a Rompepiedras, sin antes dejar muy atrás a Proud Baby y a My Own Bussiness. En la curva final logró sacarle tres cuerpos de ventaja al caballo que iba en segundo lugar, y el grito de los dos jubilados estalló en una sinfonía de gallos. La misma que aparece cuando el hambre y la ilusión se confunden.

—¡Coño, compa, vamos a buscar esos reales y dos güisquis para celebrar! —chilló Pelo Lindo.

Antes de ir por el trago, los hombres cobraron y apostaron todo el dinero ganado en otra recomendación de Honorio, Catire Bello en la segunda válida.

—Créame, negro, hoy me pica la mano izquierda y cuando eso pasa es porque viene un chorro de plata.

Catire Bello también salió con bríos, pero Silver Lake tampoco le estaba poniendo la carrera en bandeja de plata. Entre fuetazos, los caballos iban cabeza con cabeza, mientras los gritos de los jinetes se imponían por encima del sonido de los cascos. En la curva, que fue tan milagrosa para Indudable en la vuelta anterior, tres bestias tropezaron entre ellas, lo que provocó una polvareda acompañada de un estrépito como de huesos rotos. Para Honorio el duelo entre su caballo y su competidor podía terminar, si no con su vida en el acto, por lo menos con todo lo que había ganado momentos antes. Su boca se arrugó, y las manos se aferraron al tubo de la baranda con la fuerza de una tenaza industrial. Pelo Lindo siguió con el sonido de sus dedos hasta el paroxismo. Los caballos que encabezaban el tropel mantuvieron el mismo ritmo del principio y traspasaron la meta, uno tan cerca del otro como si de dos siameses se tratara.

—¡Perdimos los reales, compadre! ¡Quién me mandó a no meterle a Silver Lake!

Honorio no respondió. Aún no salía de la impresión. La carrera anterior lo había sumergido en un fallo de transmisión en donde todo transcurría con quince minutos de retraso. Sentía la boca pastosa y el típico dolor de tripas sin aire que deja una tensión de las bravas. La suma perdida, lo que había dejado de su jubilación en la taquilla, ya nada importaba. Un estremecimiento lo sacó del estado acuático en el que se hallaba.

—¡Compadre, escuche lo que dicen esas cornetas! ¡Esto es música! —le gritó el negro, que no dejaba de abrazarlo.

Honorio afinó el oído y centró toda su atención, ojos incluidos de forma innecesaria, en un gran altavoz que no cesó de repetir:

—*Por decisión de los jueces de La Rinconada, el ganador de la segunda válida fue Catire Bello, en segundo lugar Silver Lake...*

Aunque Honorio apostó otra vez con saña para la próxima carrera, sí tuvo la decencia de dejar para sí algo de lo que había ganado, con lo que el bolsillo derecho de su pantalón parecía un tumor a punto de reventar. Pelo Lindo se le acercó con dos tragos en la mano y una expresión de borrachera vespertina.

—Otro más para celebrar sus datos. Le cuento que de esta carrera me iré con una carretilla llena de plata. Aposté casi todo lo que tenía a Falcon Crest.

—Bueno, Pelo Lindo, tampoco se me vuelva loco.

—No, señor, mientras a usted le pique esa mano izquierda, tenemos la cosa resuelta.

—Sí, pero tampoco es que mi mano tumbe gobiernos, compay.

Falcon Crest venía de ganar sus últimas tres carreras en diferentes pistas. Era el gran favorito, por lo que el dinero que pagaba al ganador tampoco era para hacer negocios. De triunfar, no iba a ser el gran batacazo o dato trasnochado como se denominaban esos casos en la jerga hípica. El resto de los caballos sólo iba a ser una comparsa, y quizás ayudarían a moldear un mito que estaba por nacer. Los amantes de las carreras gustaban de esas gestas en el hipódromo y solían reconocer a algunas bestias como héroes.

Cuando la trompeta comenzó su melodía, sorprendió al encargado de abrir y cerrar las escotillas que dejaban libres a los caballos. Falcon Crest salió en un acto reflejo para ganar antes de que el jinete cogiera bien las riendas. El resultado fue chistoso y atroz en partes iguales: el caballo corrió, rabioso, en línea recta ante los ojos de los espectadores, quienes veían atónitos cómo el fenómeno de las pistas quedaba descalificado y cómo su montador barría el suelo con un pie enganchado a un estribo.

—¡Coño, compa, ahí se me fueron todos los reales con ese caballo hijoeputa! ¿Qué va a pasar con mi familia, con mis negritos? ¿Cómo voy a pagar los exámenes del médico? ¿Qué le pasó a su mano izquierda, que le picaba tanto? —gritaba Pelo Lindo.

A Honorio también le había sabido mal la carrera. Como es normal en muchos apostadores, la conciencia le remordió al haber dejado ese dinero en la taquilla, sin pensar en dejarse una reserva. Pelo Lindo le preguntó si aún le quedaban "fuerzas" para apostar.

—Bueno, negro, no sé tú, pero yo tengo que desquitarme. Estos reales de la jubilación me van a traer suerte, y más si los invierto en Da Vinci.

—Pero usted, compa, ¿está seguro de que ese caballo no es un burro? Por ahí un señor le estaba comentando a otro que el animal venía de curarse de una fractura en una pata. Lo digo porque yo me acerqué para escuchar la vaina hecho el pendejo.

Honorio desoyó el cuento y fue a la taquilla. Con lo que le metió a Da Vinci a ganador le quedaba menos de la mitad del dinero que tenía cuando iba arrasando en las apuestas. Pelo Lindo también siguió el ejemplo con ética kamikaze.

Ya en esa carrera no hubo ningún trago que comprar.

Los caballos salieron al galope. Polvo, cascos pegando contra el suelo, figuras impetuosas, crines salvajes, fragor lejano. Más atrás, aparte de todos, solitario en su soledad, Da Vinci yacía en el suelo con dificultades para reincorporarse. El jinete, los brazos en jarra, perdió de vista a los demás competidores y esperó a que la ambulancia retirara al ejemplar con la pata quebrada.

Al otro lado de la acción, el acto representado era más trágico. A Pelo Lindo se le doblaron las rodillas y con los brazos casi muertos, envolvió la baranda. Honorio, haciendo grandes esfuerzos, intentaba enderezarlo sin poder frenar las palabras que Pelo Lindo repetía sin cesar: "Mis realitos, mi realitos…" Sentó a su compañero en una silla vacía. Aún le quedaba la corazonada del desquite en la próxima carrera. Sabía que no podía equivocarse, la mano izquierda nunca fallaba cuando le picaba y todavía la sensación de escozor casi le hacía hincar los dientes. En la taquilla agarró lo que le quedaba, no sin antes tener la precaución de no tocar la suma exacta que había cobrado por su jubilación. La yegua de la quinta válida era Impetuosa. Honorio llevaba casi una semana estudiando las estadísticas de la *Gaceta Hípica* en su hamaca, y sólo si My Fair Lady estaba en celo, podría perder su elegida. Todo eso se lo iba diciendo a un Pelo Lindo que de camino a la taquilla había dejado de creer en sus juicios.

La carrera, tal como reza el lugar común, no era apta para cardiacos. Como en la primera válida, las yeguas estaban casi pegadas la una de la otra. Aunque el resto de los competidores no eran rivales para esos cohetes, la guerra que se libraba entre esos dos ejemplares valía un imperio. Pelo Lindo gritaba y seguía con el traqueteo de sus dedos; Honorio sintió el endurecimiento de cada uno de los músculos de su espalda hasta volverse fósil. Las bestias tomaron la curva sin ceder terreno. Un solo error podía dejar al marido de Micaela tal como estaba antes de ir al banco o, en cambio, casi como un jeque de Dubai. Quiso que el azar decidiera el desenlace y cerró los ojos con fuerza. Lo que se oyó fue un clamor que parecía digno de las colas diarias para conseguir un pollo o una bolsa de arroz a las puertas de un supermercado:

—¡El coño de la madre! ¡Ahora sí quedé para pedir limosnas! —brotó de las entrañas de Pelo Lindo.

Honorio apretó las manos antes de preguntarle a su compañero:

—¿Qué pasó, negro? ¿Perdimos los reales?

—¡No joda! ¡Qué va estar perdiendo usted, compa! ¡Usted se forró! —gimió Pelo Lindo—. ¡El único que perdió hasta el apellido fue este güevón que prefirió apostarle a My Fair Lady! ¡Yegua hijaeputa!

A Honorio le volvió la alegría al cuerpo como un centellazo de cristiano sanado. Ya no sentía ninguna contractura muscular y casi llegó a la taquilla de un salto. Lo que pagó Impetuosa le quintuplicó lo que cargaba encima, y ya no tenía adónde meter tanto billete. Con eso, pensó, podía irse por una buena temporada a una casita de playa en una aldea de pescadores. Adiós a Micaela y vida resuelta.

—¡Mire, mi negro, le voy a brindar un güisqui pero de cien años si es que hay en esta pelazón! —le gritó a Pelo Lindo—. Es más, tome estos reales para que no me pida limosna, carajo —le soltó no sin antes ponerle en la mano a su amigo el equivalente a mes y medio de jubilación.

Cuando volteó, todo sonrisas, para ir al bar, Pelo Lindo lo agarró por el brazo.

—¡Usted está loco, compadre!

—¿Cómo?

—¿Se va a ir con toda esa paca de billetes a comprar dos güisquis? ¿Usted no sabe que aquí los malandros no le quitan el ojo al que gana? Éste ya no es el país de antes, de dejar la puerta de la casa abierta… Mire, deme la mitad de lo que carga para que esté más aliviadito. Yo me quedo aquí, cerca del policía que está comiendo merey, para que no le pase nada a estos realitos.

—Coño, negro, tienes razón. Tome, aguánteme ahí este poco de plata, que yo compro los güisquis y nos vamos juntos en un taxi de esos de lujo.

Honorio se fue al bar para calmar su sed de ganador. Pidió dos tragos del mejor licor que tenían, dos salarios mínimos en total, y regresó contento con los dos vasos en la mano. No podía dejar de maravillarse por su suerte, y todo se lo debía al insistente picor de su mano izquierda. Cuando pensó que todo estaba perdido, primero se encontró con los tres meses de jubilación, y por si había alguna duda de su buena estrella, esa carrera impredecible de Impetuosa cerraba el círculo a la perfección.

Honorio miró el cielo despejado, y su emoción era tal que hasta se veía tomando al sol con las manos para darle un mordisco de felicidad. "¿A qué sabrá esa vaina?", se rio con ganas de su ocurrencia e intentó empinarse el trago. Cuando casi tocó el borde del vaso con los labios, prefirió dedicar toda su acción en honor a

Pelo Lindo, el gran testigo de su gesta y ganador de un merecido brindis. Con esa idea caminó hacia la zona del policía de los mereyes.

Su sorpresa fue mayúscula. El oficial seguía allí escarbando su bolsita de semillas, pero el negro ya no estaba en el sitio. Honorio pensó que, con la cistitis que tenía desde hacía tiempo, Pelo Lindo había ido al baño. "Ya se desahogará el negro", se dijo para sus adentros y tomó un sorbo de escocés. Los minutos transcurrieron como una advertencia repetida. A Honorio le quedaba menos de un cuarto de su güisqui en el vaso. Al ver cómo el hielo se derretía y clareaba cada vez más el trago de Pelo Lindo, su frente se arrugaba y los ojos le picaban tanto como sus manos. La indignación era insoportable y le taladraba la conciencia con saña. El negro le había robado; eso era un hecho. Todo había sido una película bien montada: los llantos por sus pérdidas de ludópata, los desgarrados golpes de pecho por la misma razón y todos sus esfuerzos para salvaguardarle el patrimonio. Honorio se tomó todo el trago de Pelo Lindo de un golpe y, con ánimo de despechado, caminó hacia la salida de La Rinconada con un bulto de dinero que parecía recordarle a grito pelado cada uno de los billetes faltantes.

—*Amigos hípicos, en la sexta y última válida Sandokán entra en sustitución de First Class...* —emanó de un altavoz.

Honorio quedó de piedra para luego correr a la taquilla y apostarle todo el dinero que cargaba al caballo suplente, todo menos la suma del pasaje de regreso a su casa. Sólo él sabía el porqué de esta súbita locura: hacía muchos años, cuando Poli era casi un niño, las tardes televisivas se engalanaban con una vieja serie de aventuras. Ésta no era otra que *Sandokán, el tigre de la*

Malasia. Como en una ancestral imagen de betamax rebobinada una y otra vez, Honorio visualizó la presentación de cada uno de los capítulos. Aquel actor, barbudo y con la cara del turco que le había fiado los muebles de la sala, saltaba en el aire y se batía con un inmenso felino rayado. En esa única imagen se escondía la razón de su día: el picor de su mano izquierda, el dinero de la jubilación, las carreras ganadas que le habían multiplicado el capital y, lo más importante de todo, la conversación sobre la Virgen y el tigre que Micaela había tenido con Dalio. A este animal, si no podía sacárselo de la cabeza en todo el día, por lo menos se lo sacaba a la taquilla.

Honorio, eufórico, buscó su hueco en la baranda y tiró su *Gaceta Hípica* a un cesto de basura. Desoyó cualquier atisbo de razón en su mente. Sentía un hormiguero que subía de sus pies a la cara para luego bajar y reanudar el recorrido con mayor velocidad. Sandokán había salido de la nada, debutante, no tenía mayores posibilidades y era casi un chiste para Blue Note, un percherón nacido de American Idol y de Canela, leyendas árabes de múltiples triunfos en el Derby de Kentucky. Cualquier veterano de las gradas de La Rinconada sabía que la tarde se cerraba con otro triunfo de Blue Note. El mismo hipódromo lo dejaba muy en claro con los pocos beneficios que otorgaba por apuesta. Incluso daba la impresión de que el mismo caballo se sentía y reconocía como campeón sin más: su paso era altanero, distante y de una arrogancia digna de vedettes.

El principio de la carrera ya estaba escrito. Apenas se abrieron las compuertas, la bestia salió como un relámpago. No tuvo ningún problema en sacarle dos cuerpos a su rival más cercano, y el resto de los jinetes parecía ir a un trote de actores secundarios. Honorio volvió a apretar el tubo, pero la mano izquierda quintuplicó su escozor al punto de que tuvo que llevársela a la boca para ahora sí enterrarle los dientes. A veces, los giros del destino parecen escritos por plumillas sin aguinaldos: Nintendo González, el jinete casi exclusivo de Blue Note, experto como ninguno en la montura de bellos ejemplares y pícaro de profesión con la fusta de la vida y el oficio, sintió cómo la bebida de una noche loca y algún plato en pésimas condiciones se le sublevaron en su interior y le provocaron un coctel efervescente en el estómago, que vomitó encima del caballo antes de perder la consciencia. Eso fue el acabose. Blue Note corcoveó, se paró en dos patas como el potro de Diego de la Vega cuando se enmascara, y luchó por quitarse ese peso muerto de encima. Al otro lado de la baranda, Honorio dejó de morderse la mano izquierda, y puso los ojos como platos con el espectáculo que se le presentaba: el debutante, el del nombre del turco que peleaba con el tigre, pasó sin contratiempos al lado de la malograda Blue Note. Corrió enloquecido hacia la meta como si en ella lo esperaran las mismas puertas del cielo; y volteó la suerte de la carrera y la de Honorio para siempre. Las rodillas se le doblaron como a Pelo Lindo, y antes de caer al suelo, sintió una mano que lo agarraba con fuerza de un brazo.

—¿Qué pasó, compa? ¿Salimos del barrio?

Esto lo dijo el mismísimo Pelo Lindo, mientras le ayudaba a ponerse de pie.

—¡Sandokán pagó un realero, compa! —le gritó el negro—. Me alegro mucho por nosotros. ¡Coño, le dije que este día iba a ser tremendo! Así que me tiene que librar con algo por mis servicios de buen amigo y guardián de su billetal.

Honorio era una coctelera. Tuvo mezclada la alegría del triunfo, la rabia que daba la mentira y la dicha de ver a Pelo Lindo con el dinero de vuelta.

—Sí, negrito, hoy tengo más plata que un compra burros. Ahora mismo voy a cobrar ese dinero… Por cierto, ¿me podrías pasar eso que te di y también lo que me estabas guardando para cambiarlo mejor por billetes de alta denominación? Así no tendremos que ir con todo ese papelero encima.

—Claro, compa, aquí tiene todo —dijo Pelo Lindo, casi con lágrimas en los ojos, mientras sacaba de su entrepierna un fajo de billetes arrugados y sudados.

A simple vista era fácil notar que faltaba una cuarta parte del monto, y el negro se lo aclaró:

—Está casi todo lo que me dio, hasta mi pasaje de regreso. Sólo que, por prevenir cualquier vaina, le aposté lo que ahora falta a Blue Note. Yo sé que no pagaba mucho, pero así nos ayudábamos entre los dos… Claro, tampoco vaya a creer otra cosa… Yo siempre confié en su criterio hasta cuando lo vi metiéndole esos reales a Sandokán.

Honorio mostró la mejor de sus sonrisas, le agradeció la franqueza y su *calidad humana*, y se fue directo a la taquilla. Allí el cajero le pidió que acompañara al encargado de seguridad por una puerta que parecía conducir a un tour por la Capilla Sixtina. Honorio le hizo una seña despreocupada a Pelo Lindo para que esperara su salida en el mismo lugar. El negro, obsequioso, frenó sus pasos y luego movió la cabeza afirmativamente.

Hasta ese momento el marido de Micaela supo de Pelo Lindo por ese día.

Ya en el taxi de lujo para salir de La Rinconada, el viejo Honorio supo lo que era vivir bien. Pidió que le dieran un adelanto en efectivo para regalarse algunos lujos nocturnos, y el resto reposaba en un cheque cargado de suficientes ceros como para salir de La Dolorita hasta que lo llamara Papá Dios. El chofer prendió la radio en la emisora solicitada, y lo que salió fue solfa para los oídos del agraciado ludópata:

—*... su radio amiga les ofrece los resultados de la lotería. Triple Caracas 147...*

Honorio no creyó lo que acababa de escuchar. Metió la mano en el bolsillo de su camisa y vio la combinación de triples con los números 7 y 14 que le había hecho Celeuco en la mañana. Sintiéndose casi ganador por partida triple, le dijo al conductor:

—Amigo, ¿sabrá qué salió hoy en los animalitos?

—Señor, sólo sé que salió el tigre en el sorteo que me interesaba. Yo le había apostado al burro...

Desde el asiento trasero, Honorio se carcajeó antes de hacerle una de las tantas preguntas cuya respuesta ayudaría a mitigar más de seis décadas de desgracia:

—Mire, compañero, ¿cuál es el hotel más caro de Caracas?

13

En el otro extremo de la ciudad, Poli había tomado la decisión de renunciar a La múcura de Maiquetía. Le daba igual la reacción del portugués ante su partida. En el fondo, odiaba a cada uno de los comensales que debía atender, el infierno que era el camino de La Dolorita hasta el aeropuerto en el transporte público, a Rosita y sus sonrisas y el rosario de humillaciones diarias que se le imantaban al momento de terciarse el uniforme.

En su espera dentro del Volkswagen, bajó la mirada hacia el cuaderno Alpes que cargaba en su regazo. Lo puso adonde le cayera mejor la luz de un poste, y se detuvo un rato en unos versos que había escrito:

Mujer letal e imperecedera
no me pises la manguera,
la manguera que bombea sangre a mi corazón.
Una vida pasajera
de bares, puñales y sofases
con tus besos
fue lo que me quedó

Quizá "letal" estaba bien, pensó, pero no "imperecedera". Sonaba aceptable. También supuso que la metáfora de la manguera no iba por mal camino. De repente, si en la próxima estrofa hacía una analogía con un "dálmata" o un "bombero" que apagara un "fuego" de la "pasión" o el "deseo", la idea quedaría redonda. Sólo tenía que saber si "sofases" era una buena palabra. Desde luego, no había pensado en otra mejor. Un sofá era un mueble que para Poli incitaba a la pasión. Era el preferido de las *femme fatales* en las películas esas de crímenes pasionales.

Se bajó del carro para constatar si el caucho que logró remendar podía aguantar un par de horas más sin desinflarse. Le dio dos patadas para comprobarlo. Parecía que no le iba a dar problemas. Con el codo de la camisa se apresuró a borrar una mancha de polvo del escarabajo, que poco resaltaba en toda la colección de magulladuras, golpes y destrozos que lo adornaban. A lo lejos vio a una rubia que salía de un edificio. Se recreó en sus curvas, e incluso desde esa distancia, se adivinaba un rostro resultón. Pensó en la dicha que habría en tener a una compañera así, en dejar de lado su virginidad con semejante ser. Imaginó todas las mañanas del mundo al lado de una beldad de ese calibre, sentir sus caricias, planificar la vida con alguien tan apetecible.

La alarma del celular lo sacó de la ensoñación:

—*Mira, mijo.*

—¿Señor Dalio, otra vez? Pensé que después de la tercera llamada de hoy...

—*Sí, es que vi que me quedaba un repele de la tarjetica de llamada que me diste y quería preguntarte si por allá estaba lloviendo. Es que aquí hace un tiempo bien maluco...*

—Maestro, aquí no está lloviendo y tampoco estoy en la casa.

—*¿Y si llamo ahorita para tu casa y le pregunto a Honorio?*

—Mire, yo creo que lo que tenemos que hacer es recortarnos. No gastar tanto en llamadas...

—*Chico, no te amargues y métemelo en la cuenta. Es que a mi edad y con este portento de voz no puedo darme el lujo de estarme mojando, buscando una gripe como un bolsa.*

—Sí, lo comprendo, señor Dalio, pero hay que saber administrar el dinero.

—*Mira, mijito, si vamos a estar con esa pichirrez, me lo dices. Cuando tenía el mismo mánager de Cherry Navarro nunca había que escatimar ni un cobre, porque creía en mi inconmensurable talento que tú has visto que brota como un chorro de petróleo bravío... Pero si vamos a estar en este plan de "no me llames", "cuidado que me gastas un bolívar y tal y cual", entonces vamos a empezar mal, mijo. Mi trato siempre es preferente, ¿oyó?*

En medio de la perorata, Poli intentó articular una respuesta diplomática para cuando se callara el otro. Aún con el auricular en la oreja, dio una vuelta sobre sus talones y se topó con la cara de la rubia a menos de un palmo:

—¿Por casualidad tú no serás Poli? —le preguntó la chica.

La sangre le subió a la cabeza como si fuera un termómetro puesto en una hornilla encendida. Por el otro lado, el Ruiseñor no paraba de hablar. Poli sintió un sacudón, y antes de decir cualquier cosa, la rubia le recordó:

—Tranquilo, termina de hablar con calma.

—*¡Y qué te tengo que decir del trato que recibí cuando Óscar D' León aún era taxista y ni pensaba en ser sonero! Así que yo no quiero que me estén diciendo qué hacer con mi tarjetica de teléfono porque...*

Poli colgó y le extendió la mano a:

—Vicky, me llamo Vicky Virginia.

Vicky era una mujer capaz de parar el tráfico en el centro de Caracas. Blanca, de finas facciones, altura media y cuerpo esbelto.

—¿Ése es tu carro?

—Sí, bueno, es una antigüedad que adquirí anteayer… Pretendo invertir mucho en ella para remodelarla.

—No, sí me gusta. Visto así hasta parece sacado de un basurero… Pero si lo vas a remodelar, ya entiendo.

Antes de lavar la afrenta, volvió a sonar el celular. Poli lo atendió de forma mecánica:

—*¡Mira, mijo, a mí tú no me vas a trancar el teléfono! ¡¿Qué te has creído?! ¡Respeta, que para insultos ya tengo a Atanasio! ¡Ahora sí que nos arreglamos, pues!*

—Ahora no puedo; después hablamos.

—*… porque a mí con eso de contar la plata…*

—Oye, no era necesario que trancaras el teléfono, de verdad. Por mí no hay problema si tienes que solucionar algo —dijo Vicky.

—No, no era nada importante. Alguien que se equivocó.

—Pero tú le dijiste a esa persona que ahora no podías hablar, ¿no?

—Está bien, me agarraste. Era mi abuelito que siempre me llama en momentos inoportunos… Vámonos, ¿no?

—Dale.

Poli se comportó como todo un caballero. Le abrió la puerta a Vicky en plan galán. Cuando iba a pasar la llave, volvió a sonar el celular y tomó la llamada:

—Mire, Dalio, deme un momento y le llamo…

—*¡Qué Dalio, mijo! ¡Soy Honorio! Cuando puedas te acercas a la suite presidencial del hotel Tamanaco… ¡Ah!,*

*y me traes una arepa de dominó y una reina pepiada de
El Ciempiés.*

—¿Qué? Ahora no tengo tiempo.

—*¡Vente que luego te voy a contar cómo tu viejo
se hizo con más plata que un compra burro! ¡Hay que
darle gracias a La Rinconada!* —gritó su padre antes
de colgar.

—Se escuchaba muy emocionado tu abuelo —comentó Vicky.

—No, no era mi abuelo…

El teléfono volvió a repicar cuando aún no había prendido el carro. Atendió y la voz de Dalio sonó
como en el foso de un auditorio dentro del escarabajo.

—*¡Qué fue, campeón! Ya entendí. ¿Vas a tirar?*

—P-p-perdone, le llamo después.

—*¿Está buena, mijo? ¡Échate un polvo por el Ruiseñor, carajo!*

—Muy gráfico tu abuelito, ¿no?

—¿Escuchaste algo?

—Bueno, con ese vozarrón es un poco difícil no
escucharlo. ¿No será cantante de ópera el hombre?

—Sí, bueno… De verdad, perdóname…

—No sé qué esperas de esta salida. ¿Tú le andas
diciendo a la gente lo que haces en tus citas?

—No, bueno, es muy largo de explicar… ¿Vamos
al sitio que te comenté?

—Vamos.

El mundo se le venía encima en todo el camino. El escarabajo estaba botando aceite, y pensó que
la estela de humo que dejaba a su paso podía notarse
incluso con fotos satelitales. Hasta ese momento no
se había dado cuenta del ruido infernal que hacía el
motor del carro. Luego de unos intentos para enta-
blar conversación, casi a grito pelado, Vicky decidió

callarse y observar el paisaje de los cerros que semejaban nacimientos navideños. Poli había maquinado esa salida con mucha antelación. Sabía que no disponía de suficientes fondos para sorprender. Sin embargo, tampoco quería completar la figura de arrastrado que estaba ofreciendo. Pensó en llevarla a comer a un sitio que, aunque estuviera en alguna buena zona, la cuenta no fuera un asalto a mano armada. También había planificado un divertimento no exento de originalidad: una visita a un teatro o a un acto cultural para darle el toque interesante a la cita.

—¿Quieres comer?

—No, ahora no. Acabo de pellizcar algo en casa.

Poli sintió un gran alivio porque supuso que Vicky era del tipo de mujer que cuidaba su figura y que también le gustaba guardar las apariencias.

—¿Y no quisieras ver la obra de teatro que están pasando en la sala Rajatabla?

—Prefiero la del Ateneo. Esa que dicen que es muy famosa.

En efecto, era muy famosa. La obra estaba protagonizada por uno de los galanes de telenovelas más cotizados de lo que quedaba de la parrilla televisiva, y con la participación de tres actrices conocidas. La historia en sí rozaba el feminismo de manual. Trataba de un apuesto personaje que, por cuestiones del destino, sale con vida de un terrible accidente de auto y por el golpe pierde la conexión cerebral que lo hacía comprender las cosas de forma superficial. Luego de este evento, el hombre se desprende del pensamiento masculino y conecta con todas las mujeres al descubrir un mundo lleno de colores y matices. Al final el galán terminaba con una hermosa canción sobre la comprensión entre los sexos o algo así.

—Es seguro que no haya entradas. Tendremos que esperar en la puerta para ver si tenemos suerte —comentó Poli.

—Yo no tengo problemas en hacerlo.

Como lo supuso, la boletería estaba agotada. Y la gente que llegaba sin reservación prefería irse antes de perder su tarde. Vicky no traslucía claudicación. Si acaso, le dijo a Poli que iba a caminar por unos puestos de artesanías que estaban a la vuelta, mientras él se ocupaba de conseguir tickets. La misión era desalentadora de entrada. Pero la fortuna llega a los mortales de diferentes maneras.

Un caballero de porte ejecutivo había llegado minutos después que Poli. De una mirada supo que el susodicho no era de los que disponían de un escarabajo para pasear a su doncella. Su aura denotaba el pedigrí de joven triunfador, o político conectado, a diferencia de él.

Para no hacer el cuento largo, una pelea provocó otro milagro en la vida de Poli. Una mujer, que se acercaba a paso veloz hacia el caballero, le lanzó a la cara un teléfono celular que luego estalló contra el suelo. El hombre, aún desconcertado por el impacto, fue objeto de improperios de todo calibre. El público volteó a ver el espectáculo, y el dúo decidió perderse del lugar.

Poli notó cómo se retiraba la pareja calle abajo, y al afinar su vista, reconoció dos papeletas en el lugar del crimen. El resto de la gente siguió en lo suyo. Poli tomó los trozos de papel con disimulo, los desempolvó y reconoció la punta de lo que parecía ser un ticket. La sospecha dejó de serlo al comprobar la existencia de dos boletos para la función. Si no se equivocaba, los asientos eran de lujo.

—¿Qué escondes?

La voz de Vicky lo sacó de su concentración.

—Nada… Quería darte esta sorpresa —dijo, mostrándole el par de tickets.

—¡Yo sabía que íbamos a tener suerte!

—Bueno, Vicky, hice lo que pude, moví unos contactos que tenía, llamé a unos conocidos que…

—Luego me cuentas todo, que ya están entrando.

Poli no dejó de pensar en lo redondo de su salida con Vicky. La obra de teatro fue una aberración de corte militante, tal como supuso, pero había recobrado todos sus puntos sin el mayor esfuerzo: consiguió los boletos, no pagó por ellos, los asientos eran de primera, no hubo cena que financiar y tampoco había estropeado ningún tramo de la conversación con su cita. Era evidente que la actitud de la joven había cambiado hacia él, pues ni siquiera daba muestras de querer bajarse del escarabajo cuando horas después bebían del pico de una botella de vino comprada en el camino.

—… Créelo o no, pero ése fue mi cuento con Cosmos.

—De verdad que es como para no reponerse.

—Bueno, ya ha pasado mucho tiempo de eso. Ahora estoy en un proyecto más interesante.

Se hizo un breve silencio, que pareció preceder al beso, pero no:

—A mí una vez me cayó un árbol —dijo Vicky.

—¿Perdón?

—Un árbol… y eso me pone muy triste.

Poli la escrutó buscando un chiste cómplice. Pero no lo encontró. En cambio, Vicky siguió con una cara larga y de boca a medio abrir. La joven se mantuvo en ese perfil congelado, con la vista perdida en un confuso firmamento.

—Yo era niña cuando me cayó el árbol. Fue hace mucho tiempo.

—...

—Eso me pone muy triste y me dan ganas de llorar.

Poli carraspeó y dijo para salir del tema:

—Oye, Vicky, ¿no crees que se te está haciendo un poco tarde?

—¿Ah? Sí, es verdad, perdona —respondió al secarse las lágrimas y salir del trance con un sonrisa inmediata—. ¿Vamos a volver a vernos?

—Claro, si quieres, salimos en estos días.

Vicky lo agarró por el cogote, lo atrajo hacia su boca y le dio un beso cargado de voltaje. Poli sentía una rebelión en innumerables sitios de su cuerpo. Desconcertado, y con un ventrículo trepando por su garganta, oyó otra de las frases sorpresa de la chica.

—Prométeme que no me vas a dejar sola.

—No, cómo se te ocurre.

—No me rompas el corazón, no me hieras como tantos perros que salen conmigo y luego no me llaman más.

—Te lo juro.

—Eso me pone muy triste.

—No te preocupes.

—Me dan ganas de llorar cuando me dejan sola. ¿Tú no eres como los demás?

—Claro que no...

—Dime que nos vamos a ver, júramelo.

—Te lo juro, de verdad.

—Te lo digo en serio. No es juego. Es bueno para la terapia.

—No, de verdad.

—Está bien, espero tu llamada.

Vicky se bajó del escarabajo, tan grave como se había puesto después del beso. Los pensamientos asaltaron a Poli mientras la veía entrar a su casa. Era un hecho que algo raro había pasado. No todas las mujeres entraban en estado catatónico y soltaban un disparate de ese tipo, menos aún las que estaban como Vicky: rubias, deseadas, perfectas. Tampoco le pareció parte del rito el tremendo beso que recibió. Sin embargo, no podía perder la oportunidad que se le presentaba: salir con una joven con porte de maniquí y empezar a nutrir las letras de sus canciones con vivencias arrebatadas de un erotismo feroz. Ella misma se lo había pedido, y en su urgencia residía la enorme necesidad de una nueva cita para coronar su sueño. Sólo le faltaba un sitio propicio para consumar el acto. Antes de encender el celular, y atender la primera llamada, Poli agotaba una gama de escenarios reales o ficticios que sólo una mente ahogada en la inexperiencia era capaz de alojar.

—¿Aló?

—¿*Ya estás en El Ciempiés con mi reina pepiada, mijo?* —interrogó la voz de Honorio.

—¿Qué?

—*Nada, para que te acuerdes de la malta. Yo aquí te pago.*

—¿En dónde?

—*¡Ah, pues! ¡En el Tamanaco, muchacho! Anótate ahí la habitación para echarte el cuento cuando vengas.*

14

El hombre no combinaba con el escenario: jarras chinas con flores color pastel, aromas de azahar y una decoración de catálogo. Todo estaba fundido por la estampa de Honorio descalzo, con los pantalones arremangados, sin camisa y con trozos de la arepa que le caían por entre los pelos del pecho. El viejo era la variable perturbadora de lo que alguna vez fue un equilibrio en la enorme suite. Su presencia equivalía a visualizar un baile de tambor aborigen con música de Bach.

—Bueno, Policarpo, ¿entonces me vas a hacer el favor?

—Pero, viejo, ¿cómo usted pretende que yo me meta en la casa, recoja todas sus cosas y se las traiga acá sin que mamá se dé cuenta? Yo creo que usted debería hablar con ella.

—¡Estás loco, mijo! ¡Primera vez en mi vida que recibo una señal de verdad para dejar a esa señora y no la voy a desaprovechar! Mira, chico, con los reales que tengo, te puedo decir que puedo vivir sin problemas hasta que venga la pelona a recogerme.

—¿Y va a vivir toda la vida en este hotel?

—No, ni que estuviera endrogado. Fundo esos reales en un santiamén… Ahora mismo conseguí un aviso de un apartotel en donde podría regatear un precio por una temporada, antes de buscarme una casa propia. Ya sabes que nadie está alquilando ahora, y eso sirve para pedir rebaja. Si quieres, puedes ir preguntando en la inmobiliaria y te encargas de meterle unos muebles. Mientras más rápido hagas eso, yo me voy del hotel.

—Pero, viejo, yo no sé si sea buena idea eso de irse de La Dolorita así, sin decir nada, sin despedirse de los amigos…

—Bueno, ¿me vas a ayudar con la vaina o no?

Poli quiso quitarse otro trabajito de encima. Pero lo pensó mejor. Hacía tan sólo unos minutos se había despedido de Vicky. La muchacha no es que le pareciera normal del todo, pero encarnaba la vía más expedita para inaugurar su nueva condición de desflorado y tipo curtido para el bolero. Sin embargo, Poli estaba claro de que en estas sociedades no gozaba de la mínima infraestructura para romper el celofán de su virilidad a la orilla de una playa, a saber: techo y dinero, con los cuales edificar un ambiente propicio para una intimidad en la que no entrara Micaela ni por asomo. Quizá la idea de buscar un apartamento no estaba del todo mal. Mientras Honorio seguía enumerando sus mil y una razones por las que tenía que liberarse del monstruo de su casa, y de la nueva etapa que se le presentaba como una señal divina proveniente de La Rinconada, su hijo se daba cuenta de que lo que se le estaba planteando era su entrada al éxito. El viejo ya no estaba para esos trámites, así que él podía muy bien encargarse de todo el tema del apartamento, sus muebles, papeles que firmar, ubicación y habitabilidad cuando así lo considerara conveniente. Poli vio que el nuevo hogar podía servirle también de estudio, de refugio para componer y cuartel general para su proyecto musical. Hasta podía hacer realidad la renuncia a su trabajo. La cosa era sencilla: su viejo tenía que esperar hasta que él le dijera que todo estaba en orden. Mientras tanto, y desde su apartotel, podía ir financiando el relanzamiento de Dalio y su versión de la pasión de Cristo con el dinero prestado por Honorio. Pensaba que el éxito estaba asegurado y le sería retribuido a su incauto mecenas.

—¿Entonces?

—Bueno, viejo, no te voy a negar que tu plan tiene su fundamento y todo.

—¿Y cuál es el problema, pues?

—Es que lo que me pides toma mucho tiempo. Tú sabes que tengo el trabajito en Maiquetía, y no puedo dejar lo único que tengo por…

—Mira, mijo, deja esa vaina de trabajo. Si quieres, yo te pago el mes… Mira, con los reales que me metí, puedo darme el lujo de decirte que cortes con ese portugués. Tú sólo dedícate a las diligencias del apartamento, Poli. Después veremos qué hacemos. Montamos un remate de caballos, una agencia de lotería. Acá todo el mundo está pelando, menos el que monta un negocio para el juego. Ahí siempre hay plata, aunque el país se esté cayendo y no haya comida.

—¿Tú crees?

—Claro, muchacho, ese Pelo Lindo hasta me trajo suerte… Una cosa sí te voy a pedir: no te me vuelvas loco. Búscate algo como si todavía estuviéramos limpios y quisiéramos mejorar un poquito más que antes. Hay que dosificar la plata, mijo. Ya sabes, los muebles, el abogado, todo eso tienes que buscarlo a buen precio. Nada de lujos.

—Sí, viejo, ya entendí.

—Y otra cosa más importante, mijo.

—¿Qué?

—Prométeme que nunca le vas a decir a Micaela para dónde es que me fui. Eso tiene que ser nuestro secreto, Policarpo.

15

—¿Entonces, maestro? ¿Qué opina de esa estrofa que le compuse?

—No sé, muchacho. No me cierra. No le encuentro nervio —dijo Dalio antes de rematar—: ¿Estás seguro de que sabes de mujeres? Porque, a veces, hasta pareciera que ni te has hecho una paja. Francamente…

—¿Qué?

—Todos mis compositores han tenido cinco, diez, quince mujeres regadas por ahí, además de sus dos novias oficiales, claro, porque ésas sí que merecen respeto, la verdad sea dicha… La cosa es que hay que meterse en el coco de ellas, hacer una exploración seria, pues. Tú sabes cómo es la vaina.

—Bueno, maestro, después le doy más letras para que vea las buenas que me he guardado y que todavía no le he mostrado.

—Sí, está bien, mijo… Mira, por cierto, ¿estás seguro de que aquí es la cosa?

Poli abrió su cuaderno Alpes, y primero se encontró con otros versos furtivos:

No me dejes morir
no me dejes menguar
como al caballo de Julián Alazán, zan, zan, zan
(posible guaracha)

En una página más adelante aparecía una dirección. Poli sacó los ojos de la libreta, y dio una mirada comprobatoria al sitio en donde estaba parado con Dalio. En efecto, estaba en el lugar exacto, un edificio viejo pero conservado. Anclado en una urbanización de cierto nivel, el hijo de Micaela pensó que si llegaba a un buen acuerdo con la inmobiliaria, el apartamento no sólo podría cuadrar con los planes de su papá, sino con los de él. Poco a poco, también se iría despegando de su madre y desde ese segundo hogar podría citar clientes, trazar estrategias de lanzamiento y verse con Vicky.

—Sí, aquí es.

—... Tú no sabes lo que es lujo, mijito —siguió Dalio—. Yo tenía, ¡qué decir mansiones! ¡Castillos y palacios en todos los puertos! Había uno que tenía una escalera de oro blanco con incrustaciones de rubises, delicadeces y piedrería; el suelo era como del mercurio de los termómetros, plateadito. ¡Una maravilla! Me acuerdo de que en una ocasión que entré con cinco mulatas, las coñas se reflejaban en el piso y todo...

Cuando se estaba metiendo a las profundidades del cuento, Poli notó que las fotos del apartamento no estaban mal, según pudo ver en el anuncio que guardaba en el cuaderno. Aunque no muy grande, todo parecía quedar bien distribuido: cocina, baño, cuarto, estudio y un salón en donde poner un televisor, una mesa de comedor y algún otro accesorio. Si lograba cuadrar sus cosas, Poli pensó que podría encarnar el papel del soltero joven y acomodado sin muchas preocupaciones a la vista. Una gran fachada, sin duda. Además, si sus cálculos no mentían, con el dinero de Honorio, el viejo tenía asegurada su vivienda por lo que le pudiera quedar de vida.

—Mira, por cierto, ¿cuándo traigo mi maleta del Nuevo Circo para mudarme?

—¿Perdón?

—Eso sí, te pido encarecidamente que hagamos esto con mucha discreción. Así nos quitamos a Atanasio de encima. No sé, le decimos que me morí de una enfermedad rara, de una piedra de calcio en el cojón izquierdo, algo así, natural. Ese muchacho se come esa mentira sin problema, vas a ver…

—No, don Dalio, no malinterprete, pero esto no es para usted…

—¡Cómo va a ser! ¿Y para qué me trajiste, pues?

—¡Pero si fue usted quien me dijo que me quería acompañar!, que no tenía completo para el almuerzo y que hasta se conformaba con una arepa con mantequilla…

—¡Qué tristeza, chico! Yo que pensaba que era una sorpresa que me ibas a dar, como tu segundo padre que soy. ¡Estoy bien defraudado, déjame decirte!

—No, no es eso, maestro, la cosa es…

—Disculpe que lo interrumpa —dijo un hombre maduro que se les había aproximado.

—¿Sí? —preguntó Poli.

—Perdone, Canuto Ponce, Inmobiliaria Buen Hogar, a sus servicios —dijo, extendiendo la mano—. ¿Usted es el señor que llamó para ver el apartamento?

—Sí, él es mi mánager: Policarpo.

—¡Caramba! No sabía que estaba entre gente importante —dijo el hombre, zalamero—. ¿A qué se dedica, señor?

—¿Yo? Parece mentira que no se dé cuenta, caballero. Mi trabajo es alisar los corazones con entregas de amor y pasión a raudales.

—Señor Canuto, yo fui quien le llamó para ver el apartamento. El caballero que está conmigo es don Dalio Guerra.

—¡No puede ser! ¿Usted es el Ruiseñor de las Américas?

—Sí, el de éxitos intitulados como "Ingrata de Viernes Santo" y "Caprichosa", por nombrar los más laureados y aplaudidos.

—¡Caramba! En mi familia pasábamos las fiestas escuchando sus discos.

—No es para menos, amigo. Mi música es contagiosa y patrimonio cultural de la humanidad, a según.

—¡Ah, caramba, entonces con mayor gusto les enseñaré el apartamento!

En el aposento, el hombre de Buen Hogar desplegó sus trucos. Si algo no le gustaba de Canuto a Poli era el diente de oro que enseñaba cada vez que sonreía para mostrar lo que quería vender. Algún prejuicio lo ponía alerta ante ese apaño dental. Desde pequeño, lo relacionó con una característica propia de maleantes y pícaros. El de Canuto era uno de los incisivos superiores. Para completar, tenía una boca amplia y con un juego de dientes que se disponían de una forma tan desordenada como unas piezas de dominó recién revueltas. Era imposible no notar el brillo que despedía cuando sus labios se arqueaban por cualquier motivo. El resto de la estampa tampoco era muy alentador. La ropa del señor Ponce no había pasado con éxito la prueba del tiempo: vestía un traje ocre, con enormes solapas, bolsillos por todas partes y una obstinación de pegarse al cuerpo como si hubiera sido pintado encima. Esto último sobresaltaba aún más su conato de joroba. El cuerpo de Canuto era de caricatura: flaco con panza, un tanto alto y las extremidades como con rigor mortis.

144

—Como ven, el apartamento es una demostración del ahorro y administración del espacio —comentó Canuto—. Creo que una persona o una pareja podrían vivir perfectamente. Además, está en un cuarto piso que tampoco supone mayor cansancio en caso de subirlos a pie por un apagón de los de ahora o alguna falla menor en los ascensores.

—Sí, todo está bien distribuido —dijo Poli.

—¿Usted qué opina, señor Dalio?

—A mí lo que me gusta es esta ventana, aunque no tenga reja —gritó el Ruiseñor desde el otro lado de la vivienda—. Pega mucho fresco y no da para la calle. Porque ya los malandros saben encaramarse a edificios.

Canuto y Poli se acercaron. La ventana era amplia. Unas viejas cortinas chocaban como palmas aplaudiendo. El Ruiseñor tomaba bocanadas de aire e inflaba su pecho como si estuviera en medio de una bahía y no en el este de la ciudad de Caracas. Por alguna razón, la ventana le gustó a Poli.

—Chico, aquí hasta lo que provoca es cantar. ¡Qué carajos! Les voy a obsequiar el milagro de mi voz, para que vean que yo no me ando por la vida con mezquindades y sin compartir —soltó Dalio con la mirada puesta en Poli—. Van a ser los afortunados de presenciar un momento inmortal en sus humildes pero dignas existencias.

Y el momento inmortal llegó: el Ruiseñor de las Américas movió el bigote, se aclaró la garganta y abrió la boca. Es difícil describir lo que pasó a continuación. Los chillidos salieron en tropel. Dalio cantaba y parecía llorar a gritos. Nunca antes esa letra fue tan masacrada, el despecho tan apaleado y la inspiración de botiquines tan menoscabada. Pese a todo, el famoso intérprete se ponía la mano en el pecho, hacía muecas de macho dejado por la amada, y se enjugaba las perlitas que le salían de los ojos con la mezquindad de un ateo. Todo para redondear su número. Visto así, parecía más un acto cultural de un ancianato de mala muerte, que un recital improvisado de una vieja gloria. Poli se asustó con su proyecto, vio para todos lados y se topó con la otra porción improvisada del público: Canuto sonreía de manera muy fingida. En cuanto vio apresadas en el diente de oro su propia imagen y la del viejo con voz de guacamaya, cerró los párpados con fuerza y en ese momento vino el redoble en la sinfonía: voces de diferentes tenores atravesaron como lanzas el ventanal para mandar a callar al ídolo caído. Insultos y groserías arreciaron en el ambiente. Canuto mantenía su sonrisa de quien da la vida por una comisión. Dalio, digno, intentó rematar a toda velocidad lo que le restaba de la historia de un desangrado corazón por una mujer casquivana. En ese punto, las cosas se pusieron peor. Un terrón de tierra, que por milímetros no dio en la oreja derecha de Sandalio, entró al salón con tal violencia que su fractura en la pared quedó retumbando. Canuto y Dalio dieron un salto de terror; y este último se apresuró a frenar el recital.

—Venga para acá, don Dalio. Usted sí que sabe lo que es cantar. Tengo la piel de gallina, no siga que me va a dar algo. Mire cómo tiemblo —dijo el vendedor, mientras lo cogía del brazo.

—Ya yo supe por su elegante indumentaria que usted es un hombre de buen gusto, un varón, pues —dijo el Ruiseñor antes de gritar por la ventana—: ¡Claro, siempre hay unos coñoemadres que llevan la sensibilidad en la punta del culo!

Sandalio se dirigió al baño del apartamento, tembloroso, a escupir su vértigo. El vendedor no perdió tiempo e intentó disipar cualquier desconfianza en su cliente.

—De veras, no entiendo esto que acaba de suceder. Le puedo asegurar que ésta es una zona bastante sana. Con decirle que la gente se mata por vivir en este edificio, se sienten seguros, resguardados, pero ya sabe cómo está la ciudad con todos estos rencores de ahora…

—No se preocupe, señor Canuto. A mí el apartamento me interesa.

—¡Para mí también está bueno, muchacho! —gritó Dalio mientras se enjuagaba la boca en el lavamanos.

—Bueno, señor Canuto, lo cierto es que no nos ha dado tiempo de discutir las condiciones para el inmueble.

—Usted no se preocupe, que aquí tengo todo lo que necesita saber —dijo el vendedor, mientras sacaba de su maletín unos catálogos y papeles membretados con el logo de la inmobiliaria Buen Hogar—. Creo que este sitio va bien para una persona o una joven pareja. Dispone de cincuenta y cinco metros cuadrados, y le puedo asegurar que amueblar esto no le será muy complicado. Incluso, si así lo desea, por una pequeña comisión yo podría ubicarle algunas cosas básicas en buen estado, como la cama, la mesa del comedor, un sofá. Todo de una gente que salió del país…

16

Mientras Poli volvía a La Dolorita, no podía espantar la imagen del frustrado recital de Dalio. Hasta qué punto lo que estaba haciendo no era una locura que lo iba a enviar directo a los mil carajos. El Ruiseñor no llegaba ni a cacatúa. Esa voz no podía mejorarse. ¿Y si no tenía caso seguir? ¿Y si montaba el negocio que le pedía Honorio y se olvidaba de todo lo demás?

No había salido de sus pensamientos cuando creyó notar una extraña imagen: en fracciones de segundo una figura femenina, descalza y ataviada con capas de tela azul y blanca, cruzó por un pasillo de su casa. Poli se dirigió al lugar donde se había metido, pero ya no estaba. Cuando se dio la vuelta, se topó con el rostro de Micaela. Un sobresalto lo sacudió y su madre habló sin siquiera dejarle coger aire:

—¿Viste que es verdad?

—¿Qué?

—Lo de la Virgen. ¿Viste que no estoy loca como ustedes creen? Ahora mismo le tuve que hablar fuerte para que me dejara hacer mis cosas. Después vi que cogió por acá, y en cuanto sentí que entraste, me acerqué… Sí, sí, si quieres quédate con esa cara de bobo, no me hagas caso, pero ya sabes cómo es todo. Micaela es la loca, la idiota, la energúmena…

La mujer se fue por un pasillo, pero al poco tiempo se asomó con una pregunta.

—Por cierto, ¿dónde está Honorio? Lleva más de una semana sin dormir acá.

—Ni idea, mamá.

—Así que tú también te la das de pícaro y sinver-güenza, ¿no? Tú sabes. ¡Yo sé que sabes! Ya vi que estás durmiendo en tu antiguo cuarto. Eso no es casualidad. ¡Aprendiste las mañas de ese viejo! No pierdes tiempo para lo malo. Ojalá tuvieras esa inteligencia para otra cosa más productiva.

—De verdad que no sé nada.

—Bueno, da igual. Si ves a ese ser, dile que la ley de inquilinato me ampara, que esto es abandono de hogar, que me voy a conseguir a un abogado. Además, yo todavía estoy joven para rehacer mi vida…

La última oración ya se escuchó en la lejanía. Micae-la regresó a la cocina, con su perorata, y Poli se dirigió al cuarto a poner sus cosas en claro: el apartamento de Canuto ya estaba casi habitable. En poco tiempo había logrado contratar los servicios básicos, arreglar algunos detalles y armar los muebles que pudo conseguir. En un país como el suyo, esto era un suceso que rebasaba la admiración, casi un fenómeno digno de un programa de televisión. Aún le costaba creer que también le diera tiempo de conseguir el apartotel barato para Honorio, pagar el mes por adelantado y hacerle las compras nece-sarias a su viejo. Es cierto que ni la cuarta parte de sus acciones las habría podido completar cumpliendo con un trabajo normal, con sus horarios y obligaciones. Por eso el haber renunciado a La Múcura de Maiquetía fue una bendición. Eso sí, todavía le retumbaba en la cabeza la imagen de su partida de la fuente de soda: el grito del portugués por su ingratitud y las groserías que le dirigió delante de un comensal que mordisqueaba un cachito de jamón a precio de platino.

El porqué no le había regresado la agresión era un completo enigma que ni siquiera pudo responderse.

En sus días de rockero habría aprovechado para armar la trifulca, y en esta era de estratega del bolero un suceso de trompadas y prisión tenía la suficiente fuerza para endurecer sus vivencias de compositor, como ese Agustín Lara que siempre le nombraba Dalio.

Y ahí estaba otra vez, pensando en su proyecto, en lo que hacía instantes le parecía un delirio. Volver una y otra vez al plan quizás era la clave para no desistir y seguir creyendo en la factibilidad de la gloria. Su destino estaba agarrado de la mano del arte, de la música, nunca de un remate de caballos. Eso estaba claro.

Se sentó y volvió a sacar su cuaderno Alpes:

Si me muero, no me llores
no me beses
no me quieras
mujer vil y traicionera
ni siquiera, ni siquiera
volverías a mi vera

Esos versos lo dejaron satisfecho. De hecho, pensaba que estaba mejorando. Otra vez volvía el tema de la pérfida mujer, y ya sentía la orquesta desgranando todos los compases dignos de despechos en cadena. Sin embargo, había algo que no le cuadraba. Si el personaje de la canción estaba muerto, entonces ¿por qué al final decía eso de volver a su lado? Poli se rascó la cabeza. La idea era un disparate. Había dos cosas de las cuales quería huir y no sabía si lo estaba logrando: la de ser cursi y la de componer por el simple hecho de juntar palabras en la melodía, sin decir nada, sin siquiera contar un amago de historia. Así que lo pensó mejor. Con el bolígrafo borró el "volverías" y colocó "volarías". De repente, el cambio le daba un giro hasta metafísico al bolero, porque si de algo estaba seguro, era de que la letra olía a bolero. Puso un asterisco al final de la última palabra, que era su manera de colocar "en revisión", y agarró la Biblia que descansaba en la mesa de noche. Allí sí que estaba su álbum conceptual del mundo del requinto.

Abrió el tomo en cualquier sitio en busca de inspiración, y se dispuso a leer el cuarto libro del Pentateuco: Números. No entendió nada. Era una sucesión de leyes, nombres de jefes de la tribu, cantidad de cabezas de ganado y dimensiones de los territorios. ¿Cómo hacer una canción en bolero que diera cuenta de eso? Imposible. ¿Podría con el desafío? ¡Sí!, pensó de repente. Un momento de iluminación surcó su alma, para no decir que fue un instante de esos en los que la gente cae en cuenta de lo idiota que puede llegar a ser: si la historia iba a versar sobre Jesús, entonces ¿qué hacía leyendo el Pentateuco? Había que saltar todo ese libro para llegar a las partes del Nuevo Testamento: los evangelios. Allí descansaba el guion de su ópera-bolero. El concepto seguía a salvo.

El celular repicó. Ya le extrañaba tanta calma. Podía decirse que había sido ensamblado en Corea pensando en Dalio, Honorio y Atanasio, sus tres jinetes del apocalipsis. Después del quinto timbrazo lo atendió, malhumorado:

—¿Sí?

Un silencio al otro lado no presagiaba nada bueno.

—¿Aló? ¿Qué quieres?

Una voz musitó casi pidiendo disculpas:

—*Oye, Poli, si quieres, te llamo más tarde. Creo que te he agarrado en mal momento…*

Poli la captó en el acto. La incomodidad llegó sola.

—Perdona, Vicky, no era contigo. Es que estaban llamando unos muchachos sin oficio…

—*Ah, yo pensé que te molestaba…*

—Te juro que no tiene que ver contigo, Vicky. ¿Cómo estás?

—*Bien, ¿y tú? ¿Estás bien? ¿De verdad que no estoy llamando en mal momento?*

—No, claro que no, cariño —esa última palabra le dio grima apenas la pronunció.

—*Sólo quería saludarte, y nada, decirte que sí, que mañana sábado sí puedo salir adonde quieras. Quería responderte el mensaje antes de que fuera demasiado tarde para ti.*

—Qué bueno, Vicky.

—*¿Cuéntame qué has hecho?*

—¿Perdón?

—*Eso. Que qué has hecho.*

—¿Hoy?

—*Sí, en estos días.*

Poli no sabía cómo comportarse ante esas situaciones.

—Eh, bueno, estaba escribiendo.

—*¿Qué estabas escribiendo?*

—Poesía.

—*¿Eres poeta?*

La preguntadera lo estaba molestando.

—Algo así. ¿Te acuerdas que te dije que era compositor y te conté lo de Cosmos?

—*¡Ah, cierto! ¿Y vas a volver a la música? ¿Y qué va a pasar con el restaurante?*

—A ver, hoy hablé con mi socio y le pedí mi parte.

—*¡No lo puedo creer! ¿Y cómo lo tomó?*

—Bien, me alentó. Hasta abrimos una botella para celebrar…

—*¡Uy, qué emoción! ¿Y ya llevas canciones? Dime de qué tratan.*

—Oye, ¿por qué mejor no hacemos algo? Mañana cuando te busque, te las muestro. Es una promesa.

—*¿En serio?*

153

—Sí, te lo juro.

—*¿Y qué más?*

—¿De qué?

—*No sé, es que eso me emociona. ¿Quieres que te cuente qué he hecho yo?*

Poli temió lo peor. Se vio como el único público de un monólogo de intrascendencias. Y cuando estuvo a punto de responderle con una cortesía, fue la misma Vicky la que tomó la palabra:

—*Te lo dejo para mañana. No creas que vas a ser el único misterioso aquí. Un beso* —y colgó.

Poli se guardó el teléfono en el bolsillo del pantalón y dijo como broma privada:

—¡Gracias, virgencita del Valle!

Cuando apenas había terminado la frase, volvió a ver pasar por la puerta entreabierta la silueta de las túnicas y se asustó. Después salió del cuarto para comprobar si lo que había visto era real. Sus pasos no eran muy decididos. Con el corazón palpitante, se adentró en el pasillo y al final no vio nada. Un largo suspiro lo alivió. El teléfono volvió a repicar:

—*Mijo, soy el Ruiseñor, acuérdate de pasar temprano por la casa para prepararnos. ¡Hoy nos cubriremos de gloria, ilustre! ¡Te dejo porque estoy volando alto!*

Guardó el celular de nuevo, y dio media vuelta. El susto regresó intacto al percibir una presencia en la oscuridad. Poli sintió que se desvanecía. Intentó asir cualquier cosa en el aire mientras se tambaleaba hacia atrás. Encendió la luz del pasillo y vio el rostro casi simiesco de Micaela, al tiempo que oyó en estéreo el estrépito de todas las cosas que fueron a dar al piso.

—¿Todavía sigues sin creerme lo de la virgencita, mongolo?

El suelo estaba regado de trozos de porcelana barata.

17

Ese sueño no le gustaba a Dalio, pues solía repetirse con la puntualidad de un mal presagio. Eso lo sabía muy bien. En el año 65, en Manizales, lo tuvo antes de que le encontraran cincuenta gramos de cocaína que guardaba en la lámpara de techo de la habitación del hotel donde se estuvo quedando. En el 69 recordó haberse levantado, sobresaltado, delante de unos gendarmes que lo buscaban por el presunto abuso sexual a una menor de Cabañas. Esa gracia le costó unas semanas en el bote. En el 75 casi se le salió el corazón apenas abrió los ojos en una playa de Holguín, y decidió quedarse en su cama esperando lo peor. Y lo peor llegó con la noticia de la muerte de la esposa que tenía en Higüey. Pese a la cara de tragedia que ensayó, la emoción lo embargó por el mal cálculo de la fatalidad: esa mujer le estaba poniendo los cuernos con medio pueblo y a punto estuvo de quitarle buena parte de su dinero con un negro contrabandista. Pero el pulso del sueño volvió a su curso, cuando en el 84 lo roncó a pierna suelta en Caracas, minutos antes de que una demanda por el plagio de una guaracha boliviana lo dejara en la calle.

Entonces ¿por qué ahora?, si ya no tenía nada que perder.

Maldito sueño. Sueño maldito. Él creía en esas cosas. Su madre le había dicho que tenía dotes de curioso. "Eres materia, mijito", fueron sus últimas palabras antes de morir en un Oriente arrasado por el sol venezolano. Y Dalio se las creyó como un dogma. Pero él no era un brujo. Su poder, de alguna forma, estaba en los sueños. En ellos pasaba algo raro, maluco, con consecuencias. Nunca le sirvieron para ganarse la lotería, componer un éxito, o lograr algo en su beneficio. Parecían una broma cruel de alguna instancia superior, alguna especie de cámara indiscreta divina.

Dalio pensó que si hubiera soñado con eso el día anterior, todo habría tenido mayor sentido. El presagio se hubiera cumplido y ya no tendría con qué romperse la cabeza. Esa noche en El multisápido pasó de todo. Era la segunda vez que cantaba su repertorio con dos composiciones de Poli, y aún le costaba espantar el mal recuerdo. Es cierto que el muchacho se portó diligencioso, hizo parte de su tarea y hasta consiguió un CD con una pista instrumental de teclado barato. En el metro y autobús también practicó con él la melodía sin mucho convencimiento, porque esas canciones estaban más desabridas que una sopa de pescado sin sal. Había algo que no encajaba. No había mística en esas letras y a leguas se notaba que quien tocaba el instrumento parecía salido de una iglesia. Era tan evidente todo eso que hasta los borrachos de la pollera, hombres sin ningún conocimiento en estética, se dieron cuenta de la estafa. Ellos estuvieron alertas cuando el Ruiseñor de las Américas entonó la primera canción que presentó como una "primicia internacional de alto calibre". Después de un minuto de versos, la avalancha de risas y chistes a su costa cundió por doquier. Algunos hasta se persignaron con alguna lata de Polar. Los únicos aplausos sinceros fueron de Poli y Atanasio, y sonaron como el aleteo de una paloma dentro de un templo de mala acústica. Con la segunda canción le fue peor. Dalio, conocedor de la aritmética del mundo del espectáculo, metió un popurrí de cinco éxitos antes de epatar al auditorio con otro estreno. Pero el sorprendido fue él. El público volvió a lo suyo cuando sonó ese órgano de iglesia por los altavoces. Uno de los presentes, que ya estaba harto del recital, lanzó un muslo de pollo a medio comer hacia el Ruiseñor. De milagro le entró a la boca. La impresión lo hizo escupir la plancha, que llegó a parar encima de una ensalada de aguacate y palmito de una mesa. Y las risas se mantuvieron. Ultrajado en eso que llaman dignidad y nadie sabe qué es, Dalio se despidió con alguna grosería de cantina y se fue a su mesa. Cuando estuvo a punto de manifestarle su descontento al compositor, el dueño de la pollera lo amenazó con despedirlo si no volvía a su tarima a pedir perdón.

Si hubiera tenido ese sueño la mañana del caos en la pollera, todo habría tenido sentido, volvió a pensar. Se habría dado cuenta de que su poder devastador se mantenía intacto. Aún lo tenía todo claro, como si hubiera pasado en verdad: allí estaban con él Raúl Naranjo, el Pirata de la Canción; Alfredo Sadel, El Trío Venezuela, Estelita Del Llano, Miguelito Itriago, Felipe Pirela, Mirla Castellanos, Héctor Cabrera, Lila Morillo, Néstor Zavarce y Víctor Saume. Discutían acaloradamente dentro del hotel Humboldt de Caracas. Estaban en una mesa redonda, llena de comida podrida, y todos insultaban a Pirela, a Sadel y a Dalio por haberse olvidado del resto de los compañeros que no tenían ni la mitad de la fama internacional de ellos. Saume sudaba a chorros y era el mediador. Cabrera y Naranjo gritaban que no tenía sentido haber fundado el Sindicato "Cooperativa del Bolero Responsable" si nadie se ayudaba; Itriago decía que se iba a adminis-

trar unas bombas de gasolina en La Guaira, porque
la ola de artistas extranjeros estaba acabando con la
canción romántica, y Zavarce le agarraba una teta a
Lila Morillo. Cosas raras de los sueños, pero éste apenas comenzaba: cuando el asunto se ponía angustian-
te, alguien llamaba "marico" a Pirela y éste sacaba del
paltó un pistolón. Y allí sí que se armaba la pesadilla. Un disparo fulminaba en seco a Gilberto Jiménez,
del Trío Venezuela. Uno de sus compañeros le pegaba
un requintazo a Sadel y empezaba una pelea que iba
llenando el cuarto de tripas. Todo era muy confuso.
Las ropas de la comparsa estaban hechas jirones; Mirla
Castellanos no paraba de gritar con el maquillaje corrido por la cara. Estelita le pegaba un cachetón que le
hacía volar los dientes y Zavarce le agarraba una teta a
Lila Morillo. A Saume le gritaban traidor mientras éste
comía un plato de cachapas. Las lámparas del techo
se movían como en las películas de vaqueros y una, al
desprenderse, mataba a Saume en el acto. De su boca
salían pepitas de oro y bolas de cacao. La pelea seguía
en el plató de *El Show de las Doce* al lado del féretro de
Saume. Todos se tiraban piedras entre ellos. Aparecía
de la nada un caballito de juguete, de esos que termi-
nan con un palo de escoba, y Dalio se lo reventaba
en la cabeza a Raúl Naranjo, éste perdía el único ojo
bueno y Zavarce le agarraba una teta a Lila Morillo.
Itriago intentaba escapar por una puerta y se moría
de repente en la próxima escena, que también era cosa
seria: en la tarima del Coney Island de Altamira, la trifulca seguía intacta, pero con los borrones propios del
sueño profundo. El Ruiseñor se defendía con partes
del cuerpo de Pirela, que yacía descuartizado a su lado
con las sobras de Sadel y de algunas guitarras. Los que
quedaban vivos estaban desnudos y caminaban hacia

él con colmillos de vampiro. El público del Coney Island pedía sangre y Zavarce le agarraba una teta a Lila
Morillo. Dalio resoplaba del susto, se volteaba y le gritaba a Zavarce: "¡Ayúdame, mano! ¿Por qué no haces
nada?" Y Zavarce, sentado, de punta en blanco y aún
con la mano en la teta de Lila Morillo, se levantaba y le
decía: "Porque en estos peos es mejor agarrar tetas que
coñazos, poeta". Y después de eso, Dalio se despertaba,
sobresaltado, con el miedo de lo que le podía pasar en
la vida real.

Así se sintió en cuanto salió de la cama. Antes no
había reparado en eso, pero notó que en el sueño él
siempre tenía la edad actual, y el resto de los actores
la de la época gloriosa. Por eso cada vez mantenía la
idea de que la pesadilla estaba en blanco y negro, con
un tiempo detenido a conveniencia.

Con escalofrío, Dalio hizo el recuento de sus bie-
nes más preciados, y de repente se le encogió el corazón. Sin siquiera calzarse las sandalias, cogió el vaso
de agua en el que metía su plancha y salió con rapidez
hacia la sala. Allí vio a su hijo dormir y un soplo de
aire infló sus pulmones, lo suficiente para gritarle en
medio de su angustia:

—¡Mira, degencrado, levántate!

—Déjame dormir…

—¡Nada de dormir, muchacho de mierda! ¿Dónde
está la llave de la puerta del patio? —preguntó, calzán-
dose la plancha en la boca mientras vaciaba el vaso de
agua en la cara de Atanasio.

—¡Papá!

—Estoy hablando en serio, mierda —dijo mientras cogía el palo de escoba, amenazante—: ¿Dónde
está la llave de afuera?

—¡Papá, si tú siempre te la amarras a la cintura cuando te vas a dormir!

Sandalio no había reparado en ese detalle. Era su manera de asegurar la casa. Atanasio ya había cometido muchas imprudencias en varios y terribles recuerdos, por lo que tuvo que optar por esa precaución. Se palpó la cintura y allí estaba, amarrada con un pedacito de pabilo. Dalio la cogió y, entre mil temblores, logró abrir la reja del patio.

El Ruiseñor se acercó a una caja de cartón, se persignó y volvió a coger aire. La caja estaba intacta. Pero el sueño, ya se dijo, tenía propiedades cataclísmicas. En cuanto Dalio la levantó por una esquina, salió un gallo en actitud altanera. Se cuadró como si fuera un gladiador y luego caminó por el piso de tierra con el pecho inflado. El bolerista sonrió y a punto estuvo de llorar, de no ser por Atanasio.

—Papá, no entiendo por qué no nos comemos a ese gallo —le dijo el hijo con los dedos ocupados en sus lagañas, asomado en la puerta.

—¡No ves que éste es mi bien más preciado, chico!

—Papá, pero ese gallo no deja dormir a nadie. Está todo el día haciendo bulla en esa caja. Casi nunca hay pollo en las colas para comprar comida.

—Degenerado, ya te dije que está entrenando.

—No puede estar entrenando, papá, ésas son locuras de Norberto. Ese gallo es un pataruco de aquí a Pekín.

Dalio le lanzó una piedra a Atanasio y éste se metió otra vez a la casa. Después buscó una silla, se puso a admirar al ave antes de acordarse de Norberto: cuando la fama le sonreía al Ruiseñor de las Américas, Norberto era el hombre de los recados en su casa de Tucupita. Una noche, en la gallera más importante del pueblo,

Dalio vio cómo Norberto apareció de la nada con un gallo flaco y de dudosa raza como sustituto de uno de los contendientes del gran desafío del día. Era obvio quién iba a ganar la pelea. El gallináceo de la familia Bucarito era un ejemplar que daba respeto de sólo mirarlo: un marañón en forma, como una escultura vaciada en un molde perfecto, pintado de rojo sangre y oro, con las plumas podadas como por un japonés experto en bonsáis, con unas espuelas de carey capaces de cortar un pelo en dos, ojos de los que parecían salir relámpagos y una piel que palpitaba como por descargas de una central nuclear. Cuando estuvieron a punto de meterlos a la jaula de pelea, el gallo de los Bucarito cacaraqueó tan alto que Dalio primero comprobó si se había movido una viga de la estructura del recinto. "Ese gallo no tiene pierde, compa —le dijo un mirón—. Es cruce de español con chino. Puros peleadores. Nada más ha comido pura bola cubana. Véale esas patas." El Ruiseñor hizo caso y pensó que darles un mordisco a semejantes muslos era lo mismo que caerse de boca en el filo de una calzada. De sólo figurarse la imagen, sintió grima, tanta como la que estaba sintiendo por el futuro del gallo de Norberto, que parecía no estar al corriente de lo que le esperaba en ese coliseo de Tucupita.

El fragor de las apuestas era ensordecedor. Los gallos fueron introducidos a la jaula doble de pelea. El juez gritó y después hizo la seña. La cuerda subió la jaula. Ambos gallos quedaron de espaldas el uno del otro. Y la gente no paró de chillar. Cuando las aves se vieron a la cara, el tiempo se detuvo en una eternidad contenida en unas pocas milésimas de segundo. El pataruco de Norberto esquivó un hachazo y después dio un salto como de arte marcial, de ninja renegado, que

161

sonó tan acolchado y a la vez contundente como un puñetazo de boxeo. El marañón emitió un lamento en donde cupieron todas las muertes de la historia de la humanidad, y cayó como si estuviera empollando. Un espuelazo morcillero le empezó a llenar el pescuezo de sangre como si fuera una burbuja de piel. Los muslos de acero comenzaron a moverse del mismo modo que un cable pelado de alta tensión estira al anca de una rana muerta. El ejemplar de Norberto, en cambio, comenzó a escarbar y a picotear la tierra como si estuviera feliz en un patio lleno de maíz. Toda la gallera calló como si fuera una iglesia en plena homilía. El patriarca de los Bucarito no quiso ni tocar a su gallo agonizante. Se fue indignado, pagándole a todo el mundo y con los ojos vidriosos. Antes de irse, le gritó a un vagabundo de nombre Bartolo, que metía al marañón ya desnucado a un saco: "¡Bote esa mierda que ni sirve para sancocho!"

De Norberto no quedó ni el rastro. Así que Dalio decidió esperar a que un día pasara por su casa. Lo hizo una mañana, con la voz aguardentosa y la estampa de haberse bebido varias noches en una copa de boca ancha. El Ruiseñor no se aguantó, le pidió que entrara a la sala, sirvió ron para los dos y le preguntó lo que llevaba atascado desde hacía días:

—Mira, loco, ¿de dónde sacaste a ese pataruco tan bueno?

—Ah, ése es un cuento largo, maestro. Con ese gallito ganamos en la gallera de la Caraqueña, después lo llevamos para la de Tronconal, que era donde estaba usted, y después salimos disparados para la gallera de Miguelito Chópite. En todas ganó de un espuelazo el condenado. Ahí está en la casa, fresquito, y con sus dos ojitos bien puestos.

—¡Coño, Norberto, no seas mentiroso, chico! ¡Si inventas vainas!

—Ah, pues, señor, se lo juro por mi madre. Todito lo que le estoy contando es verdad. Pregunte por ahí, pues.

—Cuenta bien de dónde salió ese pataruco, chico.

—De cualquier lado. Mire, ese gallo se lo dio la Carmencita a mi mujer para un guiso. Pero yo le vi una vaina a ese pataruco, y le dije a mi señora: "Amparo, no vayas a matar a ese gallo que nos vamos a meter en un problema yo y tú". Usted sabe cómo son las mujeres… Y pensé en entrenarlo. Pero usted, que es versado en el mundo, sabe que entrenar a un gallo es carísimo.

—Claro, Norberto. El Bucarito botó sus buenos cobres con el marañón.

—Pues nada. Yo me dije: "¿Y para qué voy a gastar un realero si entrenar a un gallo es facilito, bordón?"

—Facilito no es, Norberto.

—Por lo más sagrado que sí. Ya le cuento por qué.

—Ajá.

—Mire, maestro, yo lo que hice fue irme para la bodega de Papancho a buscar una buena caja.

—¿Y entonces?

—Y entonces agarré unos espejos, cola y pegué esa vaina por dentro en cada lado. Le hice unos huecos a la caja para que entrara sol y encerré a ese pataruco en esa vaina un coñazo de días. Imagínese esa vaina: ese gallo dando espuelazo día y noche en esa caja. Le salía un gallo por un lado, otro por el otro costado, uno por arriba…

—¡No jodas, Norberto, tú sí dices pendejadas, chico!

—Pendejadas no, maestro. Use el sentido común para que vea que la vaina tiene su razón: ese pataruco estaba dándole coñazos todos los días, y sin parar, a cuatro gallos diferentes. No joda, por muy bravo que fuera el marañón de Bucarito, no era rival, maestro, no era rival. Piense como mi pataruco y vea. Cuando levantaron esa jaula, el pataruco dijo: "¡No joda, qué papaya!, ¿un solo gallito nada más?"

Dalio celebró la ocurrencia de Norberto como un chiste. A veces, solía referirla en sus presentaciones más cabareteras antes de entonar clásicos como "Hoy platiqué con mi gallo", "El gallo, la gallina y el caballo", "Dice mi gallo" o "El gallo pinto". Sabía que la anécdota era capaz de levantar al público más apagado. Por años le pareció un disparate que despertaba simpatías, y así lo usó. Sin embargo, los tiempos presentes distaban de ser relajados. La desesperación era la que estaba mandando desde hacía unos buenos años en su vida. Por eso Dalio depositó sus esperanzas en el gallo. Cuando se lo regalaron pollito, después de una presentación en una arepera de Píritu, el Ruiseñor agradeció el gesto de una lugareña con la que se había acostado la noche anterior en su pensión y cargó con el animal hasta su casa de Caracas. Lo alimentó con plátano verde, y después de sus ocho meses de cuidado, buscó la caja, los espejos y armó el ingenio de Norberto. La consigna para estar bien consigo mismo tenía cierta mística: cuando ya se ha perdido todo, no hay nada más que perder.

Ahora lo veía caminar con majestad, sin dejar de picotear la tierra. Dalio estaba seguro de que ese pataruco era su joya de la corona, quizá lo que más quería en la vida.

Y volvió a pensar en ese maldito sueño.

18

Esa noche, Poli sabía que debía debutar a como diera lugar. Desde la mañana se había esmerado en transformar la casa en un nido de amor: velas por doquiera que se mirara, palitos de incienso, cortinas a medio abrir, un álbum de música suave en el equipo de sonido, un juego de dos copas, la botella de vino al lado y luces tenues. Todo muy feng shui. Pero también —porque el hombre carne es— el campo de batalla estaba habitado por una legión de condones dispuestos en lugares dignos de un estratega que no quería errar el tiro: en la gaveta de la mesa de noche del único cuarto, en la de los cubiertos de la cocina, debajo de la cama, entre los cojines del sofá, dentro de un catálogo que estaba en el revistero, en el vaso de baño para lavarse la boca, metido en un libro que descansaba en el estudio, en la puerta de la nevera, e incluso, dentro de uno de los viejos discos de acetato que mudó de la casa de La Dolorita a petición de Honorio.

Vicky no podía ser una mujer sin experiencia. Poli sabía que él aprendería mucho más que ella, por lo que intentó no dejar que los nervios lo cercaran. Todo estaba a punto. El escarabajo había sido arreglado en un taller mecánico del barrio, gracias a una vieja amistad y a un estímulo extra de esos que proporciona el dinero. El carro ya no pasaba aceite, estrenaba ruedas, papel ahumado para burlar al pillaje de la ciudad y su aspecto había mejorado. Así mantenía coherencia con

165

la mentira de coleccionista de carros. Su ropa tampoco podía dejarlo mal. Con el dinero que le estaba pasando Honorio, pudo aprovechar para comprarse la muda de marca que llevaba puesta. Todo olía a nuevo, y si fuera posible oler la inocencia de los sexos, el de Poli hubiera olido a juguete sin estrenar, en su caja forrada de plástico al vacío.

Llegó a la casa de Vicky, tocó el intercomunicador del edificio y volvió a entrar al carro. Los nervios regresaron. En este caso no fue tanto por su probable desvirgamiento, sino por lo que había pasado la noche anterior en la pollera. Lo de Dalio dio vergüenza ajena. La gente se burló en su cara con desconsideración. ¿Sería su voz? ¿O el organista de la iglesia del padre Rigoberto? ¿O sería él? ¿Era posible que sus composiciones fueran tan malas como para envalentonar a un corro de borrachos? No cabía duda de que en estos temas no se sentía el conocimiento del alma femenina ni del dolor por un despecho. Sandalio se lo recordó durante todo el camino de vuelta. Nunca lo había visto con tanto encono. A punto estuvo Dalio de tratarlo como a Atanasio. De hecho, por vez primera notó que a su hijo no le endosó culpa alguna. Y luego pasó lo de la mañana: la llamada desesperada del viejo contándole un sueño raro y hablando de sus oscuros presagios. De un tirón gastó toda su tarjeta telefónica bajo un discurso que lo alejaba del mundo de los cuerdos. A Poli lo recorrió un escalofrío desde la punta de la espina dorsal, que lo hizo pensar nuevamente en la pertinencia de su proyecto. Quizá lo que estaba a punto de consumar con Vicky enmendaría la situación, metería en sus cabales al Ruiseñor, demostraría su poder de composición, y cerraría ese círculo que cada vez aumentaba de diámetro. ¿Por qué tenía que recurrir a

166

justificaciones absurdas ante lo que a toda vista era un disparate?

Pensar en esas cosas solía desanimarlo, quitarle las energías. Y así comenzó a sentirse: apagado y sin ganas. ¿Sería posible no cumplir esa noche como el hombre que era? Igual, ya no había marcha atrás para la escena que tenía enfrente: Vicky saliendo por la puerta principal de su edificio. Poli encendió el carro y se acercó. Conforme se aproximaba a su doncella, vio que ésta cargaba en su mano algo bastante reconocible: una réplica de la botella de vino de la otra vez, misma marca, etiqueta, tamaño.

Apenas entró al escarabajo, le dio un beso tan intenso como un río en medio de un incendio forestal.

—Quiero que todo sea como en nuestra primera cita —dijo señalándole la botella a Poli—. En la terapia me recomendaron que no repitiera cosas, pero lo de la otra vez me gustó.

—Ah, mira, yo había comprado otra botella que dejé…

—¡Beberemos de ésta!

Poli calló ante la orden. ¿Qué le pasaba a esa mujer? De repente, en un momento le parecía muy normal y al instante cambiaba. Había leído algo sobre la ciclotimia y la menstruación. Lo último lo llevó a temer lo peor. Con lo escrupuloso que era, no quería estrenarse en un charco de sangre.

—Oye, te está quedando bien bonito el escarabajo, Poli.

—Le estoy haciendo unos cariñitos…

—Sí, ya no es la chatarra de la vez pasada.

—¿Puedo preguntarte algo?

—Sí, dime, cariño.

—¿Cómo es eso de la terapia?

—Es un cuento largo que no sé cómo arrancar…

Y lo arrancó sin hacerse del rogar: Vicky se había graduado en Educación Preescolar con honores, y fue contratada por un colegio de la alta sociedad caraqueña. Al tiempo de comenzar, demostró ser la maestra más diligente, entregada y cariñosa del plantel. Pero en cuestión de semanas, las cosas comenzaron a andar mal. La señorita Vicky se puso irascible, mandona, imprevisible con los niños. A veces, se ponía a llorar en los recesos. Para muchos de sus alumnos era un desafío mostrar sus trabajos en plastilina y témpera ante semejante jueza. Lo hacían con pavor. Y esto logró que algunos infantes comenzaran a orinarse en sus camitas, que otros les rogaran a sus padres un día más de casa y había quienes inventaban malestares. Una niña fue el detonante final en Vicky, cuando le confió a su mamá todos sus miedos sobre la villana que le daba clases. La queja llegó lejos por la influencia que tenían sus padres, y Vicky fue amonestada con un memorando de esos que riegan la deshonra en los pasillos. En adelante se sintió bajo observación continua. No podía creer que una niña fuera capaz de hundirla, y noche tras noche rumiaba maldiciones hacia ella.

Y vino el día D.

El día D: como sucede con estos cuentos llenos de destrucción, las versiones abundan. Unos niños dijeron que su compañerita fue guiada al baño por la maestra para que hiciera sus necesidades, y que allí la mató a nalgadas antes de amenazarla con la Llorona. Otros comentaron lo malvada que fue la señorita Vicky al obligarla a beber de la poceta. Algunos hablaron de una bolsa grande en la cual la docente había metido a la niña para llevársela bien lejos.

—Lo cierto fue que no le hice nada a esa coñito —dijo Vicky—. La regañé porque había derramado un vaso de jugo en la tarea, y eso me costó la expulsión. Y bueno, luego vinieron las terapias, mis tratamientos médicos y lo de mi suspensión. Claro, como esa carajita es la nieta de la dueña del colegio… Pero ya verá lo que le va a pasar cuando me la encuentre en la calle. No me importa que ahora tenga seis años.

—¿Te sientes bien? Si quieres te llevo a tu casa.

—Estoy fenomenal —respondió Vicky con firmeza—. Ya te dije que quiero que ésta sea una noche especial.

La llegada a la casa pasó sin mayores contratiempos. Todo se había enderezado en el camino. Había un no sé qué de perfección de esos que mejoran ánimos aunque sean de condenados a muerte. En cuanto entraron al apartamento, Vicky alabó el gusto de su dueño y ayudó a Poli a encender velas e inciensos. Brindaron con música suave mientras él le enseñaba cada rincón del aposento. Después se asomaron por el amplio ventanal sin rejas del cuarto piso, como si fueran de esas parejas de telenovelas que miran las luces de la ciudad de Caracas en la última escena del capítulo final.

—Me siento especial cuando estoy contigo, Poli.

Poli abrió la boca para responderle, pero de repente Vicky se le vino encima sin dejarlo articular palabra. Lo apretó con fuerza hacia ella mientras le regalaba un beso francés. Pero el tema no quedó allí nada más. Podría decirse que la mujer comenzó a fornicar de pie y vestida. La dama alternaba sus manos en las nalgas del galán, y con un movimiento de prestidigitador, las metió en los calzoncillos de Poli en una búsqueda manifiesta del sexo de su pretendiente. Él se retorció entre la pena, las cosquillas y otras sensaciones que aún no conocía tan bien de primera o segunda mano en este caso. Cuando Vicky se despegó de su presa, dijo una frase que sólo podía significar una cosa:

—¡Vamos a tu cuarto ya!

Fue ella quien lo agarró de la mano y guio hasta la habitación como si la casa fuera suya. Con movimientos felinos, se lanzó al colchón y le señaló con su dedo índice que se aproximara. Su cara era de picardía. Poli no sabía cómo hacer sus preliminares amatorios sin que se le notara el abultamiento de sus partes nobles. Sentía que iba a descoser las costuras de esa zona del pantalón. Pensaba que lo que tenía allí era una especie de taladro, de palo ancestral, de bicho raro vivo, de…

—¡Vente, pues! —gritó Vicky.

Poli se aproximó a la cama con los temblores de un cachorrito regañado. Puso en práctica algunas caras de los actores de esas pornos que ponían en la casa del guitarrista de Cosmos. En esos instantes intentó ensayar todos los lugares comunes, con la mano reptando hacia la mesa de noche en busca de condones, pero de nada le servía. Quien llevaba la iniciativa de lo que estaba sucediendo era la maestra de preescolar. Ella fue quien lo jaló por la camisa hasta acercarlo a su cara, fue quien le despegó los botones para dejarlo a pecho descubierto y fue quien ya se había quitado la blusa hasta quedar en un translúcido sostén, como los de esos catálogos de Micaela que le alegraron tantos momentos de soledad adolescente en el baño de la casa de La Dolorita.

Ya sabía que faltaba muy poco para hacerse hombre. Las manos de Vicky se multiplicaron por mil y los besos de la doncella mandaban centellazos a la bestia que palpitaba entre sus piernas. Entre tantos calambrazos, Poli se acordó de una buena receta para no terminar con prisa lo que tanto le había demorado su vida. Así que comenzó una cuenta regresiva desde cien, aderezada con las caras de los jugadores de su equipo de beisbol, para mantener la mente ocupada en cuestiones menos resbalosas. ¡A quién le iba a importar que esa mujer estuviera medio loca, si sabía hacer tan bien su trabajo!

Algo pasó. De repente, el volcán dejó de estar en erupción. Las llamas parecieron apagarse cuando las embestidas de la lengua de Vicky se tornaron en aguas calmas debajo de las cenizas. Poli creyó que el tiempo del universo se había detenido por algún control remoto inaccesible. Cuando ya iba por la banca del equipo, abrió los párpados para comprobar que todo estaba bien. Lo que vio no lo tranquilizó: Vicky tenía cara como de ida, con los ojos a punto de derramar lágrimas. Era lo menos erótico que podía esperarse después del torbellino. Pero también se sabe que los primerizos son cosa seria. Apenas Poli vio una areola asomar por el sostén de la rubia, de nada sirvió el conteo regresivo. Una descarga, y no precisamente eléctrica, empapó sus calzoncillos. Y con esto vinieron dos cosas: una ligera tristeza seminal de función terminada, mezclada con otra moral al no haber llegado a nada. También quedaba la preocupación de no saber qué hacer con una demente en su cama y un condón sin abrir en su mano.

—Vicky, ¿estás bien?

—Sí, sigue —dijo como un robot sin pila.

Algo era cierto en todo esto: el deseo había volado a otro lugar bien lejano. Poli, por lo menos, de eso no tenía la menor duda. Algo viscoso traspasaba las telas a la vez que disminuía la hinchazón. Con disimulo, tiró el condón por debajo de la cama, y aunque sabía que la batalla se había perdido antes del desembarco, hurgó en su interior hasta encontrar la mejor voz de santo varón.

—Vicky, vamos a dejar esto así —dijo mientras se recogía la camisa—. ¿Quieres que te haga un tilo en la cocina?

—No, quiero seguir —respondió con dos lagrimones bajándole por las mejillas.

—Cariño, me preocupas —dijo con el asco que le dio usar la palabra cariño.

—¿No te gusto?

—Claro, eres una mujer hermosa.

—¿Y por qué no sigues?

—No hablemos más de esto, ¿sí? —dijo con una sonrisa comprensiva del tipo buen-hombre-en-un-mundo-despiadado.

—¡Dime por qué no sigues, cabrón!

—¿Perdón? —preguntó ya sin la sonrisa comprensiva del tipo buen-hombre-en-un-mundo-despiadado.

—¡Dime, por qué no sigues! ¡Maldito!

Dicho esto, Vicky se le abalanzó con pasión renovada, pero ahora de la destructiva. La rubia descargó un arsenal de arañazos y bofetadas. Poli no salía del estupor. Otra primera vez frustrada, tirada al caño con quién sabe quién. Obstinado, y sin saber qué hacer con la fiera que volvía a calmarse, Poli pudo salir del cuarto. Se metió al estudio a pensar en algún plan aún con el pantalón húmedo. La última imagen que pudo presenciar fue la de Vicky, histérica y boca abajo, ahogando sus gritos en las almohadas. Sus palabras conforme se retiraba fueron:

—¡Maldito, eres como el resto! Mentiroso. Me prometiste que nunca me ibas a dejar sola. ¡Hijo de puta!

"Loca de mierda", pensó con el ardor de la carne viva que le dejó un arañazo. Tomó aire, intentó recobrar la calma. Ante un escenario absurdo era casi lógica una salida de la misma naturaleza: quizá por eso al compositor se le prendió el bombillo de las ideas. Poli buscó su cuaderno Alpes, y en medio de una situación que requería otras soluciones, el lisiado emocional comenzó a pensar en una letra. Supuso que teniendo todo tan vivo, alguna buena composición para Dalio aparecería. Esto quizá le daría tiempo para que la energúmena se calmara.

> *Bella fea; bella fea*
> *me dan miedo tus correas*
> *no entiendo tus ideas*
> *menos si me pegas, gonorrea.*
> *Rubia o morena, bicha fiera*
> *no busco heridas ni pelea*
> *quiéreme, sos mi mayor presea*
> *(danzón)*

A Poli le pareció que no estaba mal, que después de algunas revisiones, este tema podría ser un batacazo en Colombia. En La Dolorita vivían unos vecinos de Medellín que hablaban de esa forma. Es cierto que el final sonaba apresurado. Más adelante buscaría algo mejor que "presea", pero la cosa ya estaba cogiendo forma. Lo contentaba sentirse cada vez más experto en lo de componer para Dalio. Es cierto que hubo algunos traspiés en sus letras, pero su sexto sentido le estaba diciendo algo. Unos versos como éstos, que antes podían quitarle una hora de concentración, estaban saliendo en menos de la mitad del tiempo. ¿Sería que el tema Vicky lo estaba adentrando al complejo mundo femenino sin importar que aún mantuviera su virginidad dentro del celofán?

Pero por muy autista que se sea en la vida, algo debía sacarlo de su concentración teniendo en cuenta los sucesos acontecidos en ese espacio. Se percató de que no había sabido nada de la rubia desde hacía algún rato. Era posible que ya estuviera calmada. Poli guardó su cuaderno Alpes con el celo de un buscador de oro ante una pepita de gran tamaño, y se dirigió al cuarto para pactar una salida civilizada. Lo que halló fue la cama, ajada y sin la doncella. Volvieron los presentimientos. Poli intentó mantener la compostura, volteó y vio en el pasillo algo que le dio tanto terror como escuchar un concierto privado de las siete trompetas del Apocalipsis: el ambiente a media luz de la sala, que momentos atrás pudo haber sido romántico, pero que en los actuales más bien era pavoroso por estar coronado por un ventanal abierto y sin rejas. Las cortinas blandían, como el día en el que se lo mostró Canuto, pero ahora lo hacían con la música de Kenny G saliendo de los altavoces. Ya vaticinaba las noticias. Su cara debajo de un encabezado de crimen pasional. Los taxistas comentando entre ellos la mala suerte del pendejo que salía dando las declaraciones en la sección de sucesos, la gente del barrio, las cárceles atestadas, esa testosterona democrática de las celdas, la morosidad de la justicia en un país atascado como un intestino enfermo.

Se ahogó con saliva y caminó hacia el ventanal con mucho pavor. Una ola terrorista podía estar arrasando a la humanidad en tiempo real, pero para Poli lo único que existía en ese instante era la ventana y los pasos que lo apartaban de ella. El resto del mobiliario, del mundo, del universo, del bolero, de las mitocondrias, de todo, no formaba parte de su realidad. Menos en esa caminata que pareció durar lo mismo que la de Neil Armstrong cuando saltó por los cráteres lunares. Había algo de película de Polanski con Hitchcock, de un suspenso que de tan malo, ya daba más miedo. Al llegar no se asomó de golpe. Lo hizo con parsimonia, con un corazón absurdo y glacial. Bajó la cabeza y abrió los ojos: nada. El piso del estacionamiento estaba intacto, ni gota de sangre, ni forenses, ni lugares comunes. Miró a todos lados y ni rastros de Vicky. ¿Dónde estaba?

La respuesta se materializó dentro de un combo sensorial. Cuando apenas sacaba la cabeza de la ventana, a Poli se le confundieron los reflejos con los sentidos. Una presencia lo hizo echarse más atrás y casi al mismo tiempo un zumbido surcó el espacio hasta prácticamente arañarle la oreja. Su movimiento involuntario le permitió ver cómo el objeto chocaba contra la pared hasta producir un sonido de plástico roto. Cuando volteó al otro lado, reparó en Vicky. En ese momento, intentaba sacar un nuevo disco de vinilo de la colección de Honorio para repetir la acción.

—¡¿Estás loca?!

Vicky se le quedó viendo con renovado coraje. En una mano cargaba la botella de vino a medio acabar, y se echó un trago de pico antes de decir:

—Dame tu celular. Necesito llamar para irme.

Poli se lo entregó con un temor mal disimulado. También con las precauciones de un domador de tigres de bengala antes de acercarse al animal enjaulado.

—¡No estoy loca!

Vicky marcó y comenzó a hablar. La expectación de Poli transmutó en algo más feo cuando le contestaron a la rubia:

—Mi amor, estoy aquí con un hijo de puta. Copia este número. Desde que vine, me ha tratado mal… Sí, eso pasó, sí… ¿Cómo lo sabes? Vente y enséñale a ser hombre, anda. Ya te doy la dirección… Okey, ya, dame un segundo.

Vicky vio a Poli con idéntico ardor. Le acercó el teléfono y le dijo con una sonrisa de triunfo:

—Quiere hablar contigo.

Esa frase fue suficiente para que Poli sintiera el inicio de un síncope. ¿Y ahora qué? ¿Hacia dónde se podía huir en una situación como ésta? ¿Qué se dice cuando pasa algo así? No había manual alguno. ¿Es que nadie ha escrito uno para sobrevivir a estos pies de página de la vida? ¿Qué hubiera hecho Dalio? Pero ya no tenía caso seguir en estas disquisiciones. Ya tenía el teléfono en la mano, y algo le decía que no iba a salir ileso de esta aventura.

—¿Aló? —preguntó poniendo la voz más calmada que guardaba en su catálogo.

—*Flaco, te habla el esposo de Vicky* —comentó el otro, como con tedio y con un discurso que parecía recitado de memoria—: *No le hagas caso. Ella no está bien. No es la primera vez que pasa esto. Me da mucha pena contigo, ¿pero podrías dejarla en la casa? Yo me encargo del resto de vainas.*

—Claro… seguro… no hay problema.

—*Gracias, flaco.*

El hombre colgó y Poli no entendía semejante absurdo. Le acababan de pasar ese tipo de cosas que nadie le iba a creer aunque jurara frente a una cruz. Pero ya qué importaba. Se había librado de una posible tragedia. Al meter el celular en el bolsillo del pantalón, notó que Vicky permanecía sentada con mala actitud.

Poli recuperó el aliento. Volvió a encarnar el papel de tipo seguro de sí mismo, y le dijo a Vicky:

—Recoge tus cosas, por favor. Te llevo a casa.

Vicky soltó un "idiota" dirigido a él, se terminó lo que quedaba de vino en la botella y se incorporó. Poli ignoró tanto odio. Después de lo que había sucedido, lo más prudente era no caer en provocaciones, convino Poli. Vicky lo notó y escupió en el sofá antes de salir. Poli vio la saliva roja de vino en la tela, pidió serenidad para su alma y la guio hasta el ascensor. Allí no hubo plática. De vez en cuando, Vicky volvía a decir la palabra "idiota" con suficiente claridad. Para Poli los minutos eran eternos, pero la calma era lo que diferenciaba a los grandes hombres de la humanidad del resto de los mortales. Pensó en el Jesús de su ópera-bolero.

Cuando Poli abrió la puerta del escarabajo, lo hizo con un desespero que intentó disimular. Por eso el olvido de no apagar la alarma, por eso el estruendo, por eso le costó tanto desactivar la sirena cuando se le cayeron las llaves. Vicky no se lo perdonó, soltó algún "pendejo" y adentro le dijo:

—Lástima es lo que das. Con ese pantalón todo manchado…

Poli encendió la radio y sonó música de una estación conocida.

—¿Quieres que la deje acá o la apago?

Vicky no respondió. Giró la cara hacia el vidrio de su puerta y así se quedó. Poli quiso escurrir el tiempo en la cola capitalina. Por eso se puso a imaginar escenas dentro del inmenso silencio que parecía tragárselos sin digerirlos. Sólo volvía al mundo real cuando se le acercaba un motorizado sospechoso o algún vendedor de chucherías rozaba el escarabajo. Era frecuente que esta clase de personajes protagonizaran páginas enteras de sucesos policiales. Desde hacía tiempo, la ciudad había dejado de ser un campo de recreo.

En cuanto llegó a la casa de Vicky, ésta salió del Volkswagen sin despedirse y sin dar tiempo de abrirle la puerta. A Poli le dio igual. La vio alejarse sin siquiera mirar atrás. Él quizá no formaría parte de sus recuerdos. En la mente de la rubia estaría condenado al olvido. Tampoco le importaba lo que pensara o dejara de pensar. Se sabía afortunado por haber terminado la noche sin mayores daños, pese al fracaso sexual. Estaba atravesando uno de esos momentos en los que en el recipiente no cabe ni la fuerza para entristecerse ni para alegrarse. Y así se mantuvo durante todo el camino hacia su residencia: con actitud de burócrata emocional ante una ciudad que se apagaba.

De la radio salieron algunas notas de una canción de Cosmos.

En el apartamento dedicó su tiempo a recoger todo lo que le dio toque de harem al recinto. También hizo lo propio con los condones y con algunos destrozos que estaban regados. Durante su faena parecía un experto en desactivación de minas antipersonales, aunque no valdría la pena rememorar la guerra que se había librado ahí.

Cuando recogió los fragmentos del disco estrellado contra la pared, notó que ése era el que escondía uno de los tantos condones. Poli tomó en su mano el paquete y lo dejó sobre el sofá escupido, antes de meter los pedazos de vinilo en una bolsa de plástico. El destino quiso que revisara la carátula. Lo hizo de manera automática, buscando algo de mediana importancia en ella, con la precaución de no tirar a la basura

178

un material valioso. Era un viejo álbum de Agustín Lara. Se acordó de que ése era el hombre que tanto nombraba Dalio.

Poli vio la estampa en esmoquin del llamado Flaco de Oro recostado en un piano. De tan delgado, parecía estar de perfil. Miraba al infinito, con un cigarrillo humeante en la mano, peinado de raya en medio y cara de tísico con muchos cojones. La cicatriz que le surcaba el pómulo le daba cierto aire de gallardía a ese hombrín que posaba al lado de un pequeño farol y unas palmeras de plástico. Había un ambiente como de cabaret, de indio refinado, de alcoholes, vapores, trompadas. De puta vida.

En la contratapa del disco se podía leer el nombre de las canciones y una cita entrecomillada del mismo Lara:

SOY RIDÍCULAMENTE CURSI Y ME ENCANTA SERLO, PORQUE LA MÍA ES UNA SINCERIDAD QUE OTROS REHÚYEN RIDÍCULAMENTE. CUALQUIERA QUE ES ROMÁNTICO TIENE UN FINO SENTIDO DE LO CURSI, Y NO DESECHARLO ES UNA POSICIÓN DE INTELIGENCIA.

Era una señal del cielo.

19

—Qué va, mijito. Esto no lo canto yo ni a palos —dijo el Ruiseñor después de sorber su Polarcita.

—Dalio, vea, esto puede ser todo un tubazo —contestó Poli con el cuaderno Alpes abierto de par en par.

—¡Tubazo mis nalgas, chico! Esto no se entiende un coño, que si Monte Sinaí, fariseos, Herodes, Lázaro y Barrabás. Esta vaina hiede a Semana Santa. Suena como cuando Richie Ray se metió a evangélico.

—No es eso. Créame que volverá a tocar las estrellas. Será la resurrección del género. Será…

—Mira —interrumpió Dalio—, yo para lo que menos estoy es para resurrecciones y pendejadas. A ver si te queda clarito: yo-no-canto-esa-mierda.

—Pero…

—¡Pero nada, chico! Dame otras letras, de pérfidas y amores de la calle, del pugilato de la vida. Eso fue lo que te pedí. Y me pusiste como un marisco a cantarle a un alazán y a no sé qué verga más. ¿Todavía no te acuerdas de lo de la pollera? Salí vivo de vaina… Por cierto, ya llevamos tiempo en esta lavativa, ¿tienes fechas para arrobar a las féminas con mi salpicadura sentimental?

Poli había borrado por completo de su memoria que ese tipo de gestiones también corrían a su cargo y qué poco había hecho. En todo ese tiempo estuvo lidiando con Micaela, con las tareas impuestas por su padre, con el escarabajo, con las composiciones y con perder una virginidad de las que no se creen ni en novelas.

—Tenemos una presentación en Oriente —improvisó.

—¿A dónde?

—En un sitio que ya verá cómo lo quiere…

—Coño, chico, ahí sí me diste. Oriente aún me recuerda, me respeta, me ama como la mosca a la… Reencontrarme con mis orígenes será todo un espectáculo como para ser atrapado por el celuloide. ¿Te dije que allí me regalaron a mi gallito? Ese coñoemadre es como Manoepiedra Durán en sus tiempos. Va a hacer que me gane un platal. Deberías investigarme si hay gallera por ahí.

—Claro, maestro… El tema es que tenemos el pacto.

—¿Cuál pacto?

—El que le dije. El de cantar boleros y luego hacer la otra cosa que le conté.

—Paso y gano, bordón. Yo no voy a hacer esa vaina —respondió después de disparar un eructo.

—¿Ni siquiera si lo hago conquistar Oriente?

—Eso lo veremos, muchacho.

El "eso lo veremos, muchacho" se le incrustó a Poli como un cálculo en el riñón. Por eso se puso en marcha con el tema oriental. Micaela tenía un primo en Carúpano que llevaba rato con un local rockolero. Su madre no paraba de contar lo mucho que se estimaban y lo bien que le iba con su negocio. Muchas veces ése fue el tema de conversación en la casa de La Dolorita entre ella y Honorio. Vitico, el famoso primo, era el ejemplo del tesón, del trabajo y de las miras altas. Su bar-discoteca La Morocota, por como lo pintaba Micaela, era el lugar que dignificaba a Carúpano, Cumaná y a todo el estado Sucre.

Poli estuvo seguro de que para ir, sólo se tenía que hablar con el primo Vitico. La rutina iba a ser la de siempre, la de dos familiares que casi no se conocen y que un buen día deciden conversar por teléfono. Y en la cual el de la iniciativa, aprovechando el factor sorpresa, haría la propuesta que justificaba ese contacto consanguíneo. Sólo había un contratiempo en todo el plan, y era el de conseguir el número telefónico, una combinación que sólo podía estar en manos de la persona a la que menos se le quería hacer partícipe de la visita.

—No, muchacho, yo no suelto ese número así como así. Vitico es muy reservado con sus cosas —dijo Micaela mientras destripaba un pollo en la cocina—. Además, ¿para qué lo quieres?

—Mamá, eso no te lo puedo decir.

—Entonces, menos que menos. Dios te libre que luego me metas en un peo por drogas y cosas así como le pasó a tu madrina Aracely con su hijo el marihuanero. No, no, no, qué va… y menos que metas a Vitico.

—No es nada de drogas, mamá.

—¿Entonces qué es?

—Prefiero que sea una sorpresa.

—¡Como la que me dio el perro que es tu padre, que aún no porta por acá!, ¡qué va! Segurito que algo tiene que ver ese ser. Tú también eres medio zorro, muchacho. Se te ve en los ojos.

—No tiene que ver el viejo. Te lo juro.

—¿Y entonces cuál es el drama para que no digas nada?

—No hay drama. Es que no quiero…

—¿Ajá?

—Bueno, nada, quiero llevar al Ruiseñor a cantar en el local.

A Micaela se le iluminó el rostro.

—Mijo, ¿por qué no me dijiste antes que la cosa iba a ser tan noble? Esto es algo grande —dijo tomándole la cara con sus manos llenas de pollo—. A Vitico le va a encantar. Ahorita, cuando termine de limpiar estas presas, le llamo y le cuento. Vas a ver qué rico va a quedar este guiso con la alegría que me acabas de dar.

—Gracias, mamá.

—Le va a dar una alegría cuando sepa que, de paso, lo voy a visitar.

Poli se encaminó a su cuarto con el desánimo esperado. Ahora la cosa se complicaba: Dalio, Micaela y él. ¿De dónde iba a sacar tanto dinero para pasajes y alojamiento? No iba a ser de Honorio. La fortuna de Honorio se tenía que administrar con recato y sentido común. Pero no tardó mucho en conseguir la clave para este contratiempo: Rosita. Ella siempre se le ofreció para cualquier favor con la línea aérea para la que trabajaba. Poli nunca le pidió nada, salvo la vez del episodio con Dalio y Atanasio. Esa determinación la tenía por pura elegancia, y porque también lo ponían muy nervioso las maneras de comportarse de la mujerona. Rosita le guiñaba los ojos, se refería a él bajo los motes de "corazón", "cariño" y "cielo", y siempre tenía una sonrisa. En sus conversaciones no cesaba de decir lo sola que se sentía, le preguntaba si tenía algún plan para la tarde, o le subrayaba la posibilidad de una aventura de fin de semana. Siempre comentaba estos temas con un mohín que volvía más lamentable la escena. Poli nunca la vio como una posibilidad de algo. Pero las cosas estaban pidiendo soluciones drásticas.

—Me ha contentado mucho esta visita tuya, corazón —dijo Rosita—. Yo pensaba que nunca más te ibas a acordar de mí.

—Siempre me acuerdo de ti. Siempre fuiste muy buena.

—Sí, aquí la gente es muy necia. Todavía me acuerdo de lo del portugués de la fuente de soda… ¿Por eso es que no entraste hoy al aeropuerto?

—Por eso y por otras cosas… Pero prefiero hablar contigo de otro asunto. Uno en donde me vas a ayudar más que nunca.

—Claro, corazón, dime en qué puedo ayudarte.

—Bueno, me da un poco de pena, pero ¿será posible conseguir unos pasajes baratos de avión para Cumaná? —cuando dijo "baratos" sabía que estaba diciendo "gratis".

—¿De cuántos estamos hablando, cielo?

—Bueno, serían dos para personas de la tercera edad y uno para mí.

—Voy a ser sincera contigo, Poli.

—¿Sí?

—La línea está atravesando por algunos problemas. Trabajadores ladrones, permisos negados, aviones dañados, el tema de los dólares, el gobierno metido en todo y huecos administrativos. Lo de siempre, pues… Lo que te quiero decir, amor, es que las cuentas no están dando y están apretando las tuercas. Así que el tema avión está bastante complicado. No sé si me entiendes.

—Sí, perdona, te entiendo. Perdona que te haya pedido eso, Rosita. Me siento muy mal, olvida que te lo dije, es que…

—No, pero espérate. Para todo hay solución, cari.

—Dime.

—Nada, que uno de los socios también tiene una línea bastante modesta de autobuses y ahí sí que puedo conseguir pasajes, amor. Todos los que quieras.

—Bueno, eso cambia un poco los planes...

—¿Entonces, no te interesan?

—No, claro que sí. Pero quizá ya no sean para Cumaná.

—¿Entonces?

—¿Esos autobuses no seguirán de largo hasta Carúpano?

—Puedo preguntar, cielo. ¿Para cuándo necesitas la respuesta?

—Bueno, yo creo que esto no debería pasar de un par de semanas.

—¿Un par de semanas?

—Sí.

—A mí me viene cheverísimo. Así voy pidiendo las vacaciones y también me voy hasta Carúpano. Dicen que por allá hay unas playas buenísimas. ¿Qué te parece?

Ahora el viaje iba por cuatro asientos. Poli nunca se imaginó que el plan iba a tener tantos dolientes. Menos aun que su mentira iba a necesitar tanto material de apoyo. Iba a ser difícil domar a esos caracteres. Lo que tenía que hacer era planear algo que no durara más de un par de días. Un fin de semana sería lo justo. Cosa de llegar un viernes y partir el domingo. Lo único que tenía que cuidar era que no se le endosara un nuevo compañero de viaje.

—Bueno, viejo, ya le eché el cuento. Así que espero que tampoco le dé por meterse al autobús que irá a Carúpano.

—Estaré loco para hacer semejante pendejada, muchacho —respondió Honorio mientras colocaba su *Gaceta Hípica* encima de la mesa—. Dime tú: viajar con Micaela después de mi independencia.

—Eso mismo pensé yo. Además, así tiene chance para ir a La Dolorita a buscar las últimas cosas que dejó en el rancho sin que mamá lo regañe.

—¿Y cómo te dio esa vaina del bar de Vitico, mijo? Yo que tú, no embarro más la cosa. No sé qué quieres hacer con ese Dalio, pero mejor montamos el remate de caballos y nos dejamos de pendejadas.

—Bueno, viejo, es una pendejada personal.

—Está bien, sacaste los pasajes, el bar de Vitico y quién sabe si su casa. ¿Pero y la plata para el resto de vainas, muchacho?

—De eso le quería hablar, viejo. ¿Será que me puede dar un adelanto para lo que se presente en ese viaje? Prometo traer dinero de vuelta y pagarle esa plata.

No fue difícil conseguir la ayuda de Honorio. Sin embargo, algo lo hacía sentirse muy mal con su padre. Aunque no era el caso, le parecía que estaba tomando ventaja sobre otro ser que confiaba en él. ¿Y si eso también era trasladable a su trato con Dalio?, se preguntó. ¿Si el mal no es algo que nace solo? ¿Si la maldad suele ser una acción regular que va tornando de mano en mano hasta corromperse? Con frecuencia, el comportamiento del bolerista no sabía de decoro ni caballerosidad. Participarle el cambio del autobús por el avión fue un momento frustrante. También hablarle de las otras modificaciones. El Ruiseñor volvió a enumerar sus momentos dorados y todos los mimos que debía recibir un artista de su estatura. Poli aguantó con estoicismo, pero no dudó en colocarse una fecha límite con la sociedad. No podía jugar más con el dinero ajeno. La liquidación de mesonero se había acabado a la velocidad de un aletazo de colibrí.

Para ahuyentar tantas dudas e inseguridades, Poli optó por volver a casa y refugiarse en el cuaderno Alpes. Una vez le oyó decir a alguien que la creación aparecía en esos momentos de cuestionamientos. Si la cosa era verdad, las obras que estaban a punto de salir de su fibra sensible iban a pasar con sobresaliente todos los controles artísticos. Su alma estaba llena de titubeos e inseguridades.

Y con esos titubeos, Poli sacó la llave para abrir la puerta del apartamento con sorpresa incluida: la de encontrarla entornada y sin cilindro en la cerradura. Poli se encomendó a todas las ánimas y pateó la puerta. No había nadie adentro, como tampoco había nada. El sitio había sido desvalijado. No estaba ni el equipo de sonido ni el sofá ni la cama ni la nevera ni la lavadora ni... Una profunda tristeza se batió con otro vacío que le iba ganando terreno. Volvió a pensar en los de Cosmos. Ellos sí que nunca iban a pasar por este tipo de situaciones del caraqueño común; ellos ya estaban más allá con sus canciones y palacios. En cambio, el hogar de Poli ya podía formar parte de las estadísticas. Como buen habitante de su ciudad, sintió alivio de no haber estado al momento del robo. No se hubiera contado entre los vivos para recordarlo. Se sentó en una esquina, derrotadísimo, pensando en lo que tendría que decirle a Honorio mientras notaba algo al lado de la ventana: un montoncito de mierda.

Tuvo asco y autoconmiseración, pero también vino en su socorro aquella cita sobre la creación, la condición humana y otras demoliciones. Poli fue al estudio. Cogió el cuaderno Alpes. Y se puso a escribir encima de la única mesita de noche que no se habían llevado.

Fue la primera vez en su vida que se sintió un verdadero artista.

20

Poli buscó el almanaque y comenzó a sacar las cuentas de sus actividades. Desde el arribo de Dalio a Maiquetía y su encuentro con Atanasio, podían numerarse setenta y nueve días exactos. Eso sin meter la semana que había pasado del robo del apartamento. ¿Qué había logrado para entonces? Las preguntas podían ser ponzoñosas. Apenas compuso unos nueve boleros, de los cuales sólo tres podía considerar como aceptables. Muy poco se había adelantado en cuanto a las futuras presentaciones. El Ruiseñor seguía con sus recitales en El multisápido sin mayores cambios. Poli sabía que Dalio ya estaba empezando a desconfiar de sus gestiones. Pero el viejo tampoco era idiota. En el muchacho se encontraba su único público posible, cuando no esperanza. Tan sólo para guardar las apariencias, entre ellos existía el acuerdo tácito de invocar la profesionalidad en unos tratos y conversaciones en las cuales se respiraba el aire de la falta de experiencia y seriedad. De alguna forma, cuando no hay mucho más que esperar de la vida, la única solución está en dejar fluir los códigos sociales.

Sin embargo, Poli estaba seguro de que el robo lo había fortalecido. No podía establecer en qué nivel de su alma, pero sentía que las composiciones estaban saliendo redondas. El día del hurto experimentó un fervor creativo. Pasó horas sentado en el suelo, escribiendo con el cuaderno Alpes apoyado en las rodillas. La frustración, el miedo y el dolor se le pasaron en esa efervescencia. Por momentos cogió la Biblia, y tomó con calma varias notas de algunos de sus pasajes. Cuando amaneció, ya tenía una canción acabada de aire jocoso. El título no podía ser otro: "Me robaron mis peroles". Y también tenía bosquejado un buen trozo de su ópera. En cuanto salió el sol, buscó a un cerrajero y durante el arreglo se asomaron vecinos, conserjes y más mirones. El comentario fue el usual en estos casos replicados por todo el mapa: nadie vio nada, pero todo el mundo escuchó algo en la noche. Después vinieron las teorías conspirativas: cuidado con el hijo del viejo del 5B; el último vigilante estuvo implicado con una banda de rateros; el tipo del kiosco solía datear al malandraje o el hombre del diente de oro de la inmobiliaria siempre fue sospechoso.

A Poli le daba igual cualquier presunción. Lo que le había pasado en el apartamento era moneda corriente. Ir a la comisaría no era receta de nada. La policía nunca fue una institución de confianza. Se contentó con no haber encontrado a ningún ladrón en el momento del robo. "Por lo menos tenemos salud", dijo Honorio cuando fue informado del suceso. Bajo estos comportamientos se manejaban en la ciudad: ante la fatalidad, fiesta; ante la desgracia, conformismo.

La alegría de Poli estaba más allá de la salud. Su felicidad tenía que ver con lo que entendía por arte. Después de mucho rumiarlo, Dalio cantó en la pollera una primera versión de "Me robaron mis peroles" y un grupo de jóvenes mujeres se paró a bailarla. Las chicas lo abrazaron, se tomaron fotos con él y se presentaron como periodistas del diario que estaba a dos calles. Una de las más hippies le pidió sus datos y habló de un futuro trabajo para el suplemento dominical. Poli fungió como representante. Intentó ser lo más profesional que pudo. Le dio su número de celular y le comentó los muchos proyectos que se estaban cocinando para relanzar al único Ruiseñor de las Américas. La periodista, coqueta, dijo que contaran con ella y apuró un tercio de cerveza antes de partir con sus amigas. Atanasio aprovechó el momento para coger las monedas que habían dejado de propina. Dalio le dio a Poli una palmada en el hombro y dijo con su mejor sonrisa:

—¡Tremendo culo tiene esa chama, loco! Va a ser verdad eso de que estás mejorando con las canciones, chamo. Pásame algunas de las de dolor y corazón.

En ésas era en las que llevaba trabajando desde el episodio de Vicky. O mejor dicho, desde el episodio del disco de Agustín Lara. La cursilería era necesaria. Esto no era Cosmos. El bolero reclamaba otras cuotas. Poli las estaba tanteando y no se sentía muy lejos de tocarlas de la manera correcta. Preguntó por poetas cursis y le mezclaron a Benedetti con Manuel Alejandro y Juan Gabriel. Estudiar los versos y las ocurrencias de este trío fue providencial. Sin saber mucho de literatura, pasó del asco y la pena ajena a la diversión. El resto fue apoyarse en ellos para crear engendros de la métrica. Coger imágenes de unos, palabras de otros, metáforas de todos y verter el preparado en letra y solfeo. Otras canciones le demostraron que no había por qué decir que todo estaba en calma cuando era posible usar la expresión "silencio de ermita". Había una poética tan inocente como honrada que le estaba comenzando a gustar. Por eso en los setenta y nueve días exactos, sin meter la semana del robo, por fin sentía que estaba adelantando en el proyecto.

Esas jornadas fueron agotadoras, de nuevas compras de muebles, de negociaciones con Micaela para que frenara a Vitico de sus continuos inventos para con sus invitados y entusiasmo desbordado, de conversaciones con Rosita para que aguantara los pasajes. Pero también fueron noches de recogimiento, de inspiración, de ideas más claras. Pensó que si seguía a ese ritmo, iba a tener repertorio nuevo para un disco, y canciones para una versión de prueba de la ópera-bolero. Por eso, con el dinero de Honorio reacondicionó el apartamento, pero también le pagó al organista de la iglesia para que transformara sus tarareos en pistas salidas de un teclado con efectos de percusión y todo lo que fuera necesario. Y aprovechó lo sobrante para mandarle a hacer a Dalio una bata ancha y mesiánica de permalina con la costurera de la cuadra, de agenciarse una peluca larga y castaña para el personaje, de buscarse una barba postiza con la misma intención y de hacer que el Ruiseñor creyera en el proyecto.

Retrasar el viaje distaba de amargarlo. Honorio nunca se quejó de la posibilidad de pagar un mes adicional de renta en el apartotel. Poli sabía que aguantar la ida a Carúpano por dos semanas le daría tiempo de poner a prueba en la pollera otros boleros y de terminar su primera versión de *Jesusito*, el nombre provisional del proyecto. Además, el Ruiseñor tampoco estaba haciendo muchos reclamos. En un momento de felicidad etílica le había confiado las jornadas de entrenamiento de Mano de Piedra, el pataruco de la caja del patio. Decía que desde ya podían proclamarlo como el campeón de todos los pesos de las galleras de Carúpano.

Las cosas no podían ir mejor.

Poli atravesaba esos momentos en los que se intuye la buena estrella, los planes enderezados, los cielos despejados. Había un grado de euforia que lo llenaba por completo como si fuera un loco risueño al que la bosta le huele a nardos.

Nada podía salir mal.

Pocas veces una desgracia había abierto tantas puertas.

21

Fue fácil comprobar la irregularidad de la línea de autobús del jefe de Rosita: no salía de ninguna terminal, no había taquilla para los boletos, no existía más que una unidad, LA MUERTE DEL SANTANERO. Eso era lo que se leía en la enorme calcomanía que adornaba su vidrio trasero. Esas letras no venían solas. Las acompañaba una comparsa de dibujos que parecían relatar una historia que sólo conocería quien encargó la obra: un tipo con lentes oscuros, ropa de chulo, bigotón, cigarrillo en la boca y una pistola humeante; a los lados, un corro de mujeres en bikini; carros, helicópteros y explosiones en una esquina; y en la otra, la cara de una especie de narco como el malote de la película.

Dalio refunfuñó en cuanto vio la estampa del autobús que salía de una calle cercana al Nuevo Circo de Caracas. Sin embargo, prefirió comportarse al comprobar lo permisivo del ambiente en cuanto entró con Mano de Piedra.

—Mira, mijo, no sé si calentarme contigo por esta vaina.

—¿Cuál vaina, maestro?

—Coño, ésta, el autobús. ¿Estás seguro de que es confiable? Yo creo que esta vaina no la prendían desde la época en la que tenía pegada a la "Caprichosa" a lo largo y ancho del orbe. Esto de viajar con guacales llenos de aguacates y topochos yo lo dejé bien atrás cuando salí de Aragua de Barcelona, mijo.

—Bueno, Dalio, es un pequeño sacrificio que debemos hacer por ahora.

—¿Por ahora? No jodas, chico, me tienes sacrificado desde que te conocí. ¡Más que a Jesucristo! Mira que me he aguantado mucho, porque un artista de mi estatura no está para estas vainas.

—Ya todo mejorará, maestro. Además, tampoco estamos tan mal.

—Cuidado y le pasa algo a mi gallo.

Dicho esto, los dos personajes presenciaron un espectáculo de esos que dan para guasa. Un cieguito se acercó a la Muerte del Santanero. Al parecer, era conocido por todos los de la cuadra cercana al Nuevo Circo. Muchos lo saludaron y el hombre bromeó con cada uno por su nombre. Luego pidió que le ayudaran a subir. Era un anciano flaco, quizá del tipo borrachín dicharachero, al que llamaban Chapita. Caminaba con un palo y temblaba con la elegancia que da el aguardiente de a centavo. Cuando lo sentaron, Chapita se quedó quieto con la barbilla apoyada en su bastón. Así estuvo por unos veinte minutos, hasta que le preguntó a uno de los muchachos que le había ayudado a subir:

—Mira, socio, ¿quién va a manejar esta vaina?

—El Chente.

Chapita se puso pálido, y dio la impresión de que se venía abajo con la noticia. Se incorporó y dijo a voz pelada:

—¡Cómo es la vaina, chico! ¡Bájame de esta mierda ya! ¡Si es el Chente, nos matamos todos!

Dalio volteó a ver a Poli, tomó a su gallo y le dijo:

—¡Ah, no, mijito, yo también me bajo! Si el cieguito se va, yo también me piro.

Poli se las ingenió para dificultarle la salida al Ruiseñor desde su asiento. El otro comenzó a moverse como una sardina. Los "¡déjame, caracho!" de Dalio se confundieron con el alboroto de la calle, los cacareos enfurecidos de Mano de Piedra y los "todo va a salir bien, maestro" de su joven acompañante. Parecía una rutina cómica de una pareja que había ensayado el acto con esmero. Pero no era así. Poli sabía que su actitud no podría durar mucho más. El cantante era capaz de estallar con él de la misma forma que lo hacía con Atanasio. No podía ganar más tiempo: si lo de Carúpano no se daba, habría que ir pensando en el ofrecimiento de Honorio. Un codazo de Dalio en la boca del estómago fue suficiente para hacerse a un lado.

—¡Mijo, no ves que el maestro quiere ir al baño! —le advirtió alguien después de darle un manotazo en la cabeza.

Poli volteó al sentir el guantazo, y vio a Micaela, con ese mallón de lycra roja que sólo usaba en sus escasos viajes, el koala en la cintura y la franela ajustada que la estampaban las palabras RECUERDO DE LA ISLA DE MARGARITA. Sin embargo, la presencia se tornó en salvadora.

—No, querida, sólo tuvimos una pequeña diferencia —dijo Dalio.

Micaela giró la cabeza con fingido descuido. Se dirigió al resto de la concurrencia y proyectó su voz a la unidad.

—Señoras y señores, tengo el gusto, qué digo gusto, la dicha y el honor de viajar con una de las glorias más grandes que ha dado este país: Dalio Guerra, el Ruiseñor de las Américas, nuestro Simón Bolívar del canto. ¡Démosle un gran aplauso!

La ovación fue escasa como esas lloviznas que no deciden hacerse lluvia. Uno que otro pasajero que frisaba o pasaba los sesenta años aplaudió. El resto de los presentes se comportó con manifiesta apatía: un joven con unos audífonos clavados en sus oídos ni se inmutó, otra chica no interrumpió su limadura de uñas, en los puestos de atrás una niña dormía con la cabeza apoyada en el vidrio de la Muerte del Santanero. A Dalio le bastó con su fanaticada de jubilados. Tal como si estuviera en el Carnegie Hall, se levantó de su asiento y pasó al lado de Poli, altanero. Con su mejor sonrisa, sacó pecho y el resto fue de clase magistral.

—¡Caracho, qué difícil es viajar de incógnito en estos tiempos modernos, chico! —dijo con una risa de humildad—. Pues sí, estimado público, quise hacer este viaje porque el cuerpo me lo pedía y para no olvidarme de mis orígenes: yo soy el pueblo y me le debo al pueblo. Quiero sentir lo que siente esta clase tan pujante, trabajadora, llena de pundonor, coraje y dignidad. Perdónenme el atrevimiento, pero es mi manera de ser artista; no conozco otra: sufriendo y alegrándome con mis congéneres de sangre, porque este pueblo lleva mi sangre y yo la del pueblo, pues. Y por eso mismo quiero darles la primicia de esta pequeña gira que estoy haciendo, una gira que para mí es más importante que la de las grandes ciudades… Ya no me importan Niu Yolk ni Estados Unidos. Esta gira, pequeña pero grandísima al mismo tiempo, es por lugares llenos de dignidad, pero no siempre tomados en cuenta por los artistas. Y yo, Dalio Guerra, el Ruiseñor de las Américas, la voz de éxitos intitulados como "Caprichosa", asumí el riesgo y el compromiso de adentrarme a mi propia geografía para alegrar los oídos y latidos de los románticos de mi querido país. Románticos que sé que están sentados en esta unidad de transporte con tan bello nombre. Románticos que desde ya sabrán que Dalio, el hombre del pueblo, les

198

ofrecerá una hermosa velada la noche de este fin de semana en el distinguido cabaré La Morocota de Carúpano. Y otra sorpresa, pueblo amigo: permítanme decirles que yo sólo soy un humilde servidor. El verdadero triunfador de esta travesía que se nos planta es este valiente amigo mío. Este compañero que les hará ganar un platal en la gallera que tenga a bien recibirnos. ¡Éste es el verdadero protagonista del viaje, carajo!

Dicho esto, Dalio subió al gallo sobre su cabeza, como si fuera un microcampeón de boxeo. Mano de Piedra sacó pecho y cacareó a todo lo que daba.

—No lo puedo creer —se escuchó en la voz de la cuarta pasajera del combo.

Poli giró hacia atrás y comprobó que sí, que sí era la cuarta pasajera quien había dicho el "no lo puedo creer". Rosita quedó con la boca abierta apenas entró a la Muerte del Santanero. Veía a Dalio con sorpresa o asco, quizá. Poli se acercó a ayudarle con su equipaje y vio lo que temía: una inmensa maleta, de esas de nylon y sin ruedas, que parecía estar llena de las piedras del Muro de los Lamentos. El hijo de Micaela la tomó y sintió un conato de hernia en alguna parte recóndita del cuerpo. Le dio un beso en la mejilla a Rosita, y ésta sólo atinó a decirle:

—Por favor, dime que no vamos a viajar con él, que es pura casualidad.

Poli mantuvo una sonrisa de piedra, en aras de su caballerosidad, y giró para ver dónde colocaba esas toneladas de peso.

—¿Por qué tiene un gallo en la mano? —preguntó Rosita.

Estas últimas palabras lo hicieron dirigir su mirada hacia Dalio para comprobar lo extraño de la estampa. Y sí. El Ruiseñor al lado de una vieja con lycras y koala, sobando a un gallo, firmando autógrafos a jubilados y tomándose fotos con señoronas no era, precisamente, un cuadro preciosista.

—Prometo explicarte todo esto en el camino —respondió Poli, incómodo.

—Eso quisiera, cielo.

En eso entró un negrote, de esos que imponen en un callejón. Su mirada era propia de alguien que se acababa de quemar el paladar con una cucharada de sopa hirviendo. Sus ojos echaban esa candela de quien busca culpables de su vida desde su más remota infancia. Sudado, con una ajustada camisa florida, arremangada y a medio abotonar, entró con tedio ese personaje que bien podía ser un luchador mexicano. En silencio contó los asientos ocupados, mientras movía los labios, para luego decir con voz golpeada:

—Buenas tardes. Me presento: soy el operador de la unidad. Primero que nada, a mí no me gusta la charla. Perdonen mi manera de hablar, pero yo hablo así. Así me enseñaron mi mamá y papá. Dicho esto, ya vamos a arrancar para Oriente. Les participo que yo no me paro en todas partes. Sólo haremos las paradas en los destinos requeridos por la concurrencia, que son los siguientes: Barcelona, Puerto La Cruz, Cumaná y Carúpano. Y otros dos a mitad de camino. El que tenga urgencia de baño o de papa, por favor, bájese ahora mismo y compre algo en la arepera del musiú que está enfrente. En cinco minutos nos vamos y ya llevo cuatro. Me termino de tomar una marroncito afuera y arrancamos, haya gente o no haya gente en la unidad. Fin de la charla. Muchas gracias.

Chente bajó las escaleras, con la misma rabia con la que las había subido.

—¡Ay, qué mala pata ese señor, mijo! —le dijo Micaela a Poli, mientras le metió el ojo a Rosita.

—Mamá, ésta es mi amiga Rosita. Ella fue la que nos consiguió los pasajes.

—Mija, te estoy muy agradecida. ¡Esto es algo grande! A este cuerpo no lo sacaban de viaje desde que se inventó la religión cristiana. Siéntate con Poli para que me lo aconsejes, mijita, que ahora yo voy para la arepera aprovechando que el maestro sigue con su público. ¿Quieren algo?

—No, gracias, señora.

"Lo que faltaba, ahora se establecen alianzas", se dijo Poli.

—Ajá, ¿me vas a explicar por qué el viejo loco del vuelo de México está con nosotros?

—El cuento es largo. Digamos que forma parte de un proyecto...

—No entiendo nada. ¿Cuál proyecto?

—Le quiero rescatar su carrera y de paso probarme algo.

—¿Cuál carrera? ¿La de gallero?

—No, Rosita, ahí donde lo ves, ese hombre fue muy famoso. Es decir, todo lo que te dijo la vez del aeropuerto es verdad.

—Pues, parece un borrachito de plaza, amor.

No fue fácil convencerla. Poli le habló del concierto en La Morocota, del tío Vitico, de alguna composición que le estuvo puliendo a Dalio. Pero también fue muy cauto con buena parte de la complejidad de su misión. Por ejemplo, el tema de su resentimiento con Cosmos prefirió evitarlo como pudo. Igual cosa sucedió con su ópera-bolero y los incidentes de El multisápido. Mientras se censuraba a sí mismo, pensó que eso formaba parte de un síntoma: quizás el de estar embarcado en una locura sin pies ni cabeza.

Y esa sensación no le gustó.

La travesía que luego padeció tampoco fue placentera. El camino resultó ser el esperado: lleno de baches, trochas, carros en sentido contrario, maromas suicidas de Chente, esperas en puentes habilitados por un solo canal y caravanas eternas detrás de un camión de carga. Mano de Piedra chilló a ratos, Rosita roncó como una profesional y la música interrumpida por las interferencias de un radio con poca señal brindaron un sopor de pesadilla. En sus buenos tiempos, Poli solía santificar con una botella en la mano con la autoridad que tienen los borrachos en estado de revelaciones. Decía que el sentido expiatorio del venezolano no descansaba en el tema político o económico, sino en el de las carreteras. Él explicaba que la génesis de muchas vías estuvo en la mano de obra de presos que con picos y palas armaron algunos de los caminos más emblemáticos del país. Con el tiempo, ese sufrimiento pasaría al usuario, porque en ellos anidaba el aguante, sin importar si era pasajero o conductor. La democracia del malvivir que ya había llegado a todos sus rincones. Un pueblo petrolero capaz de asumir con tranquilidad el estado de sus carreteras, por muy terribles que éstas fueran. Más que noble, era un pueblo pendejo.

En el trayecto volvió a saber que estaba en lo correcto. Un frenazo en seco de la Muerte del Santanero asustó a casi todos los pasajeros. Mano de Piedra cacareó en una especie de reclamo animal hacia Chente. Y éste arrimó su autobús hacia un rinconcito de tierra que estaba a un lado de la vía. Con la gente aún perpleja por la maniobra, el conductor salió, veloz, de la Muerte del Santanero hasta perderse en un monte. Los "¿qué habrá pasado?" y "quizá tiene algún cólico" se confundieron entre el desconcierto de los presentes. A los diez minutos, la intriga elaboraba peores escenarios; a los quince, un grupo de pasajeros salió a estirar los pies sin dejar de otear al monte. Si los agarraba la noche, podrían ser presa fácil para los delincuentes de caminos.

—¿No estará endrogándose ese malandro? —le preguntó Dalio a Micaela.

—Ay, señor Dalio, ¿quién sabe? Ese tipo era muy raro. Ojalá no esté implicado con algún malandro…

—Esto no me gusta nadita —dijo, refunfuñando, mientras le pasaba la mano al gallo como si fuera un Buda de porcelana.

Del lado de Poli las cosas tampoco variaban mucho. Rosita decía sentirse dentro de un "vaporón", y no dejó de abanicarse con la mano mientras pitaba por la boca.

—Ay, cielo, esta zona es peligrosísima. Aquí matan, violan y asaltan. Lo leí en el periódico. Ya sabes cómo está este país. Ni las carreteras se salvan, amor.

Pero los peores augurios de Rosita se disiparon al minuto. Chente salió del monte, con cara de trueno, tan así que, al verlo los que habían salido a estirar los pies, entraron a la Muerte del Santanero en lo que dura un suspiro. Sudado y sucio, Chente volvió a buscar el centro del pasillo para hacer otra de sus intervenciones:

—Ya saben que a mí no me gusta mucho la charla. Pero ahí les va: la unidad fue detenida por espacio de un cuarto de hora para poder buscar esto —dijo mostrando un folio escrito a mano—. Aquí ven la lista de los pasajeros que van para Barcelona, Puerto La Cruz,

203

Cumaná y Carúpano. Dicha lista se introdujo por una ventana y el viento la sacó para afuera. Sin la lista yo no cobro ni como.

Poli suspiró y dijo para sí mismo: "Carretera y expiación". Pensó en su país y colocó a Chente como presidente. Le divirtió creer que todo encajaba. Cerró los ojos e intentó dormir, pero sólo pocos eran capaces de lograrlo en ese trayecto. En sus ensoñaciones creyó oír a un perro ladrar y a Mano de Piedra desgañitándose la garganta. También sintió momentos estacionarios, sin movimientos dentro de la unidad y con voces que iban y venían, objetos que arrastraban por el pasillo, huecos que la buseta cogía de lleno, un acordeón de vallenatos, las arpas de la música llanera, el sonido de latas de refrescos al abrirse, eructos, un cortaúñas haciendo su trabajo, tonos de celulares, estornudos, llantos de bebés, bulla de tubos de escape, olores de bosta, leña quemada, fritanga, saliva de estornudos, rumores de mares…

Carúpano estaba por llegarles.

22

El primo Vitico los recibió al final de la tarde. Abrazó a Micaela como si él fuera un náufrago recién avistado. Para alivio de Poli, también fue su familiar quien se negó a que se fueran a un hotel. Los reconoció como sus huéspedes y pidió que aceptaran lo que les ofrecía como "humilde morada". No hubo tiempo para negarse con fingida educación. Vitico los sentó a una mesa y les sirvió una sopa de sierra que burbujeaba. Encomió la afición por los gallos de Dalio, mientras tomaba en peso a Mano de Piedra. Un halo de nostalgia resplandeció en sus ojos cuando confesó que por miedo a un infarto tuvo que alejarse de esa distracción. Sin embargo, él mismo aseguró que el gallináceo no se regresaría a la capital antes de pelear y triunfar en la mejor gallera del pueblo. "Yo me encargo de eso", prometió. Dalio brindó casi al instante. El resto de la conversación se mantuvo en recuerdos familiares y en un repaso de los mejores momentos del Ruiseñor.

—Mira, muchacho, tengo un buen pálpito —le dijo Dalio a Poli desde una hamaca. Estaban en un patio de tierra en donde se podía seguir con la vista al gallito, amarrado de una pata con una cuerda que terminaba en un palo clavado en el suelo.

—Sí, el primo Vitico se ha portado de mil maravillas.

—Es que ese man es un yentelman. Es un tipo de mi generación. Tiene gustos finos. Sabe lo que vale un

205

artista de mi enjundia. Además, y esto que no se te olvide, bordón: ese hombre tiene sentido de la oportunidad. Vitico sabe que entrará a los libros de la historia de la canción romántica como el que recuperó al Ruiseñor de las Américas antes de que nadie lo hiciera. Es un ojo clínico, de esos que tienen los verdaderos promotores que han hecho historia, como el de Billo Frómeta cuando vio la grandeza de Pirelita, mijo… Por cierto, ¿dónde están las mujeres?

—Me parece que con Vitico. Les está dando las instrucciones de cómo nos vamos a acomodar en la casa.

Siguieron un rato en el patio y fue Rosita la que se acercó a ellos.

—El señor Vitico es un amor. Nos dio las llaves de la casa y se está despidiendo de tu mamá.

El resto del día se consumió de la manera esperada por unos viajeros de largos trayectos: agotados y al mismo tiempo aliviados de llegar al destino. Cada uno desempacó y eligió alguno de los tres cuartos de la casita. Poli se acomodó en un sofá de la sala. Lo dictaba la cortesía y etiqueta. Además, mejor zanjaba cualquier equívoco con Rosita. En este caso, las cuentas claras constituían la mejor salida para salvar el pellejo. Así lo pensó esa noche, mientras buscó la inspiración hasta tarde con su bolígrafo y cuaderno Alpes. Boceteó algunas canciones hasta quedarse dormido. El sueño fue profundo, salpicado de croares, chirridos de goznes de puertas y el ronquido puntual de Dalio.

Una voz cavernosa lo sacó del letargo.

—Mijo, levántate y vente para acá, para que veas lo que es bueno.

Era el Ruiseñor quien le gritaba desde la mesa del comedor que tenía enfrente. Allí estaba él, en bermudas, cholas y guardacamisa, sentado y troceando algo en un plato con sus cubiertos.

Poli abrió los ojos y ya era de mañana.

—Muchacho, no sabía que Micaela cocinara unos desayunos tan sabrosos.

De la cocina salió su madre con el primo Vitico y con una pequeña olla de la que brotaba el aroma a pescado guisado.

—Ay, no diga eso, señor Dalio, si no me llevó ningún trabajo —le dijo Micaela.

Poli vio el reloj y ya eran más de las nueve de la mañana.

—No, maestro, no se coma esa arepa. Tome de éstas que acabo de traer. Están calienticas… Vamos a ver si se acuerda —le comentó Vitico mientras le acercaba una bolsa de papel.

El Ruiseñor metió la mano en ella y no aguantó la felicidad.

—¡No, no puede ser! ¡Si son arepas pelás! No comía de esto desde que pegué la "Caprichosa", compay. Usted sí que sabe tratar a un artista de porte internacional pero de raíces humildes como el callo.

Tanta amabilidad no le dio buena espina a Poli. No veía a Micaela tan sonriente desde esa foto de su boda en la que salía con la barriga hinchada de cuatro meses de embarazo de su único hijo.

—¿Dormiste bien, cielo?

Poli volteó y supo que no estaba en ningún Edén. Era Rosita, o mejor dicho, la versión sin corregir de Rosita quien lo saludaba con el cepillo de dientes en la mano. No quiso ni pensar a qué olía su boca.

—Sí, Rosita. No sabía que era tan de mañana —le respondió al incorporarse y estirar los brazos—. Buenos días a todos.

—Sí, parece mentira… Ahorita hablamos, que voy al baño. El gallo cantó a todo pulmón.

—Hablando del rey de Roma, poeta, ya le estoy moviendo el tema del gallo —le comentó Vitico a Dalio.

—¿Ah, sí? Eche para afuera, compay.

—Hay un par de galleras en donde podemos colocar a ese ejemplar. Soy amigo de los dueños.

—¿Ah, sí? Me interesa mucho ese tema, Vitico.

—Sí, además, son clientes de La Morocota. Tienen cuenta abierta y todo. Gente de confianza, pues… Es más, yo creo que hoy se me acercan al local para verlo cantar. Ahí cuadramos la cosa, poeta.

—Ah, eso está bueno…

—Por cierto, ¿cuántas noches piensa cantar?

—Yo no sé. Me parece que este fin de semana y ya. ¿No es así, Poli?

—Bueno, sí, fue lo que hablamos…

—Es que quería proponerles algo. No sé… Lo de la gallera no creo que se dé tan rápido. También pensaba darles una vueltica por alguna playa para que se relajaran e hicieran algo distinto.

—Yo pedí una semana y media de vacaciones —gritó Rosita desde el baño—. También tenemos el regreso abierto. Por mí no hay problema.

—Ay, primo, tú sabes que yo tampoco tengo ningún problema —dijo Micaela.

—Bueno, lo que yo pensé es que podemos hacer otros conciertos del poeta, y ahí vemos… En vez de fundirlo con dos noches seguidas, nuestro compañero canta hoy sábado y descansa hasta el jueves o viernes…

—La cosa es que yo tengo a mi hijo querido allá en la capital. Y me da mucho dolor alejarme tanto tiempo de la sangre de mi sangre.

—… mientras tanto yo voy cuadrando la pelea del gallo —prosiguió Vitico—. Ustedes pueden quedarse en esta casa todo el tiempo que quieran, que yo me encargo de que estén bien servidos. ¿Cómo lo ven?

—¡No joda! ¡Así habla un promotor! —gritó Dalio.

—Y si quiere, yo me encargo del traslado de su hijo hasta acá.

—Pensándolo bien, mejor lo dejamos en Caracas. Ya sabe, como una prueba de independencia de un padre hacia su muchachada. En cualquier momento, Papá Dios me va a llamar, y no quiero que el muchacho no sepa defenderse en mi ausencia.

Cuando todos desayunaron, Poli aprovechó un descuido de Micaela para tener una charla privada con el primo Vitico. Lo jaló del brazo, mientras el resto descansaba en el patio de tierra, en unas sillas debajo de la sombra de una mata de mango. La postal ya era otra cosa: Rosita le ponía unos rollos en la cabeza a Micaela, y Dalio alimentaba a su gallo con bolitas de masa de arepa pelada, guiso y picante oriental. Quien no los conociera habría pensado que se trataba de una familia feliz, sin dramas ni preocupaciones.

—Primo, quería hacerle una pregunta —dijo Poli ya dentro de la casa.

—Dime, primo, ¿alguna cosa está mal? —soltó Vitico.

—No, qué va, estamos muy cómodos y agradecidos.

—Me alegra. La familia es lo primero.

—Lo que quería preguntarle era si usted tendrá alguna iglesia de confianza.

—Ah, ¿quieres ir mañana domingo a misa?

—No, no es eso, primo.

—¡Ah, caracha! —dijo extrañado.

—Quería saber si, ya que nos vamos a quedar tanto tiempo… bueno, si puedo contar con una iglesia para un proyecto que tengo con el señor Guerra.

—¿Cuál proyecto?

—Algo como una ópera…

—Primo, ¿no querrá hacer una vaina evangélica acá?

—No, qué va, es como una prueba que quiero hacer con su voz. Es complicado… Mejor será que la vea cuando se monte la cosa, si es que se monta, claro…

—¡Bicho! Eso suena raro… Yo soy amigo del párroco de La voluntad de Dios, el padre Quinto.

—¿Nos podría prestar esa iglesia?

—Yo creo que sí. Ahorita no se hacen muchas cosas, porque la iglesia no encuentra cómo hacer para que la gente salga de su casa con tanto malandro suelto y apagones cada dos por tres. Con decirte que la otra vez mataron a cinco ahí cerquita. Es que este país ya no es el mismo. Antes de que éstos vinieran a sentarse en la silla, por lo menos estábamos menos asustados de que nos pasara una vaina. Ahora no hay respeto.

—Sí, primo, no hay respeto…

Poli volteó hacia el bolso de mano que tenía al lado del sofá. Vio cómo del cierre abierto asomaba una manga de la bata blanca y un mechón de pelo marrón claro. Le causó gracia que ésta fuera la primera cosa que viera después de responder al comentario del primo Vitico.

23

La Morocota era el bar de pueblo con el que Poli esperaba encontrarse. No era nada del otro mundo ese lugar en donde parecía haberse detenido el tiempo. A veces le daba la impresión de estar en una especie de plató de esas películas en las que los sobrevivientes de un exterminio nuclear juntan objetos para crear la falsa ilusión de estar empezando desde cero. Todo tenía una pátina de pasado de moda, de mal gusto, de necesidad de refrescamiento. El espacio era amplio. La Morocota tenía una pequeña tarima coronada por una bola de espejo de la era disco. Había una rocola que en ese momento estaba tocando una guaracha de La Sonora Matancera, y un suelo de vidrio arañado a punta de taconazos que se iluminaba con bombillos de todos colores. Las paredes tenían un papel tapiz con trozos de flores en terciopelo color vino, que podían adivinarse entre el ejército de retratos colgados con fotos de Jorge Negrete, Toña La Negra, Celio González, Nino Bravo, Carmen Delia Dipiní, Nelson Ned, Bola de Nieve, Memo Morales, Rocío Dúrcal y José Luis Rodríguez, entre muchos más.

Poli estaba sentado en el único sitio que podía servir de camerino: la oficina del primo Vitico. Era un espacio minúsculo, sin ventanas, pero con baño propio. El mobiliario consistía en un enorme escritorio de madera con un desorden de papeles, periódicos, vasos de cartón con restos de café, cubiertos, palillos de dientes y lapiceros. Lo completaban tres sillas, una papelera y un archivador. Las paredes estaban llenas de afiches y fotos de gallos, boxeadores, beisbolistas y caballos de carrera.

Parecía mentira que ahí se pudiera leer en paz. Por lo menos, a Poli no le estaba dando ningún trabajo hojear la prensa de ese día. Le resultó curioso cómo los diarios se dividían sus preocupaciones editoriales. El Sol de Carúpano parecía uno de crónica roja. Casi todos los titulares daban cuenta de la ola de criminalidad de la ciudad. Algunos resaltaban por el giro morboso de sus informaciones y fotografías. Incluso la que eligieron para el aviso del recital de Dalio en La Morocota era digna de un publicista borracho: aparecía el Ruiseñor en sus mocedades, abrazado a Dámaso Pérez Prado, vestido de preso, en las locaciones de la película *Reo de tu olvido*. Poli dejó de leer ese diario, cogió El Nacional, fue a la parte de espectáculos, y se llevó una sorpresa cuando revisó la sección "Viejas glorias": una crónica nocturna y juguetona daba cuenta del éxito de Dalio Guerra en El multisápido con su tema "Me robaron mis peroles". Buscó la firma al final de la nota con la certeza de saber de quién se trataba. Era ella, la periodista de esa noche en la que todo pareció arreglarse. Poli suspiró y sonrió como un bobo. Repasó los archivos de su memoria: la chica era hermosa, un tanto comeflor para su gusto.

Como sucede con algunos desgraciados, éste se aferró a pensar que la nota en el periódico significaba un sí velado hacia él, un coqueteo intertextual, un pistoletazo de salida. Volvió al final de la crónica y releyó con voz queda: "¿Y quién sabe dónde estará ahora el Ruiseñor? No se preocupe. Desde esta columna prometemos contestar esa pregunta cuando menos se lo espere".

Poli metió la mano debajo del escritorio, y con una sonrisa bobalicona sacó el cuaderno Alpes. Lo abrió de par en par con gesto inspirado. Sin dejar esa expresión, escribió en el borde superior de una hoja en blanco: "Reportera de mis latidos". La inspiración se le arremolinaba en el pecho como una tromba de agua en la fisura de un dique. ¿Por qué cuando se piensa con tanta intensidad nunca sale nada? Poli garabateó palabras. Éstas se transformaron en líneas, luego en tachaduras, y por último en perfiles de piernas y pechos femeninos. Se puso la punta del bolígrafo entre los labios y dirigió su mirada a la estratósfera en busca de querubines, flechas y arpas.

—¡Chacho! ¿Qué andas haciendo con esa cara de pendejo? —gritó Dalio con un trago en la mano y atragantado por sus risas.

Poli se sobresaltó. De milagro no le atinó al Ruiseñor con el bolígrafo que le pasó de refilón como una daga de ninja. Todo un acto reflejo propio de los que son agarrados en falta.

—Mijo, no entres al baño de Vitico que lo dejé perfumadito. Ya sabes cómo son estas vainas del miedo escénico. A mí me da por cagar cuando siento que la vaina es trascendental como la de ahora.

—Oiga, maestro, creo que no se equivoca.

—¿Con lo de cagar?

Poli le extendió *El Nacional*.

—Mira, chamo, hasta me dieron un palo gratis —dijo el Ruiseñor mientras señalaba su güisqui en mano—. Éste es de Old Parr o del viejo Parra, ya que estamos en confianza con el don. De esto ya no hay.

Dalio rio a todo gañote, quitó una montaña de periódicos de una silla y se sentó en cuanto agarró el diario.

El Ruiseñor puso los ojos chinos, haciendo un esfuerzo por adivinar las palabras, mientras apuraba el trago. A veces carraspeaba o hacía sonidos aprobatorios. Al cabo de unos minutos, y ante la mirada expectante de Poli, Dalio eructó y se secó la boca con la manga de su traje de bolerista.

—¡Coño, nos estamos cubriendo de gloria, carajito!

—¿Qué le dije? ¿No le dije que íbamos poco a poco a empujar toda su carrera?

—Coño, sí, y lo que me gusta es que tú sólo me representas a mí, como el portu Oswaldo Ponte con Óscar D' León. Por eso ese negro es tan importante, porque su mánager nada más trabaja para él. Espero que la vaina siga así, carajito. No te me vayas después con la cabuya en la pata.

—Claro, maestro, esto será hasta que la muerte nos separe.

Los dos rieron sin reparar en la sentencia que encerraba la frase.

—¡Epa, par de sinvergüenzas! —exclamó el primo Vitico apenas entró al cuarto.

—¡Coño, mi vate, mire esta vaina que salió en *El Nacional!* —le gritó Dalio al dueño de La Morocota acercándole el periódico—. Ya vengo, que me voy a echar otro palo para celebrar y aclarar esta voz de tenor.

El Ruiseñor se levantó, pasó al lado del primo Vitico, quien ya leía la crónica del periódico.

—¡Primo, esto está buenísimo, carajo! —exclamó Vitico—. Ahora ya tengo más material para presentar al poeta. ¡La Morocota volvió a agarrar nivel, no joda!

—¡Qué digo nivel, Vitico! ¡Esta vaina hoy será mucho mejor que el Tropicana de Cuba con el show que pienso dar! —dijo Dalio con otro vaso a rebosar de güisqui.

—Por cierto, de eso quería hablarles. Supongo que ya tienen el repertorio ordenado en el CD que me dieron… Y lo otro: ¿cuándo piensa salir el maestro? Como dicen por acá, el cuartico se está llenando de agua.

—¡Mire, Vitico, vamos a darle plomo al show, que yo vine a enamorar hembras!

—Entonces, no perdamos tiempo, poeta —dijo Vitico, enfilándose al escenario.

El primo Vitico comenzó a introducir a Dalio con voz engolada y gloriosos epítetos. El público no dejó de aplaudir. Poli pensó que esa decisión de última hora, la de la visita al bar de su familiar, fue una gran idea. El Ruiseñor recobraba su confianza y él también dejaba de ser un costal de dudas. No había por qué frenar su otro proyecto.

En cuanto el primo Vitico terminó su elogiosa introducción, Dalio Guerra y Poli Figueroa intercambiaron la primera de esas pocas miradas rarísimas que se lanzaron en toda su vida. Esas que parecían venir de las tripas y que por un momento les hicieron comprender que el fin del mundo era tan insignificante como un grano de sal en la paila de un enorme sancocho hirviente.

—Cúbrase de gloria, maestro —dijo Poli con una sinceridad salida del calcio de sus huesos.

Sandalio se alisó la misma ropa de rumbero que usó en el Forty Five de México, cogió sus maracas, y si no hubiera sido por la velocidad con la que salió, Poli habría jurado que en sus ojos se atisbaba un conato de lágrima.

Por eso lo siguió hasta pararse detrás de la cortina de tiras de plástico que daba a la tarima. De espaldas, Dalio le pareció un coloso. Las luces lo bañaban con

215

el efecto de esas fotos que hacen legendarios a músicos como Héctor Lavoe o Frank Sinatra: de retaguardia, con su revés iluminado, ante un coso de público incierto, amorfo, que daba la idea de un coliseo lleno de fieras ante un hombre que intentaba hipnotizar con su arte. La parábola de la vida misma.

El público rugió. El rumbero movió sus maracas. La Morocota volvió a latir. Dalio tomó el micrófono, le hizo una seña a los del sonido, y después de carraspear, comenzó con un discurso entre preparado e improvisado.

—No me voy a alargar porque acá lo que quieren es bonche y raspacanilla.

La gente rio.

—Tito Rodríguez fue casi un maestro hablándole al público. Era un vagamundo. Amansaba audiencias, avispaba gente, sazonaba la cosa, pues. ¡Coño, hasta era capaz de levantar a un muerto con sus vainas, compadres! A lo que voy: ¡ustedes me han levantado a mí, mi Oriente querido, y si ahora mismo me muero sobre esta tarima, lo haré feliz, ¡caracha!

Dalio le hizo una seña al tipo del sonido, y de las cornetas salieron las notas de la guaracha cubana "Vive como yo", de don Pablo Cairo. El Ruiseñor de las Américas cogió aire y arrancó con su filosofía de vida musical entre más aplausos.

Vive como yo vivo, si quieres ser bohemio
Vive como yo vivo, si quieres ser bohemio
De barra en barra, de trago en trago
De barra en barra, de trago en trago
Vive como yo vivo para gozar La Habana
Vive como yo vivo para gozar La Habana
Así se vive la vida, así se goza mi hermano

De barra en barra, de trago en trago
Yo quiero cuando me muera, tener la botella en mano
De barra en barra, de trago en trago
Cuando se acabe el billete, le echo mano al tasajo
De barra en barra, de trago en trago
Y al que me diga borracho, lo mando para el cará...
De barra en barra, de trago en trago

Poli quedó sorprendido. En la pista de baile no cabía ni una baraja de perfil. Hasta Rosita y Micaela danzaban agarradas de las manos. Una de dos para explicar este fenómeno, pensó: o era que el ron con ponsigué de La Morocota desviaba los sentidos, o Dalio había logrado lo que por tantos años no conseguía: meterse al público en el bolsillo, gracias a boleros, chistes, muecas, tragos de güisqui y movimientos de cintura. Tanto así que, conforme el repertorio iba desgranándose, Poli creyó haber visto un sostén elevado al artista. Cuando faltaba poco para llegar a la hora de espectáculo, el balance no pudo haber sido mejor. Para entonces, entre las más aplaudidas, destacaron: "Rosas, melodías y gardenias", "Ingrata de Viernes Santo", "Me desangraré en el bar", "En mi viejo San Juan", "Una mujer de genio", "Sombras nada más", "Farolito", "Campanitas de cristal", "Eres un amor de rocola" y "Quisqueya".

Cuando le estrenó "Me robaron mis peroles" al *respetable* de La Morocota, ya el estruendo no era normal. El primo Vitico saltó a la mesa de Micaela con una nueva botella y sirvió copas sin escatimar. Poli sintió una especie de consagración de bajo presupuesto. Su música también era querida, apreciada, tomada en consideración, aunque fuera en un bar perdido de la geografía venezolana. Por un momento, más que un

217

sueño, tuvo una siesta de gloria. Cerró los ojos y adivinó el sabor de lo que llaman las mieles del éxito. Al abrirlos, creyó estar ante un nirvana, lleno de bienestar y espiritualidad.

Y entonces la vio.

La periodista hippie caminaba a la barra, entre la multitud, con una gracia que la hacía levitar ante su vista. A Poli se le paró el corazón. El pálpito en la oficina del primo de Vitico era real, más que premonitorio. De repente, le temblaron las manos y buscó alguna frase de abordaje que no formara parte de un repertorio de telenovela del mediodía. Se armó de valor. Dio media vuelta en busca de un atajo hacia la barra, pero su intento quedó en eso, en un mero intento, porque el resucitado Ruiseñor de las Américas había terminado su recital y entraba a la oficina para hacerse de rogar por el bis.

—¡Chamín, estamos reventando la liga, no joda! —le dijo, sudado, mientras rellenaba el vaso con el culo de una botella de güisqui que descansaba en el escritorio del primo Vitico—. ¿Cómo estuvo esa vaina?

—Usted se está cubriendo de gloria, maestro. Está cantando como si se fuera a morir dentro de nada.

—¡De bolas, carajito, ahora es que te vas a quedar loco con lo que viene! —dijo antes de echarse un buen buche de alcohol—. Ahora voy a cantar como si estuviera entrando al mismísimo cielo. Ni Dios ha escuchado una vaina tan arrecha como la que viene.

Dalio salió a escena como un potranco. Se arregló los faralaes de los brazos y caminó con la valentía de un torero ante un miura con cinco muertos en su prontuario. Poli aprovechó para asomarse nuevamente por la cortina de tiras de plástico con el fin de ubicar a la periodista hippie. Sus esfuerzos fueron infructuosos. Había desaparecido, como el vapor que sube al cielo.

—¿Qué es lo que se dice ahora? ¿A petición del público? Está bien, está bien, ya sé que quieren más. Hoy como que están "caprichosos".

La gente enloqueció con el anuncio en clave. Dalio soltó una risotada que bien pudo escucharse sin el micrófono. Blandió las maracas y creyó ver pasar al fondo de la sala a una Virgen María seguida de un tigre. La música del CD siguió sin que el cantante arrancara. El Ruiseñor congeló su sonrisa, cogió el vaso de güisqui y se lo acercó a un palmo de la cara.

24

Las gaviotas formaban espirales blancas, como pequeños ciclones, en el cielo. A ratos daba la impresión de que habían concertado una coreografía secreta para sus espectadores: volaban con la falsa promesa de tocar la curva de la bóveda celeste con sus picos, para luego descender como flechas envenenadas hacia un mar borracho de peces. Visto desde la playa, el espectáculo podía llevar a un estado de meditación trascendental. El rumor de las olas, el sonido de la brisa cortada por las palmeras, el firmamento como pintado por un impresionista, la luz del sol que al chocar con el azul del mar formaba constelaciones, el viento limpio pasado por sal y una paz aturdidora ayudaban a lograr el efecto.

Era como estar encerrado en un vacío.

Dalio, plenísimo, se sintió como hipnotizado y no lo ocultó.

—Man, no lo voy a ocultar, me siento como hipnotizado con esta vaina —dijo en una silla playera—. No sé, así debe sentirse cargar una traba de esa droga que jode mal y te tumba la pinga… Así debe ser el otro mundo, el paraíso, pues.

—El primo Vitico se lució trayéndonos para acá, maestro —comentó Poli tirado sobre una toalla.

—… aunque si no hay putas ni tragos allá, yo no quiero ir a ese otro mundo. ¡Lo mío es el infierno, bordón!

Dalio celebró su propio chiste. Después se tragó lo que quedaba de la lata de la Polarcita que traía en su

221

mano, antes de apretarla entre sus palmas hasta dejarla como un acordeón pisado por un tanque.

—¿A qué sabrán esas gaviotas, chamo? ¿A pescado y gallina al mismo tiempo? ¿A fruta de hembra de quince años? Si es así, entonces yo sí le echo diente a una vaina de esas.

Volvió a reír, mientras sacaba otra Polarcita de una cava rebosante en hielo. Al destaparla, el gas sonó en alta fidelidad. Bebió un sorbo generoso que le mojó el mostacho y que también salió de las comisuras de sus labios hasta bordear su pecho descubierto. Suspiró hondamente y luego saludó hacia el mar con un grito amplificado por una revista con la que había hecho un cono.

—¿Cómo está el agua? ¡No se me vayan muy lejos, chicas!

Desde el otro lado, Micaela y Rosita saludaron con el mar más arriba de la cintura.

—Estas mujeres, man… —dijo con una risotada antes de cambiar de tema—: Oye, mijo, ¿y el viejo Honorio?

—Bien. Usted sabe. Él está en sus cosas, maestro…

—Coño, me hubiera gustado verlo. Me cae bien ese carajo. De repente y hasta se metía un dinerito en este viaje con la pelea de Manoepiedra… Deberías apostar algo por el viejo. La familia es algo grande, chamín. No debes olvidarte de ella… Tú no lo notas, pero yo sufro todos los días por Atanasio. Estar acá, sin él, en este paraíso, pasándola tan bien con caña y comida, es un sufrimiento muy arrecho, siento que se me abre el pecho en dos —dijo destapando otra Polarcita—. Lo que pasa es que yo sé esconder mis sentimientos, chamo. Pero por eso es que mi actuación de anoche fue tan sentida, por el dolor que experimentamos los boleristas cuando estamos lejos de los nuestros.

—De eso le quería hablar.

—¿De qué? ¿Del dolor por los nuestros?

—No. De la actuación de ayer. Usted se comió el escenario, se metió al público en el bolsillo. Yo no sé cuántas fotos se tomaron con el gran Ruiseñor, ni cuántos autógrafos repartió.

—Sí, tienes razón. La vaina fue apoteósica.

Dalio cogió un palito y escribió en la arena APO-TEOCICA. Al lado, dibujó una verga y un triangulito con una raja en medio. Abajo puso PIPE y CUCA. Silbó algo que casi le saca la dentadura postiza. Se la ajustó después del percance, y pasados unos momentos de indecisión, preguntó:

—Chamo, ¿tú no viste nada raro?

—¿Cómo?

—Eso, pues, que si no viste alguna vaina rara ano-che…

—Bueno, ahora que lo dice…

—¿Ajá?

—Ella estaba allí y me sorprendió.

—¡Coño, entonces también la viste!

—Claro, si pasó enfrente de la tarima.

—¡Mierda, chamo, yo sabía que no estaba tan prendido de caña anoche! ¡Lo sabía!

—Sí, y como le digo, reconozco que me sorprendió la cosa.

—¡No joda, y a mí! ¡Ni que fuera de palo!

Poli se rascó la cabeza con rostro intrigado, puso la vista en las gaviotas, y luego dijo algo que nada tenía que ver con Dalio:

—¿Cómo se enteró esa periodista de que estábamos ahí? Debe ser muy buena en su oficio… Lo que lamento fue que se me perdiera. Después la busqué y nada. Por ninguna parte…

—¿La periodista?

—Sí, la hippie que nos vio en la Baralt y después escribió la nota de ayer. ¿No me dijo que la vio?

—Ah, sí, la periodista culona, sí...

Sandalio dijo esto último con desgano. Poli, por su parte, confundió ese instante de decepción con uno de complicidad. Por eso enumeró lo que le gustaba de esa mujer. Habló de su personalidad, de su caminar, de su sonrisa y de muchas otras cosas que a su representado le fueron tan importantes como la mugre de sus uñas. Porque en ese momento, la mente del rumbero estaba varada en la Virgen María y en el tigre con el que había soñado. Los mismos personajes que le hicieron repetir dos veces "Caprichosa" al sonidista de La Morocota para reanudarla en condiciones. Lo que sí tenía claro era su renuencia a compartir esa visión con alguien. Lo cierto es que el suceso también lo hizo acordarse de la famosa pesadilla de la "Cooperativa del Bolero Responsable" que había tenido días atrás.

Y eso no le gustaba nada.

—Maestro, ¿y lo otro? —preguntó Poli quedito.

—¿Qué otro?

—Lo de *Jesusito*...

—¿Qué coño es *Jesusito*?

—El otro proyecto que le dije.

—¿El evangélico?

—No, no es evangélico. Es una cosa artística... Deberíamos aprovechar que la periodista anda por acá.

—No sé, no me convence esa vaina... Sinceramente, me parece una mariquera.

—No lo es, maestro. Acuérdese que hicimos un trato. Yo le dije que iba a triunfar.

—¡Epa, achántate ahí! Yo no hice un carajo de trato, man.

—Yo consigo el sitio y hacemos una prueba acá: si no le paran bolas, y le va mal, entonces dejamos eso así y no lo fastidio más. Si pasa lo contrario, entonces hablamos. ¿Qué le parece?

Dalio sintió que se le iba a salir lo peor de la mezcla de apellidos Guerrero Guaita. Ya la insistencia en el tema lo estaba colmando. Sin embargo, cuando volteó para soltar su arsenal de insultos, algo sucedió: Poli sacó de un morral un paquete con un sobre y se los acercó al Ruiseñor.

—Hágame el favor y acépteme esto, maestro.

—¿Qué vaina es ésta? —preguntó Dalio, con el paquete envuelto en la mano.

—Es una cosa que le compré a precio de costo al primo Vitico. No es mucho, pero creo que…

El otro ni puso reparo al resto de la oración. Debajo de todo el papel de regalo estaba una botella de Swing atravesada con la banda roja de puerto libre. Dalio tenía más de treinta años sin haberse bebido un trago de ese güisqui. Pensar en el sabor del mismo acompañado de agua de coco bien fría hizo que sus emociones se arremolinaran dentro de sus costillas.

—Maestro, no es mucho, porque la botella me descompletó mi comisión por el show de ayer. Pero quiero que usted tenga ese dinero. Se lo merece más que yo.

El Ruiseñor olió la boca abierta del frasco de Swing, pensó en el coco frío, contó los billetes del sobre y admiró la playa. Y luego de este recuento, quiso morir. Pero quiso morir cuando la idea de la muerte es buena, dichosa, plena. En cuestión de segundos, pasó del incendio forestal a la primavera en su alma. En ese instante hubiera jurado ante una cruz que quería más a Poli que a todas sus mujeres, hijos y nietos juntos.

225

De repente, sintió en su corazón el mismo amor que tiene todo hombre por su primera novia, por la maestra platónica, por el primogénito querido.

Y en ese loco escenario fue cuando se lanzaron la segunda mirada definitoria.

—¡No joda, muchacho! ¡Párate y dame un abrazo, carajo! Eso sí, sin mariqueras, te agradezco, que aquí somos hombres.

Poli se levantó, emocionado, y ambos se fundieron en un abrazo de mala película.

—Chamo, si nos va bien, ahí vemos con lo otro —le dijo Dalio mientras le estrujaba el cogote a Poli—. Ahora búscame un vaso con agua de coco para zamparme un palo de este Swing tan jodido de ver por ahí.

—¿Quiere agua de coco friíta? ¡Eso está hecho, maestro! —dijo el primo Vitico quien, al parecer, había llegado en el momento del abrazo.

Ambos, Dalio y Poli, se sorprendieron con el inesperado espectador. Los dos experimentaron cierta incomodidad ante él, igual a la de dos amantes descubiertos por el cónyuge en plena faena.

—Coño, Vitico, ¡qué susto! No vayas a pensar una cosa rara… Aquí todos somos machos, de los que metemos los pelos para adentro. Así que cuidado con una vaina.

—Nada que ver, maestro. Además, le traigo buenas noticias. Voy a empezar con la primera: ya le cuadré el desafío al gallito para esta noche. El dueño de la gallera quedó abismado con su concierto y ya le hizo un hueco para hoy. ¿Cómo lo ve?

—¿Coño, sí? ¡Entonces, aquí se armó un limpio! Déjeme y busco el coco yo mismo en el bohío para celebrar por adelantado. Escóndeme esa botella bajo la toalla, Poli, que ahora hasta en las playas asaltan los malandros.

Dicho esto, el Ruiseñor se paró y fue hacia el kiosco más cercano. En su caminata no quiso escuchar el resto del mensaje. Ante cualquier insistencia, gritó: "Ya va, compa, espérame ahí, achántate un pelo". Vitico rio y se quedó a solas con Poli.

—Qué vaina con este hombre… ¿Cómo anda todo, primo?

—Bien, no nos podemos quejar. Muchas gracias.

—Ah, otra vaina, primo. Ya cuadramos lo de la iglesia, aunque podemos echarlo para atrás hoy mismo si quieres.

—No, ¿por qué?

—No sé, de repente por falta de tiempo… Además, esa zona es medio fea. Carúpano está llena de malandros, apagones, tiroteos… Este país está hecho mierda.

—Primo, acuérdese de que nosotros venimos de Caracas. Esto no puede estar peor que la capital.

—Sí, pero de todas formas…

—Yo me encargo de eso. Yo hablo con Dalio cuando estemos solos. Pero no cambie nada, por favor.

Poli le guiñó el ojo al primo Vitico, dada la proximidad de Dalio y de las dos mujeres que habían salido del mar para acompañarlo. Micaela y Rosita saludaron al primo Vitico con mucha efusividad, mientras el Ruiseñor no paraba de hablar de la pelea de Mano de Piedra. En cuanto se sentó en su silla playera, besó la botella de Swing, como si de una hembra de sus canciones se tratara, y cuando se preparó a echarle güisqui a un vaso de plástico con agua de coco, le preguntó al dueño de La Morocota:

—¡Ajá! Y antes de que se me vaya con la cabuya en la pata, ¿cuál era la otra noticia chévere que me traía?

—¡Ay, caracha, sí es verdad! Estoy bien desmemoriado. Debe ser la edad. Con sesenta y dale ya no es lo mismo… —el primo Vitico infló el pecho antes de voltear, silbó con fuerzas y después gritó en dirección a un kiosco de ventas de empanadas cercano—: ¡Epa, véngase para acá!

El Ruiseñor, aún sonriente y curioso, alzó la vista. Su rostro comenzó a mutar hacia el pánico con la sorpresa que le habían preparado. Del kiosco primero asomó una mano que saludaba y luego el resto de Atanasio. Mientras caminaba con un brillo infantil en los ojos, la empanada que traía en una de las manos goteaba un aceite colorado que le manchaba la camisa.

Sólo una frase atinó a murmurar Dalio con el Swing cayendo en la arena:

—No me jodas…

25

Apenas volvió de la playa, Dalio fue al patio y sacó de la caja a Mano de Piedra. Si no fuera porque lo hubieran tachado de pendejo, habría jurado que el gallo le sonrió. Para el Ruiseñor, fue una mirada inteligente la del gallináceo, casi humana. Si lo hubieran apurado, hasta juraría que le quiso decir algo digno de machos cuando esponjó su plumaje.

—Hoy es tu día, gran carajo —murmuró después de besarlo en un ala. Y el gallo volteó y le volvió a dar esa rara impresión.

Ahora estaba que se comía las uñas en la gallera Los halcones. Para mitigar sus mareos, sacó de su billetera un papelito que le había regalado un gallero peruano en la bodega del Ánima de Taguapire del señor Arturo, y lo estudió para calmar los nervios.

ESTIMACIONES GALLÍSTICAS por el profesor Baldor

COLOR	GANA CON	PIERDE CON
Indio	malatobo, cenizo	blanco, jabao, pinto, giro, canelo
Giro	indio, pinto, canelo, blanco	malatobo, jabao, cenizo
Pinto	indio, jabao, canelo	giro, cenizo, malatobo
Cenizo	giro, pinto, malatobo	indio, canelo
Blanco	indio, malatobo	giro, pinto, cenizo
Jabao	indio, giro, canelo	pinto, malatobo
Malatobo	giro, jabao, pinto	indio, cenizo, canelo

COLOR	GANA CON	PIERDE CON
Canelo	indio, malatobo, cenizo	pinto, giro

Se rascó la cabeza porque otra vez se daba cuenta de que allí no aparecían algunos tipos de gallos que él conocía por los nombres de zambo, marañón, gallino y canagüey. Eso le causó incomodidad. El suyo tenía plumas de canagüey. Y entonces, ¿bajo esa tabla con cuál pinta tenía o no tenía chance Mano de Piedra?, pensó.

—¿Qué coño será un malatobo? —murmuró en una mesita del comedor de la gallera, mientras tomaba un plato de sancocho de res.

Micaela se sentó a su lado, y le pasó la mano por la espalda.

—Señor Guerra, todo va a salir bien. Su gallito es todo un campeón.

—Es que es como un hijo, ¿sabe? Si le pasara algo… no me lo perdonaría, coño.

—Ande, tómese este sancocho levantamuertos y ya verá todo con mente despejada.

—Es que ni hambre tengo…

—No diga eso, que esto está riquísimo, señor Guerra.

—¿Sabe algo de Manoepiedra?

—Se lo llevaron atrás, donde los guardan antes de la pelea. No se preocupe, Policarpo está muy atento.

—¿Y qué le dijeron a Atanasio?

—Lo que usted nos mandó a decirle antes de tomarse su sancocho: que iba a dar un pésame por acá, a una familia evangélica, y que después regresaba.

—Está bien. ¿Y dónde anda?

—Hace un rato estaba caminando por las mesas de dados y bateas.

Dalio se sonó la nariz con una servilleta. Hizo el amago de hablar y se contuvo por unos segundos:

—¿Por casualidad usted sabrá qué es un malatobo?

—Ay, no, señor Dalio. ¿Es una adivinanza?

—No, es una vaina que quiero saber... No es nada del otro mundo.

—Mire, maestro, ya me tengo que ir. Rosita y yo vamos a ver unos collares que venden en la plaza de enfrente. Usted sabe, esto no es sitio para mujeres. Hay mucho hombre suelto...

—Sí, sí, vayan, vayan.

—Todo va a salir bien —dijo Micaela, y le dio un beso en la mejilla.

Cuando salió por la puerta hacia la calle, Dalio se metió al patio del desafío. Los Halcones era una gallera típica de pueblo. Con muy pocos lujos pero con la impresión de que en ella se habían perdido fortunas, ilusiones y familias enteras. Tenía suelo de concreto, rejas al lado de un reñidero circular con cuatro niveles de gradería y mesas llenas de jugadores de truco, batea o dados para los ludópatas que quisieran dejar hasta su alma en consignación. En el caos de Los Halcones podía sentirse algo muy parecido a la igualdad. Gente humilde con terratenientes se mezclaban en esa loca armonía que suele ofrecer el alcohol, el ocio y la crueldad.

Dalio caminó a una pequeña barra que daba al lado de la arena y pidió un güisqui. Le dio buena espina que un admirador le pagara el trago como "una pequeña recompensa para alguien que ayudó a culiar a tantas parejas anoche en La Morocota". Después se dirigió a una mesa de dados, y se decidió a apostar algo. El Ruiseñor se inclinó, colocó el trago en una esquina de la mesa, puso la mano izquierda en la espalda y la derecha la ocupó en maraquear un vasito con los dados. A poco estuvo de lanzarlos cuando escuchó:

—Papá, ¿por qué yo no tengo un güisqui de esos?

Dalio se sulfuró en cuanto escuchó la voz de Atanasio, quien a su vez mantenía el dedo índice dirigido hacia el vaso.

—Porque tú no has ayudado a nadie a meter su pateperroenvenená, pendejo. Además, ¿para qué viniste? Si yo no te invité.

Dalio volteó a la mesa con rabia, y en cuanto comenzó con su conteo regresivo para tirar los dados, otra pregunta le hizo soltar la mano antes de tiempo.

—¿Ya diste el pésame?

El Ruiseñor se dio media vuelta y le gritó:

—¡Coño, déjame en paz, no joda! ¡Mira lo que me hiciste hacer! ¡Ya perdí los reales! ¡Si quieres, mátame!

Un mirón lo sacó de su drama al cogerlo por un borde de la guayabera y decirle:

—¡Maestro, acaba de sacar un doble seis! Usted se forró.

Dalio fijó la vista y no daba crédito a lo que veía.

—Toma, mijo, bébete un güisqui —le dijo a Atanasio, distraído, mientras le daba unos billetes.

Cogió el dinero y vio a su alrededor: unas cinco pueblerinas con apariencia de casquivanas, las únicas mujeres en la gallera, bailaban pegadas a idéntica cantidad de machos debajo de un patio con matas de tamarindo. Todas usaban ropas ajustadas, escotes generosos y zapatos de aguja. Del maquillaje y del resto de la estampa sobraban las reservas. Dalio se embelesó al escuchar por las cornetas la voz de Rafael Orozco en un claro desafío con el acordeón del pollo Isra en el clásico "El higuerón" del Binomio de Oro.

—No joda, ése es el infierno que yo quiero: putas, güisqui, juego y el Binomio a todo volumen —dijo quedito—. Más bueno que el coñísimo…

Se acercó el vaso de güisqui a la boca y de un trago se bebió casi la mitad. Después se pasó la lengua por los bigotes.

—¿Va a seguir? —preguntó el encargado de la mesa de dados.

— ¿Qué?

—Que si va a seguir apostando, doctor.

—¡Ay, coño! ¡Claro!

Volvió a tomar su postura y a sacudir los dados. Al lanzarlos, observó cómo chocaron contra una esquina de la mesa y volvieron a dar el mismo resultado anterior.

—¡No joda, se armó un limpio! —gritó.

Los mirones lo abrazaron, y el Ruiseñor decidió embolsillarse el dinero. Dalio se acordó de que, en 1969, en Santurce, tuvo que irse por patas un día antes de su presentación con la Lupe al haber apostado hasta lo que no tenía en un juego de dados. Para algunos biógrafos, parte de la locura de la cantante puertorriqueña se debió a ese incidente, que mezcló cosas tan truculentas como huidas, amores y amenazas varias. Pero no fue pensar en lo de Santurce lo que de veras lo frenó; fue el hecho de sólo imaginar perder como un idiota todo lo que llevaba. Era mejor invertirlo en Mano de Piedra, su verdadero proyecto.

En el camino se detuvo a ver la mesa de batea para matar el tiempo. Así estuvo por largo rato, similar a un mirón de palo, observando cómo las canicas bajaban a una estructura cóncava que parecía un caparazón de tortuga al revés. Dalio contó en esa mesa como cien cuadritos hundidos con dibujos de mariposas, estrellas y otros figurines. Un jugador con pinta de abogado de pueblo reparó en el bolerista y reclamó a la concurrencia.

—¿Y a este hombre no se le ha dado un palo de güisqui? No, hombre, tráiganle uno y anótenmelo a mí. ¡Usted es un poeta, carajo!

—Muy amable.

—Mire, compay, y no sólo eso. Le pido que tome un buche del mío —le dijo, acercándole el vaso—. Y también que sea su mano, que de inocente no tiene un coño, la que suelte esas fichas por mí en esta batea.

—Nooooooo, compañero, no quiero salarle sus cobres…

—¡Por favor, no me haga ese desaire! ¿Y entonces?, ¿queremos que el poeta tire o no tire estas fichas? —preguntó a los presentes.

Todos los que rodearon la mesa auparon la idea del apostador. Dalio vio las fichas con terror. Sonrió y volvió a pedir disculpas, ahora con el nuevo güisqui en la mano. No quería ser atravesado a tiros por un ludópata que quizás había apostado el honor de su hija adolescente en la jugada.

—Papá, tira esa vaina.

La intervención de Atanasio no pudo ser más inoportuna. El Ruiseñor sintió ácido sulfúrico mezclarse en su aorta. Cuando volteó a darle un pescozón, el apostador aprovechó el instante para colocarle las dos fichas en un bolsillo de la guayabera. Dalio sintió el bulto y entendió que ya todo estaba perdido.

—Poeta, la gente está esperando.

—Es que no quiero embromarle su jugada, hermano.

—Usted no se preocupe. Aquí nadie va a embromar a nadie, ¿verdad? —preguntó antes de decirle al que manejaba la mesa de batea—: Mira, negro, además de lo mío, apuéstale medio palo al maestro. Él los paga si pierde.

Dalio sintió algo maluco y volteó con cara de desconcierto.

—¿Yo no le dije que aquí nadie va a embromar a nadie, pues?

En ese momento fue cuando Dalio observó una cacha de pistola que le asomaba por la cintura del pantalón caqui al personaje. Buscó a Poli con la mirada, pero cualquier intento fue infructuoso. Él mismo le había pedido a su representante artístico que no le quitara un ojo a Mano de Piedra. Y en eso estaba el muchacho.

En ese trance jugó a imaginarse la vida en cámara lenta. Si estaba a unos minutos de su separación de la misma, por lo menos lo justo era que la cosa sucediera con estilo cinematográfico. Quién iba a decir que iba a morir en una gallera. O peor aún, delante de una mesa de batea con unas fichas que no le pertenecían en su guayabera.

Dalio cogió aire como lo hace un futbolista ante el penal decisivo. Se tomó el güisqui de un solo tirón. Exhaló. Y metió las dos canicas a un par de huequitos que había al borde de la mesa. Como aún estaba en su película de cámara lenta, el corazón le latía como el de una tortuga con sueño. Entre la gritería escuchó un mosquito surcar el aire y una gota de güisqui reventar en el suelo de cemento. Todo era muy dalái lama, muy droga hippie, muy *Magical Mistery Tour*. Y también oyó cómo las canicas saltaban por el centenar de cuadritos hundidos de la mesa. De seguro iban a mil por hora, pero él las vio como si la batea hubiera estado clavada en Marte con gravedad cero.

Y le gustó esa imagen: la de una gallera llena de astronautas, vestidos con sus trajes y tomando aguardiente en un cráter. ¿Cómo pelearían los gallos así? ¿Se elevarían? ¿O también tendrían uniformes espaciales con cascos y todo? Cerró los ojos y sonrió como los mártires de las películas de Semana Santa.

Un manotón en la espalda lo sacó de las nebulosas. Era el apostador. Todo volvió a la velocidad de siempre.

—¡Coño, poeta! ¡Usted está enmantillado!

El Ruiseñor clavó los ojos en la mesa. ¡No era posible! Sus fichas cayeron en dos dibujitos de mariposas. Tanto él como el otro se habían ganado un dineral.

—¡Yo sabía que me iba a traer suerte, poetazo!

—Papá, ¿me puedo comprar otro güisqui?

Dalio sonrió como quien se gana un carro en un concurso de televisión. Y cuando le dieron la plata, y le renovaron el trago, sólo pudo decirle una cosa al hombre de la pistola:

—¿Qué es un malatobo?

—¡Yo qué coño sé! —rio—. ¡Lo que importa es que tenemos plata!

En la barra estaba feliz. En el fondo, siempre había estado feliz en una barra. Con tanta plata encima no le importaba ni siquiera la presencia de Atanasio. En ese momento hasta hubiera dicho que lo quería. Una cosa parecía clara: ya era hora de que la fortuna le volviera a sonreír. Siempre había pensado que el azar era el destino disfrazado de puta, y como a tal, había que enamorarla de vez en cuando. Poli, su carrera, Vitico y

236

La Morocota, la botella de Swing, sus apuestas recientes... ¿Acaso no eran muestras irrefutables de lo que llaman buena estrella? Pero tampoco era tonto como para no captar lo que estaba sucediendo: no era posible ganar tan seguido y con una efectividad de cuento mal echado. Había entrado con lo poco que le habían dado de la presentación de la noche anterior, y con algo del dinero que Poli le regaló en la playa. Y en tres jugadas casi se había transformado en un pequeño potentado. No era posible que también en la pelea ganara. Eso estaba en contra de todas las estadísticas. Ni con las putas se podía abusar, y el azar ya se dijo que era una de las más antojadizas. Claro que tampoco podía dejar a Mano de Piedra a la buena de Dios.

No después de esa sonrisa casi humana que juró ver.

—Maestro, ya falta poco.

Giró y se encontró con Poli.

—Ya están ordenando la gallera. Por ahí anda el juez y todo.

—¿Así es la vaina?

—Sí, yo que usted me termino ese trago y entro a la gallera.

—¿No viste nada raro?

—No le quité el ojo a su animal. Todo está bajo control.

—Ta bueno...

—Usted dirá.

El Ruiseñor miró a ambos lados, murmuró algo para sí y dijo:

—Vamos, pues.

Después engulló el güisqui. Le dio una palmada a Poli y le sonrió. Atanasio chupaba unos hielos de su vaso en ese momento. Cuando vio que se dirigían a la gallera, se los tragó de sopetón y los siguió con una mano en la sien.

En su mente avivada por los fermentos, la gallera pareció decirle: "Sandalio, aprieta ese culo que lo que viene es candela". El Ruiseñor entró digno, con la frente en alto, como si nunca le hubiera debido dinero a nadie, como si nunca se hubiera beneficiado a la mujer de otro. Bajó los escalones como Kennedy en campaña. Saludó a los fanáticos de su presentación del día anterior. Estrechó manos, dio espaldarazos y siguió con el estilo de un predestinado. Si le hubieran acercado un micrófono, no habría dudado en dar un discurso sobre la comprensión de los pueblos hermanos.

El juez le presentó al dueño del otro gallo, un pinto brillante como mandado a hacer en una joyería, y le dio a Mano de Piedra para su revisión ocular. Dalio lo hizo, digno. También echó ojo a lo que estaba pasando a su alrededor. Los presentes sacaban billetes y proferían apuestas cuyos cálculos no habría podido resolver un estudiante de matemáticas puras. El Ruiseñor cogió en peso a su ejemplar, le revisó las espuelas, le pasó la mano por encima y le dijo con disimulo al besarle un ala:

—Vuélvelo mierda.

Dio su aprobación al juez y éste agarró a Mano de Piedra para meterlo a la jaula doble de pelea. La escena se le antojó tristona. Dalio miró a Poli y a Atanasio y los vio como mariachis. Lo mismo hizo con los asistentes en el coso. Pensó que estaban vestidos de charros, que formaban parte de una reunión generacional del Mariachi Vargas de Tecatitlán, y que todos comenzaban a tocar sus guitarrones, trompetas, violines y vihuelas para entonar la melodía de esa ranchera del Chente Fernández que estaba retumbando en su cabeza:

Hoy platiqué con mi gallo
y me dijo tristemente
pa' qué me cuidaste tanto, si hoy me lanzas a la muerte

Al ver al canagüey de dudosa ascendencia, el dueño del otro ejemplar le hizo una apuesta difícil de rechazar. Dalio le estrechó la mano, y al calor del encuentro, se la duplicó. Lo peor que podía pasar era perder, y aun así, le quedaría la mitad del botín que había ganado en las mesas de juegos.

No había terminado de revisar sus cálculos mentales cuando Atanasio se le acercó y le dijo:

—Papá, ya todo está cubierto. La mitad de esos reales que te ganaste en dados y batea los acabo de colocar en otras apuestas.

Al escuchar estas palabras, sus piernas se hicieron de goma. Ni tiempo tuvo para mentarle la madre a Atanasio, porque la jaula doble de pelea subió con una cabuya y los gallos se miraron de frente. Dalio temió lo peor. Ambos ejemplares engrincharon el plumaje de sus pescuezos como si fueran dos paraguas abiertos, y el pinto le dio un espuelazo a Mano de Piedra que casi lo partió en dos. Pero el gallito no se iba a dejar ganar así. No, señor. El del Ruiseñor describió varias medias lunas en el aire, que fueron esquivadas por su contendiente con pericia de karateca profesional. Dalio le rezó a todas las vírgenes del santoral, juró por la vida de su hijo, prometió un riñón de Poli, pactó no volver a tomar caña si de ésta salía entero. Pero nada parecía dar resultado. El invento de Norberto era una total patraña. Pocas veces se vio una desigualdad de ese calibre en un desafío gallístico. Mano de Piedra botaba sangre hasta de la punta de sus plumas. Dalio sintió una mirada en el cuello como si fuera una antorcha olímpica que le pegaran en la piel. Era la del dueño del otro gallo que lo veía jubiloso entre tanto griterío. La otra era la de Poli. Ésta no le auguraba nada bueno. Su representante tenía el temple de un enfermo de cáncer terminal al que un médico le acababa de dar la noticia. La situación se resumía en esto: no había nada más que hacer. O peor aún: todo estaba perdido. Lo único que podía sacar en claro cualquier cristiano era que estaban haciendo merengada de gallo al canagüey. Para cuando el pinto le quitó un ojo a Mano de Piedra, Dalio se mantuvo como una estatua en un paisaje próximo a un terremoto. Los párpados le pesaban. La saliva se le hizo espesa. El aire era como candela que respiraba. Mano de Piedra se mantenía en pie a durísimas penas. Sus movimientos eran descoordinados como invitando al tiro de gracia. De hecho, parecía pedirlo a gritos. ¿Y el pinto? Siempre altanero. Daba la imagen de estar aburrido de tanto pegar. Aleteaba y cacareaba a todo lo que daba ante la presa derrotada. Fue, precisamente, en uno de estos pavoneos cuando pasó lo inesperado: el campeón peso pluma fue sorprendido por una puñalada del moribundo en medio de un quiquiriquí triunfal. El grito del gallináceo se tornó en dolor, en "¿qué carajos pasó?", en coitus interruptus, en gárgaras de sangre, en muerte súbita. Y el gallo mandado a hacer en una joyería se fue a la mismísima mierda.

Las mentadas de madre cundieron en la gallera y a Dalio le volvió el alma al cuerpo. Saltó como si le hubieran pegado candela en los pies. Cantó. Soltó un racimo de peos. Bailó un merenguito. Chilló como un loco.

—¡No joda! ¡Norberto tenía razón!

El dueño del pinto pagó una fortuna y se fue con su gallo muerto. Atanasio recolectó dinero a manos llenas. Hasta Poli ganó una apuesta para Honorio. El trío se abrazó como si fueran el equipo de una escudería de Fórmula 1. Cuando se disponían a subir las escaleras, alguien cogió a Dalio del brazo. Era el juez.

—Doctor, ¿no se va a llevar a su gallito?

—Ah, coño, sí es verdad, bordón.

El Ruiseñor le lanzó una mirada a Mano de Piedra y no le gustó lo que vio: un despojo, sanguinolento, que latía en la pared del reñidero. Lo primero que pensó era qué iba a hacer con ese bicho tan maltrecho, cómo se iba a devolver a Caracas con un coágulo de sangre viviente. Por eso su sonrisa incómoda ante la mirada expectante de Poli y Atanasio.

—Mire, perdone que me meta donde nadie me ha llamado, pero a mí me gustaría quedarme con ese ejemplar —le dijo el juez.

No podía ser cierto lo que acababa de escuchar.

—Oiga, eso que me dice es muy complejo. Ese gallito es como mi hijo. No me imagino dejarlo en otras manos. Mi corazón se partiría como una torta de casabe galleta, compañero.

—Yo se lo curo por lo más sagrado. Ese animal va a dar buena cría.

—No sé… Usted sabe lo que le duele a un gallero dejar a su animalito, ¿no? Es como dejar un riñón, un pulmón, una uña… Vainas importantes del organismo.

—Doctor, no es mucho, pero es lo que tengo…

Dalio vio una paca de billetes sudados que le acercaban a la mano. Y sonrió.

—Compadre, ¿qué es un malatobo?

—No sé.

—Bueno, que conste que le acepto estos churupos porque usted me parece un buen hombre, pero que también conste lo que me duele hacerlo… Porque, hermano, no es por la plata, ¿oyó?

Le dio una palmada en el hombro y caminó con gesto afectado. Lejos de la arena, les mostró los billetes del juez a sus compinches.

—¡Miren, pendejos, con esta vaina nos tomamos una botella de champán! ¡El Manoepiedra dio plata hasta vuelto mierda, güevones!

Atanasio rio.

—Una vaina sí les digo —prosiguió Dalio—: Este pueblo está lleno de malandros. Uno de nosotros tiene que estar alerta y no volverse mierda con el aguardiente. No nos vayan a joder por pendejos. Miren que acá matan con liguitas…

Ni una sola de sus observaciones se cumplió. A la segunda botella ninguno de los tres podía tenerse en pie. La mesa era todo un lugar común de borrachines. Poco podían entenderse los diálogos con tres lenguas anestesiadas. En el tiempo que pasaron anclados, Dalio se levantó y le dio un correazo en la boca a Atanasio, Dalio le estampó un beso en el cachete a Poli, Dalio le pidió perdón a su hijo con lágrimas en los ojos, Dalio cargó a una gallina durante una hora pensando que era Mano de Piedra, Dalio pateó a la gallina después de darse cuenta de que no era Mano de Piedra, Dalio repartió piropos a las doncellas presentes, Dalio destrozó un pasodoble en honor a Luisín Landáez, Dalio se arrodilló con una mano en el pecho y lloró, Dalio juró que al otro día bordaría el papel de *Jesusito*.

Cuando no pudo aguantarse más, Poli trastabilló hacia el baño. Allí orinó como si nunca lo hubiera hecho en su vida. Sintió que se volvía más lúcido mientras el chorro aminoraba. A la salida estuvo como un toro buscando a quien embestir. Dio dos pasos hasta tropezarse con una mujer. La mujer descubrió la cara y no era otra que la periodista hippie. Poli se emocionó y por vez primera no sintió temor ante una dama. Estaba desinhibido y lleno de la gallardía que produce el trago sin medida. La periodista cambió su cara de la preocupación a la felicidad, y le dijo:

—¿Dónde se habían metido?

Poli no respondió. Su contestación fue una violenta agarrada de culo acompañada de un beso dado con ganas. La periodista se abanicó la cara con una mano, nerviosa. Rio. Poli la volvió a besar y ahora la apretaba contra su cuerpo.

—¿Qué va a decir la gente? —dijo la mujer—. Vámonos de acá.

La periodista le agarró la mano y él se dejó guiar. Antes de irse, Poli no vio a Atanasio pero sí al Ruiseñor besando a una mujer que estaba sentada en sus piernas y que le daba la espalda desde su campo de visión.

No quiso importunar, ni despedirse. Estaba a un palmo de su gran momento.

26

Los primeros instantes de la mañana de su debut fueron suculentos, embriagantes, gozosos. Sabrosos. Ésa era la palabra. No había otra que se le amoldara como un guante a todo el maremoto sensorial de hacía unas horas. La periodista fue cariñosa y colaboradora en todas las demandas de un primerizo con tanta hambre de carne atrasada. Nunca hubiera imaginado sus dotes amatorias, lo dilatadas que fueron sus prestaciones en cada sesión, el poder del alcohol cuando se mezcla con el de las esperanzas perdidas. Poli recordó, en las brumas de un cerebro confuso, sus varios asaltos. Y que en cada uno tuvo oportunidad de plegarse y desplegarse como una silla para asir parte de la esencia del bolero.

Y hablando de esencias, el compositor aspiró con fuerzas una que le agradó hasta el paroxismo: la del típico olor a sexo y aguardiente de una faena de amantes desbarrancados. Le encantó catarlo por vez primera. También le dio ternura advertir que una hembra tan hermosa y delicada roncara como la periodista que yacía a su lado. Poli volvió a pasar la punta de sus dedos por la nariz de la chica. Como perro de laboratorio, sintió el regreso de su poder. El héroe volvía a recobrar vigor, desenfundaba la espada para volver a batirse con el dragón de la caverna. Y eso lo emocionó. Estaba dispuesto a aprovechar la mañana del día de *Jesusito* en tareas tan poco cristianas como la que estaba a punto de reiniciar. Ya no le remordían los años de indulgencia que estaba a punto de perder. Desde esa madrugada le dio por pensar que no podía existir algo mejor que eso en este mundo ni en el otro. Y ya puestos a creer que la vida se pasa volando, entonces había que recuperar el tiempo perdido, como bien dijo el poeta.

Cuando volteó y estuvo a punto de abrazar a la ninfa, fue sorprendido como santo inocente: la mujer que estaba a su lado no era la periodista hippie; era Rosita. Poli quedó congelado con el brazo en posición de garfio ballenero. Ver su monte de Venus a esa hora le hizo pensar en otra cosa: en una selva espesísima de esas en las que un día sí y otro también se pierde la guerrilla colombiana con sus rehenes. Fue lo que elucubró su cabeza superior porque la de abajo había muerto. Se volvió esa culebrilla desmayada con la que tanto batalló la Tongo. ¿Qué había pasado? No hacía falta ser un genio de la lógica. La sonrisa de satisfacción de Rosita respondió cualquier interrogante con la precisión de una mala noticia.

¡Maldita borrachera!

Como dice la canción de José Alfredo, Poli dio la media vuelta. Pero era una media vuelta cuadro por cuadro. No podía dejar que le ganara la repelencia que le provocaba su amante. Fue atacado por un par de arcadas que contuvo a tiempo. Aguantó el aire. Se alejó de la cama, se calzó el pantalón, cogió su franela e intentó salir del cuarto de la aeromoza sin hacer el menor ruido. Por mala suerte, algo se le enredó en los pies. Era un sostén con el que podían hacerse dos carpas de circo con todo y el personal adentro. De milagro no perdió un diente cuando se pegó contra la pared. Poli tuvo la fortuna de recobrar el equilibrio. Rosita pareció escucharlo. Emitió un ruido ante la mirada histérica de su matador. La dama se movió a un

246

lado, mostró unas nalgas llenas de estrías, se aferró a una almohada y dijo, aún dormida:

—Trece.

Luego volvió a roncar.

Al salir del cuarto, Poli se palpó el corazón. Le latía con el mismo desespero de una sardina rebotando dentro de una red. Pensó en sobarse la sien, pero la idea de toparse con el aroma de sus dedos frenó su parábola. Ya la fragancia no era de gloria. No supo si gritar, pegarse, reír o llorar. Lo único que sacó en claro era que debía hablar con su sensei. Tenía que ir al cuarto del Ruiseñor y darle el parte de guerra. El viejo zorro sabría cómo sacarlo del embrollo.

Con esa decisión, Poli se enfiló a la pieza. Caminó como un robot, en piloto automático, con la certeza de que se dirigía hacia un oráculo de la vagabundería.

Por eso no tocó a la puerta.

Baste decir que la abrió para toparse con una peor sorpresa: la parte baja de la espalda sudada del Ruiseñor hacía el movimiento de un extractor de campo petrolero afincado en la cama. Si esa imagen ya era impactante, mejor no decir cuál era el terreno en donde se clavaban las gónadas del bolerista: en la pelvis de una Micaela desatada por la pasión. El resto del cuadro era un solo vaporón de unos amantes con mil almanaques a cuestas.

Poli cerró la puerta y caminó con una torpeza que superaba a la de su borrachera de la noche. Sabía que no iba a aguantar el revoltijo que amenazó con salir de su garganta por segunda vez. Por eso corrió al patio. Por eso se frenó en un árbol. Por eso vació sus entrañas en el tronco del mismo.

Después se sentó en una silla de mimbre. Lo hizo con la debilidad de un desahuciado. Sentía que de la nuca le segregaba un sudor frío que olía a alcohol mal destilado. Su mente estaba atravesada por la rabia. Rabia que aumentó al ver a Dalio caminar a su encuentro. Lo vio acercarse con una sonrisa entre incómoda y falsa, aparentando una naturalidad que ni él mismo se creía. Venía hacia él sudado y sin camisa.

—Mira, mijo, no es lo que tú piensas.

Poli levantó la cabeza y le dirigió una mirada de las que cortan la piel.

—Bueno, sí es lo que tú piensas. ¡Para qué te voy a mentir! ¡No sé cómo salí vivo de ese terremoto, compay! ¡Micaela es una diabla! ¡Y estas ostras de Carúpano me han puesto como un toro!

Dalio soltó una risa cómplice y guiñó un ojo. No le funcionó.

—A tu vieja la faltaba un cariñito, chamo. No le falté los respetos. Yo soy un yentleman en la cama…

—¡Por Dios! ¡Es mi mamá!

—No debemos perder el norte, chamín —dijo ahora grave.

—¿El norte?

—Eso mismo: el norte. Hay que ser profesionales…

—¡¿De qué habla?!

—Baja la voz… Hablando se entiende la gente… Si hubiera sabido que te ibas a poner así, no me cogía a Micaela…

—¡¿Qué?!

—Achántate, muchacho, que te va a dar una vaina. Coge mínimo. Esta nimiedad no debe empañar nuestra relación profesional en lo absoluto. Hay que mantener la mística, el trabajo en equipo y la orientación al logro como hasta ahora. Desde ahora voy a hacer como si no hubiera pasado nada. ¿Viste? Ni tú te cogiste a Rosita y me dejaste tirado en la gallera como un pendejo ni yo hice nada. ¿Qué te parece? Además, Micaela ni siquiera se dio cuenta cuando nos descubriste porque tenía los ojos cerrados por el éxtasis ese que llaman.

—Mire, señor Dalio…

—Es más, hoy te vas a quedar loco con el Jesucristico que te tengo preparado. ¿Dónde está el disfraz?

Poli sentía que estaba cercano a un desmayo y optó por desconectarse de la escena. Dalio, en cambio, no paró de hablar. Gesticulaba, se ponía la mano en el corazón y parecía practicar posturas para el papel que estaba próximo a encarnar: lanzaba miradas profundas a un horizonte lejano, aguaba los ojos, se hacía el sufrido. Incluso se llegó a arrodillar con los brazos abiertos y la cabeza inclinada al cielo. Entre todas las crucifixiones y mesianismos del Ruiseñor, Poli creía que la cabeza le iba a detonar. Ya no era el toro sexual de hacía unos minutos. Todo su ser pedía un consomé, amnesia y paz. Ni siquiera tenía la mente fría para calibrar lo pertinente de llevar a cabo *Jesusito*. Si ya le iba a costar horrores manejar la situación con Rosita, no quería ni pensar cómo iba a tratar a su madre. O cómo seguir en el proyecto luego de lo que había visto.

Cuando el bolerista entonó una versión libre de "Getsemaní", ya no tuvo caso discutir. Lo mismo hizo con "Hosanna" y un par de composiciones propias de su representante. Poli se dio por vencido, más por hartazgo que por otra cosa. Luego recapituló. Si el Ruiseñor cantaba estos temas, significaba que los había practicado, pese a todas sus reticencias del principio. Entonces no supo si sentirse halagado o qué con lo que estaba presenciando. Sabía que tenía que decir algo. Estaba en ese tipo de momentos en los que siempre

249

se tiene que decir algo. Y en los que ese algo termina siendo hasta trascendente.

El asunto estaba en qué decir.

La rabia quedaba para el descarte, aunque tampoco se le daba bien la charla motivacional. Menos la mística. Poli abrió la boca y tuvo la suerte de no ser él quien hablara.

—¡Epa, par de sinvergüenzas! —gritó a modo de saludo el primo Vitico mientras se asomaba por la puerta que daba al patio—. Ya me dijeron que dejaron limpios a todos los jugadores de la gallera.

El primo Vitico rio sin parar su discurso.

—Por cierto, estas mujeres amanecieron bien buenasmozas. Si vieran lo que les llevan para allá…

Dicho esto, el primo Vitico se apartó de la puerta para darle paso a Micaela y a Rosita. Ambas se dirigieron con bandejas de comida a rebosar de colores y formas propios de un cuadro de pintor ingenuo: frutas, pescados, arepas, quesos, sopas, huevos, jugos, panelas, tazas de café con leche. Ambas se habían puesto sus mejores galas y afeites. Ambas estaban sonrientes, orondas, cómplices, rejuvenecidas, desmelenadas.

Se podría decir que hasta realizadas.

27

En la iglesia La Voluntad de Dios, del barrio El Muco, no había espacio para la ostentación. Tampoco era algo inaudito. Tal como había asomado el primo Vitico, la zona, además de brava, se tornaba en boca de lobo con la partida del sol. Y esto era comprensible por un motivo: desde hacía años, el alumbrado público se había vuelto una promesa electoral inútil y de improbable cumplimiento en unos tiempos en los que los apagones entenebrecían al país. De allí que, después de las seis de la tarde, muchos aseguraban que sus habitantes más osados recorrían las calles de pura memoria.

A Poli, el lugar le recordó lo que había escuchado en alguna clase de bachillerato sobre una novela canónica: la lucha entre civilización y barbarie. Y esto no tardó en comprobarlo: la tarde que llegó para organizar la presentación de *Jesusito* de milagro no fue pateado por un burro amarrado en medio de una calle que nunca conoció el asfalto.

Salvados estos detalles de animalada y riesgo, la iglesia de El Muco se preciaba de tener la más leal feligresía de Carúpano. Allí el padre Quinto era todo un beato. Para las doñas, el hombre era un santo; para las ancianas, el cordero de Dios personificado; para los monaguillos, un don en extremo cariñoso. A Poli, en cambio, le pareció un reformador. Pocos curas habrían permitido lo que a Quinto le pareció "el evento que El

Muco necesitaba": la ópera-bolero interpretada por un pecador en ejercicio.

La entrega del abate fue comprometida. Con un chasquido de dedos, La Voluntad de Dios se llenó de una legión de ancianas y miembros de grupos juveniles dispuestos a echar una mano. Las abuelitas barrieron, desempolvaron las imágenes religiosas y trapearon la iglesia con eficiencia de mejor causa. Los muchachos se dedicaron a un trabajo más acorde con su edad: reubicaron muebles, despejaron espacios y revisaron los aparatos de sonido. Entre todos improvisaron un escenario en donde transcurriría la acción de la obra. Poli se sintió honrado con tanta disposición a ayudar. Le molestó ver a un joven carismático que nunca paró de cantar con una guitarra acústica mientras el resto trabajaba. También se sorprendió de la cercanía que mostraba con el padre Quinto, en quien se acurrucaba mientras adaptaba temas de moda con letras religiosas.

Cuando juzgó haber hecho su parte, Poli les agradeció a sus ayudantes y salió a refrescarse con otra brisa que no viniera de los ventiladores de la iglesia, especies de hornos con aspas portátiles que lo hacían sudar a mares. El calor del sitio estaba cargado de humedad y él aún no se reponía de la resaca de la noche.

A los cinco minutos de estar en la puerta de la iglesia, Poli presenció una escena que ya se había vuelto típica. Un viejo taxi Caprice 77, sin placas, frenó frente al recinto. De él salieron Dalio y Atanasio. Ambos lo hicieron a grito vivo. Lo poco que pudo entender en la batahola fue el reclamo de Atanasio a su viejo por haberlo dejado solo en la gallera sin dinero, indefenso ante tanto peligro y sin la cortesía del previo aviso.

El resto fue lo de siempre.

—¡Coño, voy a coger un camino extraviado! ¡Si yo no te invité para acá, degenerado! —gritó Dalio hasta rasgar su voz, antes de mirar al cielo y preguntar en voz más baja—: ¿Por qué tú no me llevas?

La cosa no hubiera pasado de la rutina que Poli ya estaba acostumbrado a ver: la del padre histriónico y el hijo que no paraba de refunfuñar. Pero en esta ocasión, lo que le añadía un toque novedoso era ver a Dalio vestido en versión *Jesusito*: bata blanca, sandalias, corona de espinas, peluca larga y barbas. Vista la escena, Poli pensó que había que trabajar mejor con el disfraz, porque el Ruiseñor se parecía más a un astrólogo que a la representación del hijo de Dios en la Tierra.

—Mira, me debes el taxi, chamo —Dalio le dijo a Poli después de darle un empujón a Atanasio—. Tampoco es que te vayas a aprovechar de mi abundancia.

—¿Quién lo vistió? —preguntó Poli.

—Las dos mujeres.

—¿Dónde están?

—Vienen con Vitico.

—¿Practicó las canciones?

—Sí, pero si suelto un gallo es por culpa de ese degenerado que me ha hecho gritar, algo que es perjudicial para el *bel canto*… Por cierto, ¿dónde se metió ese condenado?

—Ya entró a la iglesia. Venga y le presento al padre Quinto.

La presentación se dio entre gente civilizada. Dalio le besó la mano al cura dentro de la casa parroquial y habló de lo creyente que era su familia. También prometió entregarse por completo a ese espectáculo que estaba por comenzar, y hasta le pidió la bendición. El padre Quinto se la dio con una majestad digna de Sumo Pontífice. Después, el sacerdote se disculpó de lo que llamó un "extravío", y salió al trote con un acetre a rebosar de agua bendita y el hisopo para esparcirla por todo el escenario. Ver a los personajes con sotanas y disfraces tan divinos fue una experiencia que a Poli le quedaría entre sus recuerdos más estrambóticos.

—Bordón, ¿ese cura no será marico? —preguntó Dalio quebrando una mano.

—¿Practicó las canciones?

—Tiene un tumbado bien raro el curita. Para mí como que se le moja la canoa. Ése como que está buscando a otro "Señor" que lo llene, pero bien por dentro…

Dalio comenzó a carcajearse de su propio chiste. Tomó su barriga con fuerza y hasta se sentó en una silla a causa de su ataque de risa. A Poli no le gustó su actitud de blasfemia en el templo. Le molestó que se burlara del curita, y más después de todo lo que éste había hecho por ellos. En ese momento sintió una revelación tardía de esas que lo asaltaban con frecuencia: que su idea de la ópera-bolero era una porquería, que *Jesusito* era apenas un delirio. ¿En qué había pensado todos estos meses? Se sintió defraudado, pero también determinado a dar por concluida esta absurda relación de una vez por todas.

—Mire, señor Guerra.

—¿Ajá? —dijo Dalio, aún risueño y secándose las lágrimas.

—Yo creo que mejor…

—Ya sé lo que vas a decir: que le demuestre al respetable público que también puedo entrompar una canción a capela. ¡Plomo, pues! ¡Suéltamela!

En eso llegó el padre Quinto con un ayudante flaco y mulato. Este último cargaba con esfuerzo algo dentro de una manta que lo tapaba desde las rodillas hasta la boca.

—Hijos míos, les traigo una sorpresa que ni se esperan. A ella sólo la mostramos en casos excepcionales. Usnavy, hágame el favor y póngala en esa mesita.

—Sí, padre Quinto.

Usnavy lo hizo con esfuerzo. Sea lo que fuere, la cosa parecía pesar una tonelada por el sonido seco que produjo al tocar la mesa.

El cura aplaudió y se acercó al mueble como si levitara.

—La quiero mucho —le susurró a la cosa mientras le estampaba un beso y se persignaba ante la manta que la cubría.

Luego se dirigió a Poli y a Dalio, aún estremecido:

—Queridos, es para mí un honor… Mejor dicho, estoy muy contento de que estén acá… Y por ello la he traído. Les presento a la dueña de esta iglesia tan querida.

El padre Quinto jaló la manta como el alcalde de un pueblo que devela una estatua ecuestre: allí estaba ella, la mismísima, la Virgen del bar, la de los sueños, la de tantos cuentos en La Dolorita.

—Díganme si no es una preciosidad —dijo el padre Quinto estrechando sus manos con primor—. Me la trajeron del barrio de Triana. Yo mismo la visto y le elijo sus prenditas.

Sin pensarlo mucho, el Ruiseñor borró su sonrisa y se postró de rodillas ante la Virgen, con humildad y sometimiento. Más que devoción, mostró terror. Después se puso a rezar y a persignarse como un poseso. A Poli le pareció estar ante una de esas estampitas de la Virgen de Guadalupe en las que se representa cuando la imagen se le aparece al indio Juan Diego.

Dalio siguió orando y el burro que estaba amarrado afuera soltó un rebuzno de tenor.

—¡Ay, tan lindo! Eso se llama entrega, Rosita. ¡Mística! —dijo Micaela en cuanto vio el espectáculo, no bien traspuso la puerta.

—¡Vitico, anda, tómale una foto! —gritó la doña—. Mira que se parece al hijo de Dios, Jesús de Nazaret, arrodilladito ante su madre. ¡Esto es algo grande! Es que la gente digna y decente se reconoce a kilómetros.

El cura se acercó a Micaela y le dijo:

—¿Verdad que es bellísima esta virgen, señora?

—Claro, padre, y bien fastidiosa también —dijo, refunfuñando—. Ya nos conocemos de atrás.

—¿Cómo dice?

—Que ella se la pasa apareciéndose en mi casa de La Dolorita día y noche.

—¡No puede ser! ¡Eso es un milagro! Y más en pleno año mariano. Venga conmigo y cuénteme…

El padre Quinto salió con Micaela. Poli se les acercó a Vitico y a Rosita acompañado de Usnavy. Dalio se mantuvo hincado de rodillas como un pecador arrepentido. No dejó de murmurar cientos de cosas ininteligibles.

—Por favor, virgencita, protégeme —dijo más con la cabeza que con la boca—. Te ofrezco este show como promesa por los favores concedidos. Amén.

En eso entró Atanasio con un recado.

—Papá, que dice uno de los muchachos que la vaina ya va a empezar, que ya está entrando medio Muco antes de que haya otro apagón y nos jodamos con el show.

Dalio se levantó, grave.

—¿Tenemos todo listo? —le preguntó a Poli.

—Sí. Habría que darle el CD al muchacho del sonido y que nos ayuden a organizar la cosa adentro.

—Salgo ya y le digo a la señora Micaela y al padre para ver cómo le hacemos con eso —propuso Rosita.

—Y yo le llevo el CD al chamín del equipo de sonido —dijo el primo Vitico, antes de dirigirse a Usnavy—: Oye, mijo, llévame para saber dónde es la cosa.

Los tres salieron a cumplir con sus misiones. Rosita le guiñó el ojo a su galán. El Ruiseñor vio a Poli y a Atanasio, primero con una sonrisa picarona por el detalle de la chica, y luego otra vez con gravedad de sargento frente a una tropa.

—¿Qué viene ahora, chamo?

—Viene el comienzo —dijo Poli—. Una cosa le adelanto: arrancamos por el final. Tenemos que montarlo en una cruz en donde canta un pedacito de la canción del final…

—¿Sin camisa y en guayuco? ¡Ni de vaina, mi socio!

—No. Vamos a ahorrarnos eso…

—Mira que me duele el masango como para estar inventando vainas —dijo, sobándose un muslo.

—Entre Atanasio y yo lo montamos ahí, y estaremos pendientes de cada movimiento. Hay una cortina para que no nos vean cuando movamos las cosas del escenario. Yo lo guiaré con las canciones.

—Ajá, ya estoy entendiendo.

—Esto es como un ensayo con gente.

—Claro, para medir el impacto del acontecimiento cultural que me llevará al Parnaso.

—Exacto.

—¡Vamos para allá, entonces!

El Ruiseñor hizo como que se enfilaba al escenario. Atanasio salió primero, y Dalio aprovechó para tomar de un brazo a Poli.

257

—Yo sé que la cagué, chamo, pero te prometo una vaina buena —Poli asintió. Intentó reanudar su paso, pero el Ruiseñor lo volvió a tomar del brazo antes de decirle—: Te lo digo de seriedad y todo.

En ese momento estuvo a punto de darse la tercera mirada definitiva entre ambos. Pero Atanasio volvió a asomarse.

—¿Entonces?, ¿salimos o no, papá?

—¡Coño, sí, ya nos vamos, muchacho de mierda! Perdón, virgencita querida…

En el escenario no dio tanto trabajo montar y amarrar a Dalio en la cruz. A Poli le latía el corazón como dicen que se desboca antes de un estreno. De repente, no sentía que estuviera en La Voluntad de Dios, sino en el Carnegie Hall. Ya no se trataba de una pollera o un bar de segunda. Ahora el reto era probar una obra que planeaba entre las creencias, el arte y el espectáculo; y nada menos que al interior de un recinto religioso.

—Chamín, tú me dices cuándo arrancamos —dijo Dalio desde arriba, en la punta de la cruz.

Poli asintió y luego miró hacia el lugar del encargado de sonido. Le hizo una seña para que arrancara con la primera canción de *Jesusito*. Comenzó una mezcla de música ambiental con un requinto y unas maracas. El Ruiseñor, en su última crucifixión, infló el pecho y puso cara de predestinado.

Las sábanas, que hicieron de telón improvisado, comenzaron a abrirse para la escena que estaba por brindarse. Desde su cruz, y en un instante de desconcentración escénica, Dalio alcanzó a ver unas pocas caras de la audiencia. Le extrañó que le parecieran conocidas. Había un hombre clavado a Tito Rodríguez en primera fila. Por un costado, el doble de Billo Frómeta apenas y se sentaba. Unas hileras más atrás una negra idéntica a Celia Cruz le mostraba todos sus dientes con esa complicidad que se le reserva a viejos colegas.

El bolerista elevó su caja torácica como si fuera el cañón de un tanque dirigido al público. Toda la sala se quedó en penumbras sin previo aviso. Un fuerte olor a incienso le ofendió la nariz a Dalio y sintió que su corazón se deslizaba con vértigo hacia una nada sin fondo. Cerró los ojos ante el millonésimo apagón del barrio, quien sabe si para buscar algún tipo de sosiego en la situación en la que se encontraba: hasta ahora era normal quedarse sin luz viendo el partido de beisbol, bañándose o metiéndose un mendrugo de pan a la boca. Crucificado como estaba, quizás inauguraba una nueva modalidad que saltaba olímpicamente del sentido figurado que podía dársele al calvario de todos los días.

La música volvió en lo que dura un aleteo de colibrí.

Ahora sonaba potente, en una alta fidelidad que no conocía, sin ese tufo de teclado barato e instrumentos pregrabados. Un aplauso que parecía concentrar todos los que escuchó en sus años de tarima tronó en el ambiente. Dalio mantuvo los ojos cerrados, pese a sospechar el regreso de la electricidad. Pensó que con una sonrisa de beato podía darle un toque más autoral a ese inicio operístico que comenzaba por el fin de una vida. Consideró extraño que aquel escándalo no pareciera corresponderse al público que atisbó antes del apagón.

La caja torácica disparó, sin más.

La voz fue un prodigio. Ni en sus mejores tiempos había gozado de tamaño torrente. Cantó el danzón

"Pasión de Viernes Santo" como un arcángel, sin fisuras, como si todas sus facultades se hubieran vertido en un tema, como si nunca hubiera envejecido. En su vida había experimentado un gusto tan honesto por lo que estaba saliendo de él mismo. Con los ojos cerrados, jugó a fantasearse dentro de un concierto que él estaba escuchando con el resto del público.

Sólo que la boca que se movía para hacer el milagro era la de él.

Cuando terminó la canción, los aplausos volvieron a restallar. Adentro del pecho sintió un grato cosquillear. Con una aclamación que lo calaba por todos los costados, Dalio decidió abrir los ojos y la sorpresa le ganó sin dificultad: la sala tenía sentados en traje de etiqueta a todos los protagonistas del sueño del Coney Island. También estaban Benny Moré, Libertad Lamarque, Pan con Queso, La Lupe, Héctor Lavoe, Olga Guillot y Daniel Santos entre decenas de viejas glorias del cancionero del Caribe enamorado. Contarlos uno a uno quizá compendiara la historia de una cultura de botiquines, promesas y anhelos. Todos estaban de pie sin dejar de ovacionarlo. Celia Cruz, incluso, le lanzó una pulsera al pie del escenario.

Dalio, aterrado, cerró los ojos con fuerza por un par de segundos. Al abrirlos, sobrevino el silencio. Lo que vio fue diferente: enfrente estaba su cruz con todos los nudos desatados. Parecía la escena del crimen de un Cristo fugitivo. El Ruiseñor de las Américas, además, ahora se encontraba apoltronado en una butaca de la primera fila. El sitio era el mismo, pero más bonito, pulido, nuevo, como una versión del recinto pero hecha con posibilidades.

Sintió un codazo en el brazo derecho.

—¿Viste, Sandalio Segundo? Te dije que eras materia, mijito.

El Ruiseñor volteó instintivamente al escuchar la voz de su madre.

Ver a Presentación a su lado lo dejó perplejo. Un codazo por el flanco izquierdo hizo más absurdo el panorama: la Virgen de los mil cuentos, sentada a su lado, le extendía un micrófono. Al momento de cerrar los ojos con la cabeza gacha, tal como la ponen los regañados, Sandalio no supo discernir si la cara de la santa dibujó una sonrisa o si su talante era de completa seriedad.

Con la imagen sin descifrar de una Mona Lisa en su mente, abrió los ojos esperando encontrar cualquier otro desbarajuste. Tenía el micrófono aún en la mano, pero notó que estaba de pie, vestido con una elegancia que desde hacía años le era esquiva.

Una clave de palmas lo hizo alzar la cabeza para ver a Dámaso Pérez Prado preparar una orquesta en la que, en un rápido paneo, se topó con las sonrisas de Israel Cachao López, Damirón, Tito Puente y Bienvenido Granda. Sobre la tarima vislumbró al público de músicos inmortales que comenzó a carcajearse y aclamarlo en cuanto sonó a todo trapo "Caprichosa".

Como animal amaestrado, el Ruiseñor mutó en ese bolerista de las cien mil batallas. Clavó el micrófono en el atril, cogió dos maracas y carraspeó para afinar su voz ahora de conservatorio. También maldijo para sus adentros el hecho de que el tufo a incienso no hubiera menguado en ese otro mundo. Instantáneamente, su mero pensamiento espantó el olor. Dalio comenzó a maraquear, y la madera del proscenio crepitó una y otra vez como los templos que arden. De entre las tablas del suelo empezaron a salir pequeñas llamas que iban quemándole los zapatos de patente. Al girar su cabeza, el Ruiseñor vio que a uno de los músicos le iba surgiendo de atrás un rabo rojo. Él mismo hizo una rápida inspección y notó su propia cola. ¡Qué carajo!, cada quien debe entender su destino.

Del vendaval de gente que era ese público, Lola Flores, toda sonrisas, se abrió paso entre tanto bailador hasta llegar a una buena distancia del escenario. Se frenó en seco y con una mano lanzó algo parecido a una estrella brillante. De entre las llamas que se comían el telón, el Ruiseñor la vio, embobado, girando sobre su propio eje directo hacia él. Cuando se percató de que la gema era una botella de aguardiente disparada con furia, hizo lo que tantos años de carrera de botiquines le habían enseñado: soltar las maracas, taparse la cara, cerrar los ojos y esperar el trancazo con pundonor.

En esa nueva oscuridad, la gente aplaudía casi al mismo compás del tronar de la orquesta. La existencia es una cadena de instantes. Los del Ruiseñor de las Américas remitían a la imagen de la culebra que se muerde la cola. No importaba el santiamén que mediaba el impacto que estaba por recibir, ni que se sintiera comido por el calor del mismísimo infierno. Ya nada de eso interesa cuando se presiente una certeza. La del bolerista ya era dogma: Sandalio Segundo Guerrero Guaita estaba en el mejor tugurio que pudo haber anhelado en toda su vida. Era su vuelta a casa.

Madrid-El Paso

AGRADECIMIENTOS

Una novela no es una película. La soledad de una no se puede equiparar a la colmena de gente que hace posible a la otra. El acto reclusorio de salpicar y luego podar de palabras cada folio trae algunos gozos y muchísimas fobias. También existe una certeza entre tanta incertidumbre: la seguridad de que a nadie más que a ti le podrás echar la culpa de tus errores ya publicados. No pretendo, por tanto, hacer responsable de mis desvaríos a gente tan querida como Verónica Flores, Ana Karen Larios, Emily Celeste Vázquez, Melina Flores, Sebastián de la Nuez y Verónica Romero. Ellos leyeron algunas versiones casi finales de este libro y lidiaron con sus excesos, patinazos de escritura y soluciones trasnochadas. Desde estas líneas los eximo de toda mancha genética aún habida en los derroteros de Poli y Dalio. Con certeza puedo decir que, después de su revisión, este libro es mucho más decoroso que el niño sucio que les di a cuidar. Me gusta pensar que tener estos lectores a mi lado me hizo sentir menos solo, más acompañado, más como un director de cine en la sala de edición rodeado de sus más leales colaboradores. A ellos les va toda mi gratitud.

La vida alegre de Daniel Centeno Maldonado
se terminó de imprimir en noviembre de 2020
en los talleres de
Litográfica Ingramex S.A. de C.V.,
Centeno 162-1, Col. Granjas Esmeralda, C.P. 09810,
Ciudad de México.